講談社文庫

QED
百人一首の呪(しゅ)

高田崇史

講談社

目次

『我々が診断を下せるのは、他の誰かによって、すでに解明されている病気だけだ。それどころではない。我々に見ることができるのは、すでに他の誰かが見て理解したものだけなのだ』

——ハロルド・クローアンズ——

QED 百人一首の呪（しゅ）

《序　章》

　何十年たっても少しも暖かみを感じられない家はあるものだ。

　柿崎里子はそそくさとエプロンをかけ、夕宴の後の食器をキッチンに運びながらそう思った。充分に慣れ親しんでいるはずなのに、ぬくもりを全く感じられない家——。

　貿易会社社長・真榊大陸の邸がそれである。

　世間は正月だというのに、そんな世俗的な風習とは隔絶されたように、この邸はしんと鎮まりかえっていた。里子が知る限りにおいて、この場所が華やいだことは一度たりともなかった。

　都心の一等地に敷地面積八百坪を有する真榊邸は、森の中に舞い降りた怪鳥のように黒々とその破風を広げ、夕暮れともなれば庭の松の木のざわめきが物悲しさを誘う。

　世間の人はこの邸を「榊御殿」と呼んでいるが、それはただ造作が和風であるという理由だけにすぎない。御殿というのはおそらく、もっと優しい風情が感じられるものなのではないか、と里子は勝手に解釈している。

　しかし里子が受ける冷ややかな感じとは、ただ単に家の造作が自分に余り馴染(なじ)まないとか、住んでいる人間一人当たりの空間が広すぎるとかいうような物理的な問題ではない。うまく言葉では言い表せないけれど敢(あ)えて言うならば、家に漂っている空気がいつも冷たく薄く、息をするたびに胸につかえを感じるとでも表現したら良いだろうか。自分の目に見えない部分で確実に拒絶されている、という感覚である。無表情な仮面の下で冷ややかに見つめる瞳(ひとみ)のような。

　邸中の壁一面に飾られた無数の大和絵(やまとえ)も、里子を拒絶している。

主(あるじ)の大陸にすれば、非常に芸術的価値の高い物ばかりなのだろうが、何年たっても里子は馴染めない。勿論(もちろん)見慣れたせいもあり、当初よりは気にならなくなってはいるものの、深夜、絵の中の名前も知らない人物と目が合ってしまった時など未だに、ぞくり、としてしまうこともあった。

　――自分は霊感が強い、と思う。

　何か目に見えない力を、人より多く感じるような気がする。しばしば襲われる、既視感(デジャ・ビュ)や未視感(ジャメ・ビュ)もその結果なのだろう。未知のものを既知のものと感じたり、既知のものを未知と感じてしまったり……。

それらは科学的に説明することができる、ということを何かの本で読んだ。確か、脳の記憶回路が混線するとかいう話だった。

　しかし里子は記憶力には自信があった。

　高校時代のテストでは殆ど勉強らしい勉強もせずに、そこそこの成績を残すことができた。教科書など、一回読めば九割がたは暗記することもできた。だからクラスメイトが教科書に赤や青の線を一所懸命に引いているその理由が、長い間理解できなかったのだ。単なる悪戯書きだと信じていたほどだ。だから里子の教科書は、学年修了時も新年度に配られた時と殆ど変わらないほどに新品のままだった。

　それほど記憶力に自信があるにもかかわらず、デジャ・ビュは度々自分にやって来た。とすれば、これは霊感以外の何物でもあるまい。

　きっと、科学理論を超えた出来事なのだろうと思う。


　そして今日も先程から、何か嫌な予感に襲われている。

　十五年前に夫人が病気で亡くなり、この邸は大幅に改築された。そしてその改築を機に、主人の真榊大陸は長女の玉美一人を残して、他の長男・次男・次女を邸から追い立てるように、それぞれ別々に買い与えたマンションに住まわせてしまった。

三人の息子と娘は、その決定に当初盛んに異を唱えていたけれど、そこはワンマン社長でならした大陸である。元来、他人の意見に耳を貸すような男ではない。会社でもその独善ぶりは凄まじいらしく、以前、この邸に呼ばれた五十歳過ぎの副社長が、大陸に一喝されて食堂の前の檜の廊下に頭を擦り付けていた姿を目にしたことがある。秘書の墨田などは、昔、大陸にとりすがるようにして謝っていたこともあった。そうまでしなくてはならないのか……と里子は驚きを通りこして、呆れてしまったものだ。

そしてその独裁ぶりは、子供たちに対しても同じだった。

大陸の決断からわずか十日後には、皆それぞれのマンションにきちんと納まって、新しい生活を始めることを余儀なくされていたのである。

ただ年に一度、正月のこの時期だけは家族全員がこの邸で顔を揃えて皆で食事をし、三階に用意されたそれぞれの部屋に泊まる許可を得られるのだった。ただしそれは、親睦を深めるためではなく、まるでお互いがお互いの距離を確かめ合うために、年に一回だけこの邸で夜を過ごす——、

それが、今夜なのだ。

そう。大陸の「許可」なしでは、四十歳近くになる長男の静春でさえも、この邸に勝手に泊まることすらできないという規律がある。

では何故そんな規律を作ったのか？

それはおそらく大陸なりの考えがあってのことだろうが、里子には全く想像もつかないし、またその理由が解ったところで、自分には全く関係のないことには違いない。

第一、里子はこの邸の家族ではないし、ただ亡くなった夫人の親友の娘という伝手で、二十年前から半分住み込みの形で手伝いに雇われているだけの身分だ。余り失礼なことも言えないし、つまらない詮索はしないこと。

それが肝心なのだ。

だが、やはり、

——変わった家だ。

里子はそう思う。

しかし変わっていると言えば、若くして夫を亡くしてから再婚もせずに、もう四十三になるこの歳まで、邸の家事を一人でまかなっている自分も、世間から見れば確かに変わっているのだろう。

里子は苦笑いをしながら、目の前に積まれた皿の後片付けに取りかかった。

手早く片付けて早く休みたかった。

何しろ今日は朝から一日立ち通しで、宴の支度に追われていたのだから。

肩も腰も重い。

それにこの広い邸では、暖房も行き届かない。

里子は、ぶるっと一つ身震いをして、一枚ずつ皿を洗い始めたその時、

ドタン！


という大きな音とともに、引きつったように「誰か！」と叫ぶ嗄れた声が聞こえた。

里子はビクリ、と洗い物の手を止める。

声の主は、真榊大陸に違いなかった。

あわてて濡れた両手をエプロンで拭って、キッチンを飛び出す。

檜の廊下へ走り出てすぐ右手に、人が二人楽にすれ違えるほどの広い折り返しの階段がある。採光窓は一つも無く、やはり壁には大きく拡大された百人一首の大和絵が何枚も飾られている。

声はその上、おそらく二階の廊下からだ。

里子はバタバタとスリッパの音を立てて、勢いよく階段を駆け上る。

踊り場で一旦足を止め、振り返るようにして二階を見上げた。

すると十段上、突き当たりの壁に上半身をもたせかけてこちら向きのまま廊下に尻餅をついている大陸の大きな体が、暗い照明に浮かんでいた。先程、頭痛がすると言って一足先に食堂を出た青いガウン姿のままだ。スリッパも脱ぎ散らかして、素足だった。

「どうしました、旦那様！」

里子は下から呼び掛けると、残りの階段を一気に駆け上る。

さすがに息が切れた。

里子は肩で呼吸をしながら廊下に膝をつき、大陸ににじり寄る。

大陸は身じろぎもせずに、廊下にぺたりと座り込んでいた。皺だらけの両手は、俯いた顔面に当てられ、その十本の指は、頭を覆い尽くした白髪を掻きむしるかのような形のまま凍り付いている。そしてただ口からは、おおおお……という低いうなり声を発するばかりだった。両足はくの字に折り畳まれ、ぶるぶると震えていた。

里子はその姿を目の前にして思わず竦んだ。

何かの発作か！

里子の背中を、言いようのない冷たい恐怖が駆け上がった。

しかし里子は自らを鼓舞して再び大声で、旦那様！　と呼び掛けたが返事がない。そこで皆を呼ぼうと振り返ったその時、

「おお……さ、里子さん……」

大陸は初めて里子の存在に気付いたかのようにゆっくりと両手を顔から離し、じっと里子を見つめた。しかし、その浅黒い顔面に小さな穴を穿ったような両眼は視点が合わずに、ただゆらゆらと宙を彷徨っているばかりであった。

里子は、はやる鼓動を抑えるために一つ深呼吸して、どうなされました？　と再び大陸に話しかけた。

その言葉に大陸は再びビクリと体を痙攣させる。

気が動転する、ということで逃避していた現実が、再び彼を襲ったのだろう。大陸の顔面は更に一層青ざめ、そして震える唇で里子に話しかけた。

「——さ、里子さん。……わしの周りには誰もおらんか？」

里子はビクリとして辺りを見回す。

「え？　……ええ、ええ。……誰もおりませんよ……」

「本当にか？」

「は、はい」

「何も、いないか？」

——何も、とはどういう意味だ？

里子は高鳴る鼓動を抑え、再び辺りを見回す。

しかしそこには相変わらず不気味な「芸術品」の群れが壁にずらりと並んで、ただ二人を静かに見下ろしているばかりであった。

「……はい。何も」

「——そうか……」

大陸は大きな安堵の嘆息とともに両肩をぐったりと落とした。そして壁に片手をついて体を支えると、よろよろと立ち上がる。

しかし再び檜の廊下に、どさりと尻から落ちた。

そこで里子は大陸の脇に自分の肩を差し入れて、自分の倍ほどもある大きな体をぐいっと支えた。

ちらりと横目で見上げれば、邸の中は寒気に充たされているにもかかわらず、大陸の額は大粒の汗でぐっしょりと濡れていた。

「のう、里子さん。……廊下には本当に誰もおらなかったか？」

大陸は里子に体を半分預けたままで尚も尋ねる。

「はい、どなたも。……旦那様は何かご覧になったのですか？」

「……ああ……女がいたような気がしたのだ」

「――玉美お嬢様ではないのですか？」

「長い黒髪が壁にふわりと浮かんでいた――」

「ああ……」里子は安堵の嘆息をもらした。「それならば、やはり玉美お嬢様です」

「いいや違う！　玉美ならばまだ皆と一緒に一階の食堂におるはずだ。わしの方が先にあの部屋を出て来たのだからな」

「――では朱音お嬢様では？」

「朱音はあんなに長い髪ではない!」

「…………」

里子は口を閉ざした。

記憶力には人一倍自信がある。

それにわずか数分前の出来事ならば確認するまでもない。確かに食堂を退室したのは大陸ただ一人であった。そしてその後に里子が食器を持って下がったのだから、彼の息子や娘たちは全員まだ食堂にいるはずだ。

第一、たとえこっそりと食堂から抜け出た者がいたとしても、大陸や自分よりも先に二階に上がることは到底不可能だろう——。

少なくとも、大陸を追い越すことは物理的に無理なはずだ。

おそらく大陸は幻覚を見たのだ。

そうに決まっている。

「そういえば、旦那様は酷い頭痛がするとおっしゃっていたではないですか?」

「ああ、今でも頭が割れそうに痛い。だから里子さんはわしの目の錯覚だと言うのだろう。しかし、わしははっきりとこの目で見たのだ。今、里子さんがここにいてくれるのと同じようにな!」

そう言って里子を見つめる大陸の瞳は、しかしまだ頼りなげにゆらゆらと揺れている。

里子は説得を諦めた。

足を引きずる大陸を脇から里子が支えるようにして、二人はゆっくりと立ち上がり、廊下を大陸の寝室へと向かう。

寝室は、里子の部屋を通り越して、この廊下左手一番奥にある。

廊下の壁にも百人一首札が何枚も飾られていた。

その蚯蚓のような文字と、ぬっぺりとした顔の並んだ薄暗い廊下を、ひたひたと二人は歩く。

やがて寝室の前までたどり着くと里子は、苦しそうに、ぜいぜいと息をする大陸に優しく微笑みながら話しかけた。

「お部屋で少しお休み下さい。……それともお水でもお持ち致しましょうか？」

「それだけではないのだ、里子さん」

大陸は急に思い出したように里子を見て訴えた。

「わしは、人魂を見た」

「人魂？」

「そうだ」

「いつ、ですか？」

「今さっき、あそこの場所で、だ」

「廊下——邸の中で、ですか？」

「ああ。それもこんな大きな」と言って大陸は、里子の肩にかけた両腕を窮屈そうに動かして、顔の前に輪を作って見せた。

「いいや、人魂と言うよりは、まるで炎の固まりのような奴だった」

「それが、この廊下で燃えていたとおっしゃるのですか？」

「そう……いや、違う。そいつは夜空を背にして燃えておった」

——夜空？

それは変だ。

この廊下から外を覗くことができるような場所などない。

階段の突き当たりはただの壁だし、途中にも採光窓一つないのだから。それに壁でも壊れていれば別だけれど、勿論そんな修理を必要とするような箇所などはどこにもない。

やはり大陸は幻を見たのだ、と里子は改めて確信した。

「旦那様。この廊下から夜空を覗ける窓などございませんよ」

「しかしそいつは、本当にわしの目の前をふわふわと漂っていたのだ！　——そしてその隣には一体何があったと思う？」

「……さあ——？」

「白い衣を纏った幽霊——いや、顔は無かったが——そいつがゆらりゆらりと——」

「旦那様、お願いですからお休み下さい」

大陸が幽霊を怖がるとは――。

里子はさすがに戸惑い顔を隠せず、しかしできる限り優しく言った。

本当なのだよ、となおも語りかける大陸を部屋に導きベッドに腰掛けさせると、何か御用があればすぐにお呼び下さい、と里子は部屋を出て再び階下のキッチンに戻った。

きっと大陸も疲れたのだろう。

そう言えば夕食でも息子たちにワインを勧められて、かなりの量を飲んでいた。疲労と飲酒による幻覚が、突然彼を襲ったのに違いない。

里子はそう判断した。


しかしやがて里子は、もっと真剣に大陸の話を聞いてあげればよかったという悔恨の念に襲われることになる。

何故ならば、その夜、再び大きな物音に目覚めた里子が不審に思って部屋を訪ねると、大陸は苦悶の表情を浮かべたまま床に倒れて絶命していたからである。

片手に百人一首の札をしっかりと握りしめ、そして、ぱっくりと割れた後頭部からは、赤黒い血を流して。

《うきよのたみに》

「冗談じゃないな、全く」

いつになく憤りながら、外嶋一郎(そとじまいちろう)は調剤室に戻って来た。そして処方箋(しょほうせん)と薬歴簿(やくれきぼ)を、調剤台の上にパサリと投げ捨てる。

薬局長の外嶋は、今年で四十歳になる。眼鏡を掛けたモアイ像そっくりな顔をした、普段はとても物静かな男である。だからこんな姿は、おっとり型の彼にしては、とても珍しかった。

天気予報通りに、日本列島を覆った寒波が例年よりも早い木枯(こが)らしを運んで来た。秋口、風邪の第一陣の流行である。

波のように押し寄せて来た夕方の患者が一段落して、調剤室の壁一面に取り付けられた四百余りのカセッターの中の薬の在庫を確認していた棚旗奈々(たなはたなな)は、手を止めた。そして髪をサラリとなびかせると外嶋を振り返り、尋ねる。

「どうしたんですか？　外嶋さん」

「——ああ。今の患者だ」

奈々が調剤室のガラス越しに外を見れば、派手な紺色のジャケットを羽織った小柄な男性が、肩を怒らせて店を出ていったところだった。

薬局という職業上、確かに色々な人がやって来る。白寿を迎える老人から一歳にも満たない乳児まで。特にこの店では内科、小児科、整形外科、そして耳鼻科の広域処方箋まで受け付けているので尚更だ。その他にも一般の薬、いわゆるOTCも扱っているために、患者数・来客数は一日百五十人は優に超える。個人の薬局というよりは、毎日が小さなドラッグストア並みの忙しさだった。

「今の患者さんですか？　肝臓の薬が出た——」

奈々は処方箋に目を落として、先程自分が揃えた薬を頭の中で反芻しながら尋ねた。肝機能を高める薬が三種類、二週間分出ていたはずだ。

「そうだよ」

外嶋は調剤室のイスにどかりと腰を下ろして、薬歴簿にペンを走らせながら言った。

「あの人は、禁酒をするつもりは全くないらしいんだ」

「でも、これ以上GOTが上がったら入院だと、ドクターが——」

「それは、あくまでも本人の自由だからいいんだ」

患者も客も途切れたのを見計らって、外嶋は眼鏡を外して白衣の胸ポケットに仕舞うと話し始めた。

それを見てパートのアシスタント二人は、また始まったというように奈々に笑いかけながら調剤室から出て行ってしまった。

奈々と外嶋は、薬歴簿を挟んで向き合う。

「例えば——」外嶋は言う。「余命幾許もない老人に、酒を止めなさいとは僕は言わない。大好きな酒を止めて、あと三年生きるか、それとも酒に浸りながら一年足らずで死ぬかは本人の自由意志の問題で、他人がどうのこうの言えるようなことではないからね。しかしそういう特殊な例を除いて、基本的に自分で治そうという意志のない人間に手を貸すのは、主権の侵害だと思う」

「……でも外嶋さん、それはあくまでもドクターの立場から言えることで、私たちは薬剤師なんですから」

「違う」外嶋はイスに腰掛けたまま、白衣のポケットに両手を突っ込んで答える。「そういう意味ではないんだよ、奈々くん。肝臓の薬を服用しながら酒を飲み、高脂血症の薬を与えられながら美味しい物を沢山喰らっているような患者に、無駄なアドバイスをする必要はないと言っているんだ。——何故ならば彼は最初から、治癒したいという希みを放擲しているのだからね」

「…………」

困惑顔の奈々に、外嶋は畳み掛ける。

「しかし僕は心が広いから、百歩譲ってそれも良しとしよう……。だがここで重要な問題は、その薬の代金の七割以上は我々の支払っている保険で賄われている、という事実だ。これではお金を支払ってくれている人々に対して非常に失礼ではないか。冗談ではないだろう、全く。だったら彼のような人間は最初から全額自費で支払えばいいんだ。自分の責任においてね。それならば僕は、彼がいくら酒を飲もうと薬を飲もうと文句を言いはしないよ。違うかね？」

――筋は通っている。

「まあもっとも」外嶋は続ける。「官僚たちの天下りがなくなれば、全く保険財政が圧迫されることもないんだけどね。むしろ、大きく黒字だろう……。しかし、こうやって上からも下からも健康保険を食い物にしている――これが、現実だ」

「…………」

奈々は戸惑う。

こうして、いつも外嶋理論に翻弄されてしまう……。

「でも――」

奈々がはかない反論を試みようとした時、処方箋を手にした患者と幼い子供連れの主婦が、同時に入って来た。

こんにちは、とアシスタントが応対をし、奈々と外嶋は立ち上がる。

それをきっかけに、この話は一時中断した。

そして続いてまた客が店にやって来る。二人は再び薬局の業務に追われることになった。飛んで戻って来たアシスタントが薬歴簿を引き出し、コンピューターに処方を打ち込んでいる間に、奈々は薬を揃えて確認し、薬歴簿と照らし合わせて薬袋に入れる。一方、店頭では外嶋が主婦の話を聞いている。この子が昨夜から少し熱を出してしまって……云々(うんぬん)。

そして、次から次へとやって来る患者の応対が全(すべ)て終了した頃には、もう閉店の時間になっていた。

結局、奈々は先程の反論をする余裕もないまま最後の患者を、お大事にして下さい、と声をかけて送り出し、閉店業務に取りかかった。アシスタントも、お疲れ様でした、と家路について、ここからは奈々と外嶋の二人の仕事になる。

奈々と外嶋は机に向かい、山のようにたまった薬歴簿に必要事項を黙々と書き込む。

今日の処方箋枚数は、優に百枚を超えているだろう。それにプラスOTCの客である。これでは、薬剤師二人の許容範囲を超えている。

「今日は忙しかったな。脳も体も疲労した」

奈々の隣で、外嶋が大きく嘆息をついた。

奈々はあいまいに、ええ、とだけ答えた。ここで外嶋の話に乗ってはいけない。また長くなる。

しかもその上に、彼は一旦話し出すと身振り手振りが加わるのだ。

ということは、この閉店業務に大きな支障をきたす——つまり、全ての仕事が奈々一人にかかってくるというわけである。

そんな奈々の危惧を知ってか知らずか、外嶋は話し始めてしまった。

「脳で思い出したんだが、人間の記憶というものは実にあてにはならないね」一枚の薬歴簿を自分の目の前にかざす。「今日来たこの患者は、前回から薬が変わっているにもかかわらず、先程出した薬を見るのは初めてだ、などと言うのだから」

奈々が横目でチラリと薬歴を確かめると、それまでずっと飲んでいた血圧の薬が、先週から新しい物に変わっていた。

「今まで飲んでいた薬のイメージが頭にこびりついてしまっているんだろうが、しかし彼女は先週から毎日、七日間も新しい薬を飲んでいたんだよ。にもかかわらず、今日初めて見たなどと言う」

「患者さんにしてみれば、お薬なんてどれも一緒に見えますからね」

奈々は下を向いたまま、適当に相槌を打った。

「しかしね、奈々くん。いくら同じカルシウム拮抗剤とはいえ、彼女が今まで飲んでいたのはオレンジ色の錠剤だ。そして先週と今日出たのはこの黄色の錠剤なんだよ」

外嶋は大仰に両手を挙げて、深々とイスに寄り掛かる。

駄目だ。

やはり今日の閉店業務も、奈々一人の仕事になるだろう。

「まあ所詮、記憶などというものは」奈々の悲しい諦めを知ってか知らずか、外嶋は話を続ける。「脳の海馬における、単なる電子パルスにすぎないのだからね。弱々しく発せられる神経伝達物質によって、果なく保たれている無形の物質にすぎない。それを我々は一所懸命に努力して、脳の奥から引っ張り上げて、それをどうにかこうにか言語や映像として結んでいるわけだ」

奈々は聞こえない振りをして、一心に薬歴を書き入れる。

もう少しで奈々の分は終わる。

しかし外嶋の前には、手付かずの薬歴簿が積まれたままである。

「だから、中枢神経から伝達物質が放出されなくなれば、我々は一切の記憶を簡単に失ってしまうだろうね。そう、酒を飲んだ時が良い例だ。アルコールは、世界一有名な中枢神経麻酔剤だからね。中枢神経を見事に抑制する。その結果として離脱症候群が起きる」

「禁断症状のことですね」

奈々は思わず答えてしまい、しまった、と心の中で舌打ちした。

外嶋は、そうだよ、と無表情に言い、また話を続ける。

奈々は諦めて、外嶋の前に積まれた薬歴簿を自分の手元に引き寄せた。まとめて片付けてしまおう。

「アルコールが血液中に入りこむことによって中枢神経が麻痺させられ、この重要な伝達物質が抑制される。しかし脳は当然働かなくてはならない。だからその微(かす)かな伝達物質を受け取らなくてはならないために、受容体は非常に敏感になる。状況に適応して行くわけだ。しかしこの繰り返しが何度も行なわれていると、受容体は常時過敏になってしまう……。一方、脳の中枢には、麻痺していた間の行動や知覚の記録が残っている。ただ、伝達物質が動いていないだけでね。大雨が降っている昔の大井川のような状況だ。岸には人がどんどん溢(あふ)れていくが、渡しがいない。駿河(するが)の宿には今すぐにでも川を渡りたい人が溢れ、遠江(とおとうみ)の宿にはそれを待ちわびる人垣がある……。

さて、そこで酒を止める——雨が止む。と同時に、ありったけの人足を注ぎ込んだとしよう。柵(さく)を解き放たれた羊のように、伝達物質が飛び出すわけだ。当然、両岸はパニックだな。痙攣(けいれん)発作や、幻視、譫妄(せんもう)状態が引き起こされる。これが、離脱症候群——いわゆる禁断症状というわけだ」

一人で話を続ける外嶋を脇に、奈々は薬歴簿記入を終了した。

ふう、と嘆息を吐く間もなく、次はオフコンだ。

奈々は立ち上がり、レセプトコンピューターに向かう。

「アルコールと言えば、奈々くん」

外嶋は、つと顔を上げて奈々を見つめる。

はい、と答えて奈々は振り返る。

再び要注意だ。こんな時の外嶋は、必ず奈々に何か頼みごとをしようとしているということくらいは、奈々も既に学習していた。

「奈々くんは、お酒は弱くないほうだったね」

「え、ええ……。まあ——」

「そうか。良かった」

「？」

「実は今週の土曜日に、薬剤師会の研修会があるんだよ。そしてそのあとに、懇親会と称する飲み会が開かれる。本来ならば僕が行かなくてはならないところなんだが、どうしても外せない用事ができてしまった。そこで奈々くんに代理を頼みたい。いや、何、研修会と言っても、年寄り連中の長話を、イスに座ってただ聞いているだけなんだがね。その後の懇親会に顔を出して、少し皆に付き合ってもらえればいいんだ」

「………」

何て勝手な話だろうと思い、外嶋をじっと見つめ返す奈々に、彼はサラリとつけ加えた。

「そうそう、その研修会には桑原(くわばら)がやって来るよ。桑原は知っているだろう」

「え！」

「奴は今、僕らと同じ地区の漢方薬局にいる。『萬治(まんじ)漢方』だ。聞いたことがあるだろう」

桑原崇(たかし)。

あだ名を、桑原崇――くわばら・たたる、と呼ばれていた。

彼は奈々の母校、明邦(めいほう)大学の一学年上の先輩で、在学中から少し変わった男ということで評判だった。余り授業には出て来なかったくせに成績は優秀で、それより何より薬学部という理系の学部に籍を置いていながら、隣の文学部に出入りしては日本史や民俗学や文学史の講義に潜(もぐ)り込んで聴講していたという。ある日、民俗学の教授に非常に突っ込んだ質問をしてしまい、ついにその素性が露見したという伝説を持っている。

また彼は、四年時に「オカルト同好会」という怪しげなサークルの会長も務めていた。そのサークルに奈々は、親友が入会していたこともあって一年の途中から誘われ、そして嫌々入会させられた。しかし、入ってみれば黒ミサも薔薇(ばら)十字団もあるわけもなく、そして会員数がたった十七人という状況で、とてもアットホームな同好会だった。

しかし崇は会員といっても殆ど何もせずに、いつも同好会室で昼寝ばかりしていた記憶しか奈々にはない。人と口をさいている姿も余り見かけなかった。会長になったのも、他に人材がいなかったという単純な理由によるもので、何となく無条件・無審査で決まったというものだった。

　だがそれにしても、外嶋も同じ明邦大学薬学部卒業とはいえ、崇とは十年以上も学年が違っているのだ。どこでどう知り合ったのだろう？

　類は友を――いや、奇人は奇人を呼ぶ、とでも言うのだろうか。

　大体（だいたい）、崇は同学年にも友人が少なかったはずだから、外嶋と親しくなっているという事実自体が奈々には不可解である。

「タタルさんが『萬治漢方』さんにですか？」

　奈々も思わず手を止めて尋ねた。

「そうなんだ。あの店は造りはとても小さいが、有名な老舗（しにせ）の漢方薬局だ。主人はとても頑固な男で、しょっちゅう患者が叱られて帰るという。しかし評判は非常に良い。桑原は今そこに勤めているんだよ。京都に住んだり、横浜に行ったり、今度は僕らの地区の漢方薬局だ。相変わらず彼の考えていることは、僕のような常識人には全く理解不能だな……。とにかく、そこの非常に人付き合いの悪い主人の代わりに、奴が研修会に出て来ると連絡があった」

「…………」

「たまには、よき昔を懐かしんで、二人で酒でも酌（く）み交（か）わすのもいいんじゃないか」

「……わかりました。でも、外嶋さんは——」

「だから僕は、どうしても外せない重大な用事があるんだ」

「？」

「カルロス・クライバーのオペラ公演があるんだ！　しかも、演目はヴェルディの『オテロ』なんだぞ！　これを行かずして一体どのオペラに行けば良いと言うんだ⁉　彼は過去何回か来日はしているが、今は殆ど仕事をしていない。その彼が再びやって来るという。プレミアムがついているチケットをやっとの思いで手に入れたんだ。しかもＮＨＫホール。ああ、何と幸運なことか……」

外嶋は、うっとりと天を仰いだ。

まあ、ここらへんは価値観の相違ということで納得はできるし、奈々にしてみても崇と久しぶりに会えるというのも少し楽しみだ。

と言っても、崇に対して奈々は特別な感情を抱いているわけではないし、在学中も数回しか口をきいたこともなかった。

ただ、崇は非常に人づき合いの悪い男だ。

だから、奈々の同級生で、彼女の他に崇と会話を交わしたことのある学生は誰もいなかった。そういう点では、確かに奈々と崇は特別な関係であると言えるかも知れない。

類は友を——？

まさか！

「そういうわけで、よろしく頼む」

何がそういうわけなのだかよく解らないままに奈々は承諾し、最後の後片付けに入った。いつもこうやって外嶋の話は訳の解らない方向に飛び、奈々は翻弄され、気づかないうちに丸め込まれて終わるのだった……。

レセプトコンピューターのデータをフロッピーに落とし、レセコンがそれを処理している間に分包機のスイッチを切る。一日の日計表に数字を書き入れ終わった頃には、全てのデータがフロッピーに移る。そうしたら、後はレセコンの電源を切れば、今日の閉店業務は全て終了する。

やはり今日の処方箋枚数は、百枚を超えていた。

ふう、と嘆息をつく奈々の前で、

「さて、と」

外嶋は目の前の書類をトントンと揃えると立ち上がり、白衣を脱いでにっこり笑った。

「では、お疲れ様」

＊

次の土曜日。

地元の総合文化センターで、外嶋の言う通りに形ばかりの研修会を終え、懇親会のパーティー会場に奈々は入った。

そして中をぐるりと見回すと、

――タタルさんがいた！

研修会は想像していたよりも大人数で、その会場では崇の姿を見付けることはできなかったけれど、この立食会場ではすぐにわかった。ず抜けて高い身長と、細面の顔、そして相変わらずボサボサの髪。

崇は中年の薬剤師たちの群れからポツンと離れて、隅のテーブルで一人、煙草を吸っていた。

あの仏頂面は、間違いなく桑原崇だ。

奈々は軽い胸の動悸を抑えながら小走りに近付いた。そして、

「こんにちは。お久しぶりです！」

と笑顔をかけた。

よう、と崇は無感動に奈々を向く。

三年ぶりですねと笑う奈々に崇は、

「二年六ヵ月ぶりだ」

と答える。

相変わらず愛想がない。

外嶋さんは？　と尋ねる崇に、奈々は欠席の理由を説明する。崇は、俺もそうすればよかった、と言って、まだ乾杯もすんでいないというのに、水割りのグラスをぐいと一息に飲み干した。

そして煙草を灰皿に押しつけて火を消すと、奈々に耳打ちする。

「こんな所にいつまでいてもつまらない。抜けよう」

「え？」

「もう今日の仕事は果たした。飲みに行こう」

「でも――」

「こんな薄い水割りを飲んでいると、水毒になって体を壊すぞ。見たところテーブル上の食物のバランスも悪い。君はコートはどうした。クロークか？　じゃあ一緒に出よう。久しぶりだ、俺がおごる」

壇上で延々と挨拶している役員や、そこかしこで名刺の交換をしている連中を尻目に、奈々は半ば強引に会場の外へ連れ出されるはめになってしまった。

外は寒かった。

まだ昼間は暖かい陽射しが射すとはいえ、もう季節は秋の終わりだ。日が落ちればコートの衿(えり)を立てても、風はどこからか体にしのびこんで来る。舗道の上では落葉が時折巻き起こる旋風に煽(あお)られて、乾いた音を立てながら足にまとわりついて来る。そんな道を二人は歩き、やがて地下鉄に乗って表参道(おもてさんどう)まで出た。

日中は学生や若者たちで賑(にぎ)わっているこの街も、今頃の時間ともなればうって変わって落ち着いた大人のたたずまいを見せていた。

崇はその裏通りに入る。

周りの景色は、急に閑静な住宅街となった。

錆付(さびつ)いたブランコの揺れる小さな公園がある細い路地をしばらく行くと、白いマンションが見えた。その一階がレストラン・パブになっているらしく、暗い舗道にそこだけ暖かい明かりが漏れていた。

崇はその店の大きなガラスの扉を開き、奈々を導いた。

その扉には「カル・デ・サック」とだけ金色の文字で品良く書かれている。

中に入れば、適度に落とされた照明の中を静かにスローなジャズが流れていた。わりと広い店内にもかかわらず、四人掛けのテーブルが五つと、あとは五、六人座れるカウンターしかない。そしてそのテーブル席は、大きなポトスやパキラの緑でゆったりと区切られている。

入って左手奥のカウンターの一番端には、一ヵ所だけ強いスポットライトが照らされ、そこには純白の小さな花が、まるで一足早く都会に降った粉雪のように飾られていた。

すぐに奈々たちは、もの静かなボーイに席へと案内された。

二人の他に客はカップルが二組と、カウンターに男が一人座っているだけで、この空間は都心の騒々しさとは隔絶されていた。

席に着くと崇は、ギムレットを二つと料理を適当に注文する。やがてグラスが運ばれて来ると二人は乾杯した。奈々は氷のように冷えたグラスを手に取って、一口飲む。

——美味(おい)しい！

ねずの実の香が鼻をくすぐり、ライムの甘酸っぱさが口の中に心地よく広がった。グラスの中身が白濁しているのは、ライムを丁寧に絞って作った証拠だ。決して市販のライムジュースではない。

奈々は少し幸せになった。

元々、お酒は嫌いなほうではない。

だから実は奈々も、懇親会のあの薄い水割りは飲みたくなかったのだ。

「本当は、カウンターが良かった」崇は言う。

「何故ですか？」

「カクテルがぬるくなる」

「？」

「カウンターとこの席では、カクテルが出来上がってから口にするまで一分は違う。君はそうやって笑うが、この差は大きい。冷たいカクテルは冷たいうちに飲まなくてはならない。それがルールというものだ……。とは言っても仕方ない。あとからもう一人やって来ることになっているからな。三人でカウンターは占領できない」

「もう一人？」

「ああ」崇は煙草に火を点りる。「この店で待ち合わせたんだ」

「え？　それならば、私がいて迷惑なんじゃ――」

「俺と同学年だった、小松崎良平だ」

「まあ！　小松崎さん――」

彼ならば奈々も――決して親しくはないが――知ってはいる。

「そうだ。奴は社会学科を卒業して、今は下っぱジャーナリストの職に就いている。今日は何か俺に話があるらしい」

「空手部の主将で、あの大きな体格の――」

「ああ。熊(くま)つ崎(ざき)だ」

小松崎良平は、文学部社会学科に在籍していた男で、当時身長百八十五センチ、体重九十キロという巨漢であった。四年時には体育会空手部の主将を務め、東日本大会や全国大会でも活躍していた。確か個人組手国体予選では、三回戦まで進出したはずだ。

そんな体育会系の男が、どう見ても運動には縁がなさそうな崇と、どうして親しいのだろう？

これも、奈々には以前から謎であった。

謎——といえば、

「そう言えば、何故(なぜ)タタルさんは漢方薬局に勤めているんですか？」

「そこで給料をもらっているからだ」

「そういう意味ではなくて……何故、漢方を志したかという——」

「近代医学は、細胞病理学をその根本に置いている」

崇はふう、と煙草の煙を吐く。

「この学説はより細部へより細かく進展して行く、というのは知っているだろう。器官から組織へ、組織から細胞へ、細胞から分子、染色体、そしてDNAまで……。しかし漢方医学は、遥(はる)か五千年前に神農氏(しんのうし)が薬草を噛(か)んで薬として以来、基本的に経験医学だ。陰陽・表裏・虚実・寒熱等に鑑(かんが)みて、総合的に判断を下すんだ。つまり大雑把(おおざっぱ)にまとめてしまえば、近代医学はその病巣のみをピンポイントで取り除くことに腐心するけれど、漢方医学では患者の体質ごと治癒させるという方向で考えを進めて行く――。最近のアレルギーやら慢性疾患やらを目にする時に、これからは漢方医学が重要になるのではないかと思ってね」

崇はグラスを傾けた。

まるで外嶋の話を聞いているようだ。

やはり、類は友を呼ぶのか。

――それでは、

と言いかけて、奈々はそれ以上の質問を止めた。

おそらく崇の考えはそれだけではないのだろうけれど、よく考えてみればこんな素敵な雰囲気の中で、仕事の話などは不粋極まりない。周りの風景と釣り合いがとれないだろう。

奈々はグラスを持ち上げてギムレットに口をつけながら、テーブルの隅にゆらゆらと揺れるキャンドルの炎を見つめた。

崇の前の黒い灰皿に置かれた吸いさしの煙草からは、青い煙が、まるでスローに流れるジャズに合わせるように、スポットライトの中を一筋ゆっくりと昇って行く。

窓の外を眺めれば、外はすっかり陽が落ちていた。人通りも少ないこの店の前の通りには、ポツリポツリと家々の灯りが点っているだけだ。ここからの角度では、ネオンが煌めく高層ビルも見えない。

久しぶりに落ち着いた気分……。

その時、

「よう！　遅くなっちまった。悪い、悪い」

そんな雰囲気を全て壊すようにして、小松崎良平が店に入って来た。

相変わらず髪はサッパリとスポーツ刈りにして、今にもはち切れそうな紺色のブレザーでその巨漢を包んでいる。

小松崎は入り口で崇の姿を認めると、案内も請わずにドカドカとテーブルにやって来た。

「ありゃ！　確か——奈々ちゃんじゃねえか。どうしたんだ、今日は？」

奈々は、今晩は、と挨拶を投げ掛け、そして今日の経緯を手短に話した。それを小松崎は、聞いているのか聞いていないのか、ふんふんと頷きながら、崇の隣に腰を下ろした。

「そりゃあ良かった。じゃあ一緒に話でもしながら飲もう。ところでタタルは何を飲んでるんだ？　ギムレット？　ギムレットには遅すぎるんじゃねえか？　あ、俺は黒ビールを下さい。うん、生があれば生がいいな。あと料理ね——」

一人で喋り、ボーイに注文する小松崎を尻目に、崇は相変わらずの仏頂面で煙草をふかしていた。そしてボーイの帰りぎわに、ギムレットを二つ、とだけ言った。

「そうかあ、そいつは奇遇だったな」

　運ばれて来た黒ビールで乾杯しながら、小松崎は言う。

「いやー俺もこの間、同級生の沢木と護国寺のホームで偶然出会ってな。タタルも知ってるだろう、あのちょっと変わった——」

「熊つ崎」崇は小松崎を睨む。「お前は俺に、何か話があったんじゃなかったのか？」

「おうおう、そうだった。いや、実はタタルにちょっくら相談に乗ってもらおうと思ってな」

「私もここにいていいんですか？」

　あわてて尋ねる奈々に、

「ああ。かまわねえよ」小松崎は頷いた。「一緒に聞いててくれ。奈々ちゃんがいてくれた方が、むしろ助かる。こいつと二人きりじゃ、話が固くなっていかん」

　と、小松崎はビールをぐいと一口飲むと話し始めた。

「今、俺はジャーナリストとして世の役に立っているわけなんだが、最近うちの社で話題になっている事件のことでな……。『サカキ・トレーディング』って会社の名前を聞いたことがあるか？」

「ああ。確か、今年の初めに、社長が何者かに殺されたとかいう会社か？」

　奈々も耳にしたことがあった。

　正月、三が日も明けないうちに、文京区で起こった殺人事件のことだ。

一時期テレビで毎日のように報道されていたが、流石にもう今では耳にすることもなくなっている。

「それ、それ。その事件を俺たちは追ってるんだ」

「もう十ヵ月以上もたつのに、まだ解決していなかったのか？」

「ああ。一応、長女が容疑者といわれているんだが、こいつがどうもな……」

「大体、その事件と俺と、どこでどうつながるというんだ？」

「まあ聞いてくれ」小松崎は大きな右手を祟に向けて挙げた。

「殺されたのは知っての通り、真榊大陸という享年六十五歳の社長だ。真榊は大学を卒業すると同時に島根から東京に出て来て、一代で財を成したワンマン社長だ。若い頃に一度、仲間と一緒に設立した会社を潰してるんだが、四十五歳で今のサカキ・トレーディングを始めてからは順風満帆だった。平成のバブル景気に、丁度上手く乗っかったんだな。そこで一気に年商を伸ばして、今じゃ社員九十人、経常利益六億だ。店頭公開するのしねえのって噂が飛んでたほどだ。扱ってる物はオレンジやら、貴金属やら、それこそ漢方薬やら、ちょっとした総合商事会社だ。しかし巷では、裏でかなりのあくどい手口や際どい仕事をしてたって噂が流れてる……。その真榊が、今年の正月に、文京区にある自宅で殺された」

小松崎は、ビールをごくりと飲む。

「その自宅ってのがまた、あんな良い場所に敷地八百坪ってんだから畏れ入る。もともとは石橋だか石山だか、昔の華族の邸だったんだそうだ。それを奥さんの実家で買い取ったんだとよ。最初は昔からのその邸に手を入れて住んでいたが、それを何年か前に全面改修して、今は和風旅館みてえな家が建ってる……。そこに年に一度だけ家族が集まって、三日間、新年会を開くんだな。今年も例年通りに会が催された。そして三日の夜、晩餐会が終わって、皆それぞれの部屋に引き上げた」

「ちょっと待て」崇が右手を挙げる。「年に一度正月に邸に家族が集まって……皆それぞれの部屋に引き上げて……というのはおかしくないか？　家族それぞれの部屋があるんだったら、じゃあ普段は皆、どこに住んでいるんだ？」

「ここが実に変わってるところなんだが」と言って小松崎は、上着のポケットから黒い手帳を取り出した。「大陸には息子や娘が四人いる。——長男・静春、次男・皓明、長女・玉美、そして次女・朱音だ。その中で普段から大陸の邸に住んでるのは、長女の玉美だけなんだ。普段は、静春は浦和に、皓明は川崎に、朱音は三郷にと、埼玉や神奈川に分散して生活している。これは邸を改修した時に、大陸自らがマンションまでも指定して、子供たち——と言っても、もう皆いい年なんだが——を、無理矢理住まわせた結果だそうだ」

「何故ですか？」

尋ねる奈々に、小松崎は笑いながら首を振った。

「知らねえよ。当の大陸にでも聞いてみなけりゃな。だが、その本人は殺されちまった。もう、永遠に謎のままだろうな……。大陸の死体は三日の夜中、住み込みで働いていた手伝い――ハウスキーパーってのか――の柿崎里子という四十三歳の女性が発見した。彼女は十五年前に亡くなった大陸の夫人の親友の娘で、旦那さんを交通事故で亡くしてからずっと、もう二十年も手伝いとして真榊家に入ってる……。今、住み込み、と言ったが、週の半分くらいは自分のアパートに帰るそうだ。ただ事件のあった日は、邸に泊まったという」

「………」

「さてここからだ」小松崎は、居住まいを正す。「一月三日の夜に大陸は、寝室のテーブルの上にあった陶器の壺で、頭を思い切り殴られていた。殆ど即死だったらしい。そのままベッドの脇に倒れ、床の上で絶命した……。ところが邸は、ほれ、セキュリティ・システムが働いていて、外部からの侵入は不可能になってる。だから、その時邸にいた誰かの犯行だろうということになって、警察は一応、長女の玉美を犯人と考えた」

「一応――考えた？」

ああ、と小松崎は頷く。

「まあ、そこらへんは後で詳しく話す……。それでさっきも言った通り、死体を最初に発見したのは柿崎里子って手伝いだが、これが変なことを言ってやがるんだよ」

「変なこと？」

「ああ。大陸は、殺された晩に邸の中で幽霊を見た、と言って酷く怯えていたんだとよ」

「幽霊を？」

「そうだと」小松崎は、吐き捨てるように言った。「まあ、酒の飲み過ぎでそれこそ幻覚を見たんだろうがな」

「どんな幽霊だ？」

崇の催促に、小松崎は里子の証言を繰り返した。

二階の寝室に戻る時に、白い衣をまとった黒髪の女性が見えた。そしてその後には暗い夜空が広がり、一抱えもあるような人魂が、ゆらゆらと宙を彷徨っていた――。

警察はその証言を元に、一応廊下をくまなく捜索したが、黒髪は勿論、夜空を覗けるような穴などどこにも見当たらなかった。

「大体からして廊下には窓らしきものすら、全くない。つまりこれは――完全に大陸の幻覚だったというわけだ」

そう言って煙草に火をつける小松崎に、崇は真顔で尋ねる。

「何故、そう断定できる？」

「へ？　何故、って、お前――今時、本当に幽霊が出たなどと信じる奴は、俺の姉貴の勤めてる幼稚園児にもいねえよ」

「…………」

「おい。何だよ、まさかタタルは、幽霊や妖怪の存在を信じてるってのか？」

「そもそも幽霊と妖怪は鯨(くじら)と狸(たぬき)ほど違うんだが、まあ今はそれはいいとして——熊つ崎は、風邪をひいたことがあるか？」

「え？」

「奈々君はどうだ？」

いきなり話の矛先(ほこさき)を向けられて、奈々はあわてて答える。

「え、ええ——勿論、あります」

「そうだろうな。薬局という仕事は、全ての職種の中で二番目に風邪をひきやすい職業だ。一番目は当然、内科・小児科医だが——。ところで、その風邪の原因菌は？」

「——？　ウィルスですけれど」

自信たっぷりだな、と崇は笑った。

「では、奈々君はそれを見たことがあるのか？」

「はい」

「肉眼で？」

「何を言っているんですかタタルさん」奈々は笑った。「ウィルス——インフルエンザ・ウィルスの直径は、約〇・〇〇一ミリと言われているんですよ。肉眼で見えるわけがないじゃないですか」

「では、どうして君はその存在を信じるんだ？」

「信じるも何も、いくらでも資料がありますよ。電子顕微鏡を使っての写真付きで——」

「つまり君はこう言いたいんだね」崇はギムレットを一口飲んで、奈々に笑いかける。「自分の目で実際に見たわけでもないのに、ウィルスの存在を全く疑っていない。何故ならば、誰か他者の手によって特殊なカメラを用いて写されたと称する写真を見ているから——と。しかもその存在の裏付けは、ただ単に大勢の人たちの『見た』という証言があるからにすぎないにもかかわらず、だ」

——崇が何を言いたいのか、解った。

「それならば、ウィルスも妖怪も一緒だ」

「そいつは詭弁だぜ、タタル」小松崎は笑う。「そんなこと言うんなら、妖怪の写真は存在するのか？」

「特殊な人々によって写された絵ならば、いくらでもある」

「たかが、絵じゃねえか」

「それを言うならば、たかが写真だ。写真が、この世に存在している全ての物を写し取れるとは限らないだろう。そう考えれば、電子顕微鏡でウィルスを見たという人間の証言を我々が否定できないのと同じ確率で、この目で妖怪を見たという人間の主張を却下することはできないはずだ」

「しかし、ウィルスは何人もの学者が確認しているんだぜ」

「数で言うならば、インフルエンザ・ウィルスを見たという人間よりも、妖怪を見たという人間のほうが圧倒的に勝るだろう。それに大体、ある型のウィルスなどに至っては写真も無ければ、当然その姿を見たという人間はいない。しかし、その存在を疑っている科学者もいない上に、治療薬まで用意されている。この現実はどうだ？　こちらの方が、よほど怪異だ――。それに第一、赤の他人が見たの見ないのなどという、そんな脆弱な根拠では何の証明にもならないね」

「でも」奈々も反論を試みる。「ウィルスの存在は抗原抗体反応で確認できます。それに誰だって――C型肝炎ウィルスなどは無理としても――インフルエンザ・ウィルス程度なら、見ようと思えば研究所に行って自分の目で見ることができますよ」

「妖怪の存在も天変地異で知ることができる――。そして奈々君の言う『見ることができる』ということも、では我々は本当にそれを見ているのか、と尋ねられたならば、それを証明する手段はないはずだ。何故ならば自分の見ている物は、あくまでも自分一人にしか解らないんだからね」

「――んな、馬鹿な！」

小松崎は呆れ顔で煙草に火をつけ、やっぱり詭弁だ、と呟いた。

「まあ、ことほど左様に」崇は笑ってギムレットを空けた。「我々は今もそんな胡乱な世界に生きている、というわけだ」

「…………」

何かうまく話をはぐらかされてしまったような気分で、奈々もグラスを空けた。小松崎はピーマンと胃薬を奥歯で思い切り嚙み潰したような顔で、セロリのスティックを嚙んだ。そしてグラスを、ぐい、と飲み干してお代わりを注文する。


「それで肝心(かんじん)の事件はどうなった？」崇は尋ねる。

いい気なものだ。

脱線させた張本人は、崇ではなかったか？

「どこまで話したっけな？」

「真榊大陸の死体発見までだ」

「そうそう。それで——タタル。お前、百人一首は詳しいだろう」

「？　まあ、人並みにはな——それより熊つ崎、お前こそ文学部だったんじゃないのか」

「四年の時の出席率はお前と同じくらいだ——。それで、タタルは『白露(しらつゆ)に風の吹きしく秋の野は』って歌、知ってるか？」

「ああ」崇は運ばれて来たグラスに口をつけながら答える。「『つらぬきとめぬ玉ぞ散りける』——文屋朝康(ふんやのあさやす)だ。六歌仙の一人、文屋康秀(やすひで)の子だ。ちなみに康秀の『吹くからに秋の草

木のしをるれば　むべ山風を嵐といふらむ』の歌も、実は朝康の作ではないかといわれている」

「おお、それそれ！」

「それがどうした？」

「いや、実はな、大陸は自他共に認める大の百人一首マニアだったんだ。古今東西の色々な百人一首札や、それに関する資料を山ほど集めていた。実際、大陸の書斎などは百人一首関係の本だけで見事に埋まっていたそうだ。特に複製にも凝っていたらしく、オガタ……オガタ――」

「尾形光琳(おがたこうりん)か！」

「それだ。その尾形光琳が描いたという札だ。よく知ってるな」

「知ってるもなにも……」崇は呆れ顔で小松崎に言う。「光琳は、本阿弥光悦(ほんあみこうえつ)・俵屋宗達(たわらやそうたつ)と並ぶ『琳派(りんぱ)』と呼ばれる江戸・元禄(げんろく)時代を代表する画家の一人で、弟の乾山(けんざん)も有名な陶芸家だ。光琳の残した『紅白梅図屏風(こうはくばいずびょうぶ)』『燕子花図(かきつばたず)屏風』『八橋蒔絵硯箱(やつはしまきえすずりばこ)』等は全て国宝だし、その他にも重要文化財として『風神雷神図(ふうじんらいじんず)屏風』『太公望図(たいこうぼうず)屏風』『住之江(すみのえ)蒔絵硯箱』等、沢山(たくさん)の芸術品を残している。その光琳が描いたとされる百人一首カルタは『幻のかるた』と呼ばれ、長い間その存在がわからなかったけれど、十数年前に京都で発見されたんだ。カルタの裏張りは全て金紙だそうだ。その複製品か。ぜひ、見てみたい」

崇は腕を組んで唸る。

「そうか、そいつは機会があったらゆっくり見てくれ」小松崎は、何の興味もなさそうに言った。「まあ、それが大陸の寝室一面に貼られているんだ。蝶々の標本みてえにな。そして——俺はそういうカルトなマニアの気持ちは全く解らねえんだが——大陸はそれらの中から時々の気分に合った物を何点か選んで、ナイトテーブルの上の大きな写真立てに挟み、毎晩そいつを眺めながらブランデーを一杯やってから眠るのが習慣だったという——。そこでだ」

小松崎は黒ビールをぐい、と飲み、口の周りに付いた泡を手の甲で拭いながら続ける。

「大陸が殴られて倒れた時、ナイトテーブルの上の写真立てを引っ掛けた。そして床に落ちてガラスが割れて、五枚の札が散らばったんだ。奴は瀕死の状態で、その中の一枚の札を必死に摑んだ。そして絶命した。つまり、その百人一首札が大陸の遺言——ダイイング・メッセージだったんだよ」

「ダイイング・メッセージ？」

「あの……小松崎さん」奈々は尋ねる。「それは、本当に大陸さんのダイイング・メッセージだったんですか？ 倒れた時に、ただ偶然手に触れただけじゃないんですか？」

「いや違う。床には五枚の札がまとまって落ちてたんだが、その場所は倒れた大陸の頭の先だった。そしてその札に向かって必死に手を伸ばした証拠に、床にべったりと血の痕がついていた。大陸の指のな……。つまり他の四枚の札を除けて、わざわざその一枚を握り締めたまま絶命していたってわけだ。おそらく間違いはないだろう。ただ、一体何を報せたかったのかは解らねえがな——。そして大陸の握っていた札こそ、さっきの——」

「白露に風の吹きしく秋の野は」

「それだ」

「つらぬきとめぬ玉ぞ散りける——か」

「意味が解らねえんだよ」小松崎は大きく嘆息をついた。「いくら考えても俺も警察も解らねえ」

「俺も警察も、と来たか」崇は苦笑いする。「まあ『玉』というのはここでは勿論白露のことだが、同時に『魂』も意味するからな。つまり命が散る——という、実にうってつけの歌だな……。それに、警察と言えば熊つ崎、お前の叔父貴が警視庁にいるだろうが」

「ああ、岩築のおやじか。今じゃ警視庁捜査一課の警部だ」

「岩築さんも解らないのか？」

「そうだ。それで、取りあえず『玉』ということで『玉美』を指していたんだろうってことになってる」

「そいつは余りにも短絡的すぎる。第一、大陸氏が握っていたのは読み札か、それとも取り札か？」

「読み札だ」

「じゃあ、そこには『玉』という文字は書かれていない」

「しかし玉美は、殺害を自白してるんだ。それで決定した」

「何だと！」崇は叫んだ。「じゃあこんな話を持ち出すまでもなく、最初から全て解決しているじゃないか」

「だがな、その自白がどうもあてにならねえ。信用できねえんだよ」

「お前の信用だけで事件を左右されちゃ、たまらないな」

「いや、きちんと理由があるんだ。それも後で説明する」

「…………」崇は、仏頂面で腕を組んだ。「じゃあ——ちなみに他の四枚の札は何だ？」

「ああ、ちょっと待て」小松崎は手帳をめくり、読み上げた。

「ええと……。

小倉山峰のもみぢ葉心あらば
　今ひとたびのみゆき待たなむ

ちはやぶる神代もきかず龍田川
　からくれなゐに水くくるとは

秋風にたなびく雲の絶え間より
　もれいづる月の影のさやけさ

夕さればかど田の稲葉おとづれて
　葦のまろ屋に秋風ぞ吹く

――だ」

「貞信公、在原業平、左京大夫顕輔、大納言経信の四人だな……。ほう、大陸氏はその日は秋の歌ばかりを五首選んでいたというわけだ。また、風流なことだ」

「変なところに感心してる場合じゃねえぞ」

「――まあ仮に『白露に――』の歌が本当にダイイング・メッセージだと仮定して……奈々くんは百人一首は詳しいか？」

小さい頃、お正月に少し遊んだ程度です、と答える奈々に崇は、

「じゃあ良い機会だ、少し説明しよう」と言った。

それをあわてて小松崎は止める。

「待てよ！　何でそんなに遠回りしなくちゃならねえんだ」

「遠回り？　あらゆる角度から考察を入れる、というのが漢方学の基本だ」

「ちょっと待てよ！　こいつは病気じゃねえんだぞ。殺人事件だ」

「どちらも一緒だ」

崇は笑って、三杯目のギムレットを飲み干す。

小松崎は諦めたように、お前に任せるよ、と肩を竦めると目の前のチーズをクラッカーに載せて頬張った。そして三人分の飲み物を注文した。崇はギムレットを、小松崎は黒ビールを、そして奈々はスロージン・フィズを頼んだ。

でも……確かにこの二人のペースに合わせていては肝臓が悲鳴を上げるだろう。

――！

奈々は、ふと思い当たる。

〝もしかしたならば、外嶋さんはこうなることを予想して自分の代わりに私を……⁉〟

「奈々くん。百人一首というのは、呪われた歌集なんだよ」

崇は煙草に火をつけると話し出した。

「呪われた歌集――？」

「そうだ」

俺もそんな話は聞いたことがねえぞ、と隣で呟く小松崎を無視して崇は続ける。

「いいか。この歌集に選ばれている歌人を、思いつくままランダムに取り上げてみても——柿本人麿は朝廷に反旗を翻した後、刑死したといわれている。万葉集の編者の一人とされている大伴家持は死後にその遺骨が流刑になっている。死んだ後に、だ。安倍（阿倍）仲麿は遣唐使として唐に渡ったが、帰国の望みが叶わずに唐の地に没し、その後、鬼になったと伝えられている。小野小町は仁明天皇崩御と同時に宮廷を追い出され、悲惨な老後を送った上に、没した地さえ定かじゃない。蟬丸は実は醍醐天皇の皇子であったにもかかわらず、盲目のために山に捨てられて後に琵琶法師になったという伝説がある。陽成院や源融は、藤原基経との政争に敗れて死ぬまで冷遇された。また、小野篁は地獄の王に仕えていたという伝説がある。朝廷での仕事が終わると、夜な夜な六道珍皇寺の井戸を伝って地獄へと降りて行く……」

ちょっと待ってくれ——と言い掛けた小松崎を全く無視するようにして、崇は続ける。

「在原業平も自らは桓武天皇の血を引きながら、藤原氏に追い詰められて東国まで逃げた。また、藤原良経は、三十八歳の時、天井からの槍で暗殺されている。菅原道真は無実の罪を着せられて大宰府に流され、その地で没して天神となった。崇徳院は保元の乱に破れ、その後大怨霊として実際に明治の頃までこの日本に君臨していた……。その他、式子内親王や三条院、左京大夫道雅、小式部内侍、壬生忠見等々——不遇をかこったり、早逝したり、不本意な亡くなり方をした人々が大勢いる。いや、むしろそういう人々が一堂に会したと言っても過言ではないくらいだ——。ああ。第一に、巻頭・一首目の天智天皇は実は暗殺されたという説がある。そして最後を飾る順徳院は、その一首前の父・後鳥羽院とともに、承久の変で敗れた後にそれぞれ佐渡、隠岐に島流しになっている」

「………………」

一気に喋り終えた崇を呆然と見つめている奈々に、ふと視線を移して、

「しかし百人一首における最も大きな謎は」崇は言う。「余りにも駄作が多い、ということだろうな」

「駄作？」

「そうだ。これは織田正吉さんも主張している。その上、選ばれている歌人も非常に偏っている。古今の百人の歌人の中に当然入ってしかるべきなのに、何故か選ばれていない人々は、大伴旅人、山上憶良、額田王、源順、小大君、花山院……等々大勢いる。じゃあ、それならば彼らを入れる代わりに誰を外すのかと尋ねられれば——それは個人の趣味に任せるしかないと思うけれどもね。だから、定家もおそらく——」

「ちょっと待ってくれ！　頼む」

小松崎は両手で崇の肩をゆさぶって話を止めた。

「何だ？」

崇は小松崎を睨む。

小松崎は、そんな崇にすがりつくように言った。

「それでな、タタル。俺の聞きたいのは、あの札の意味は何なのかってことだけなんだよ」

「何の札？」

「頼むよ。大陸の握っていた『白露に――』の札の意味だ」

「だから今、順を追って説明をしていたんだ。それをお前が横から口を挟むから――」

「いや、今解る範囲でいいんだ。俺はお前に、何も今ここで百人一首一つ一つについて解説してくれって言ってるわけじゃねえんだよ。そんなことはまた別の機会にしてくれ。奈々ちゃんと二人で、カルタ取りでもやりながらな。俺が今知りてえのは、あの事件に関係してるとこだけだ」

口から泡を飛ばして力説する小松崎を、冷ややかに見つめて崇は答える。

「しかし、あの事件について俺の知っている事実が余りにも少なすぎる。息子や娘たちに関する情報もほとんど無い。全ての事実が揃う前に推理を下すのは、愚か者のすることだ」

「よし。じゃあ、タタル先生の百人一首談義は少し休憩として、今度は俺がこの手帳に書いてあることを全て話そう。奈々ちゃんも今日は覚悟を決めて付き合ってくれ。これも何かの縁だ」

「――え？　私……？」グラスに口をつけていた奈々は、むせた。「あ、あの、私は――」

「よし、目の前の酒を空けて、新たにもう一杯ずつ貰うぞ。俺は、バーボンのロックをダブルだ」

小松崎は手を挙げてボーイを呼ぶ。

崇は煙草に火をつけて、ぷかりとふかした。

奈々は、

——どうしよう？

帰りたい、のも本当だが——最後まで話も聞いてみたい。

男たちを見れば、小松崎はシャツを腕まくりして張り切っているし、崇は我関せずという顔でグラスに口をつけている。

奈々は、肩を竦めて嘆息をついた。

玉三郎——愛猫の夕飯は妹に頼んだし、明日は休みだし……、

たまにはこんな夜もいいだろう。

ただ一つ心配なのは、

——この宴は、果たして今夜中に終わるのだろうか……？

《ゆくするまでは》

　正月もまだ四日だというのに、岩築竹松は未明の電話一本で呼び出された。都心の空は普段でも星が見えないが、今日は本当に叢雲に覆われているらしい。みぞれでも孕んでいそうなほど冷たい木枯らしが、まだ夜明け遠い街を吹き抜けていた。

　勿論、警視庁捜査一課警部の彼には、正月も盆もない。実直すぎる性格が、彼からのどかな生活を奪ってもう何年になるだろうか？　しかしそのおかげで、警察学校から二十年足らずで今の地位に就いているわけだ。特に、警部補から警部までの道程は平均で八年といわれているにもかかわらず、わずか六年三ヵ月で通り過ぎた。国家公務員の有資格者であれば、平均でわずか一年という短い道程ではあるのだが、地方公務員から出発した彼にしてみれば、早い出世である。

　岩築は短い胡麻塩頭をボリボリと掻きながら欠伸を一つして、部下の運転する車に乗り込んだ。

白山（はくさん）通りは、さすがに空（す）いていた。

おそらく普段の日ならば一時間は車に閉じこめられたままであろう渋滞もなく、岩築たちを乗せた車は快調に飛ばして行く。まだ夜明けまでは間がある。時計を見れば、まだ四時前だった。

「警部。到着しました」

やがて車は、白山通りを少し外れた、閑静な住宅街に停まった。

「おう」

岩築は、ドアを開ける。

心なしか空気も澄んでいるようだ。真冬なのに、緑の香りがするような気さえする。

岩築は背広の前を合わせてコートの衿（えり）を立てると、目の前に構える家を見上げ、大きく嘆息をついた。

「でけえな、こいつはまた。こんな都心に、随分（ずいぶん）と立派な邸じゃねえか」

署を出る時に、現場は和風の三階建てと聞いて来たが、どう見ても普通の家の四階建てぐらいの高さはありそうだ。

長い築地塀（ついじべい）にぐるりを囲まれたこの邸は、伝統的な入母屋造り（いりもやづくり）で、屋根には日本瓦（がわら）がずしりと重く乗り、その四方には大きな鬼瓦（おにがわら）が睨みを利（き）かせている。軒（のき）は深く、おそらくは五尺以上は充分にあるだろう。妻の部分には破風が飾られた、まさに重厚な造りである。

大きな腕木門の前に立っている警官が、挙手で岩築を迎えた。

岩築は衿を正すと、見上げるようにして瓦葺きの屋根の付いた門をくぐった。この門構えだけで優に五間はあるだろう。そして一歩中に入れば、門かぶりの立派な松が岩築を出迎える。

——まるで、どこかの超一流旅館だ。

目の前には丹波石の乱張りの道が、緩やかに左へとカーブして玄関に続いていた。そしてその左右には、良く手入れされた芝生の庭が広がっている。夏ともなれば、きっと陽の光に青々と輝くのだろう。

その所々に松や柘植の木が植えられ、建物の後方に向かって竹林が続いているのは、多分、奥に日本庭園のようなものでもあるのだろうか。

完全に別世界である。

まるで、都心にいることを忘れさせてしまうような造りだ。

——平安神宮にでも来たみてえだな。

岩築は、実際に平安神宮に行ったことはなかったが、何となくそう感じた。

ようやく玄関に辿り着き、大きな格子戸をガラリと開ける。

そこは八畳もあろうかという黒御影石張りで、艶やかに白い照明を反射していた。

岩築は再び嘆息をもらしながら靴を脱ぎ、式台に足をかけた。

邸が広いせいで、中も外と変わらないほど寒い。

岩築は、コートを着たままで失礼、と誰に断るともなく言って上がる。

広い檜の廊下を進むと、まだ未明にもかかわらず、邸の中は警官やら鑑識やらで既にごった返していた。

「おはようございます」

一足先に到着していた部下の堂本が、眠そうに挨拶する。

「おう」

と言いながら岩築は手を伸ばして、堂本の曲がったネクタイをぎゅっと直した。

堂本素直、三十四歳、独身。名前の通りに、素直な男だ。果たしてこの仕事に向いているのか、といつも心配させるほどに……。

堂本はぶ厚い手帳にびっしりと書かれている蟻のように小さな文字を睨みながら、この事件の詳しい状況を岩築に伝える。

被害者は、真榊大陸。サカキ・トレーディングの社長で……。

第一発見者は、柿崎里子。二十年前から働いているこの家の手伝いの女性で……。

死亡推定時刻は、まだ確定はされていないが、里子の証言によれば真夜中頃であっただろうこと……。

容疑者——当時邸内にいたのは——息子や娘、そして秘書二人の合計七人で……。

云々——。

岩築は堂本の案内で、入り口奥の階段へ向かう。階段の右隣は台所——いや、キッチンと言うべきか——になっている。そして広い空間を挟んで左手に見える部屋が、応接間と食堂だろう。

岩築は階段を上り、ゆったりとした踊り場を左に折れる。

階段の正面は突き当たりで、左右に一間廊下が伸びていた。

右手には娘の玉美の部屋があり、左手には真榊の寝室と書斎、そして手伝いの柿崎里子の部屋があります、と堂本が説明する。

正面の壁や廊下の所々には、日本画や何が書かれているのかよく解らない書が、沢山飾られていた。

「何と書いてあるんだ、こりゃあ」

岩築はその中の一つを眺めながら一人呟いた。

何時の時代の誰の書なのかは全く見当もつかない。その上、書かれている文字も岩築の目には、蚯蚓の這った跡にしか見えない。

堂本も苦笑いして、無言のまま肩を竦めた。

「しかし、同じ日本人の書いた文字が読めねえんだからなあ……。たかだか百年くらいの間に日本がそれほど変わっちまったのか、それとも俺たちが大馬鹿になっちまったのか――」

確かに江戸時代、いや明治の頃までは一般庶民ですら草書（そうしょ）を読めたはずなのだ。それが今では、ほんの一部の専門家にしか読むことができなくなってしまっている。おかげで岩築などは、浮世絵に書かれた洒落（しゃれ）た文句ですら、何がなんだかまるで見当もつかない……。

「情けねえこったなあ、おい」

岩築は頭を振りながら、嘆息をもらす。

そして、広い廊下をしばらく進み、一番奥の部屋――真榊大陸の寝室に入った。


まず、ぐるりと見渡す。

いつもの行動だ。とりあえず全体を見て、鼻を効かせるのだ。

第六感に引っ掛かるものはないか……？

部屋は二十畳くらいの広さだろうか。その中狭しとばかりに鑑識が、指紋の検出に、写真撮影にと動き回っている。

入って左手には、立派なリイドボード。そしてサイドボードの奥の端から大きなモスグリーンの厚いカーテンが、部屋の一番右手奥に備え付けられたセミダブルのベッドの頭まで長く引かれている。

おそらくカーテンの向こう側には、庭を見下ろすベランダでも設（しつら）えられているのだろう。

そしてそのベッドの横にはナイトテーブルと和風の照明があり、その足元には大きめのポートレート入れのような物が落ちて、ガラスが砕け散っていた。

そしてそのすぐ脇に――、
赤黒い後頭部を見せて、真榊大陸が俯せに倒れていた。

岩築は死体に近寄りながら尋ねる。

「被害者と犯人が争った跡は？」

「ほとんど見られないス」

「後頭部の傷が、直接の死因か？」

「おそらくは……。すぐに司法解剖に回しますが」

「死亡推定時刻は？」

「まだはっきりとは解りませんが、家の者の証言を合わせますと、昨夜十二時少し前かと」

「部屋の鍵は？」

「いつも掛けてはいなかったそうです」

「いつでも誰でも入れた、というわけだ――」

岩築はしゃがみこんで、絨毯を手の甲で撫でる。

「――この邸はセキュリティ・システムが働いていたという話だが、例えば外部からの侵入の可能性ってのは？」

「殆ど不可能かと……」

「何か部屋から紛失している物は？」

「手伝いの女性の証言によりますと、今のところは何も……」

「ということは――」

岩槃は立ち上がる。

それを合図のように警官がやって来て岩槃に挨拶をした。警部、もうよろしいでしょうか、という警官に岩槃が頷くと、大陸の遺体を手早く青いシーツに包み、タンカで外に運び出した。

岩槃は主人のいなくなった部屋を、再びぐるりと見回す。

床にごろりと転がっている陶器の壺が凶器、というわけだ。

岩槃は手袋をはめてしゃがみこむと、壺を少し持ち上げて、底の部分に付着した血痕を確認する。

――人を殴るにゃ、手ごろな重さだ。

岩槃は壺を元の位置に戻すと、顔を上げた。

カーテンの反対側――ドアを入って右手の壁を見れば、無数の百人一首カルタがきちんと数十枚ずつ額に納められて、天井近くまで飾られていた。

実に見事なコレクションと言うより他はないだろう。何しろ部屋の壁一面が、色とりどりの平安絵巻で彩られているのだから。

「おい、堂本」

「はっ」

「そして、何だ、被害者が後頭部を殴打されて倒れた時に、ナイトテーブルの上に飾ってあったあの写真立てが倒れたのか？」

「そうっす」

「そしてガラスが割れ、中に入っていた百人一首札が床の上に散らばり――」

岩築は再びしゃがみこみ、残された百人一首札を眺めた。

「被害者は瀕死の状態でそれらの札の中から――どういう理由だかは解らねえが――一枚を選び取り、右手に握り締めて絶命した。それで、その時握っていたという札は？」

「これす」と言って堂本は、床の上の一枚の札を指し示す。「『白露に風の吹きしく秋の野はつらぬきとめぬ玉ぞ散りける』という歌で、作者は『ふんやのあさやす』だそうです」

――聞いたことがあるような、無いような……。

「それでここに散らばってる残りの札の歌は、何てやつだ？」

「業平や貞信公らの歌だそうです。ただ……その……自分は、こういった部類は苦手でして――」堂本は、その蚯蚓文字に目を落として頭を掻いた。「後程きちんと調べさせます」

「そうしてくれ。俺も苦手だ」

岩槳は立ち上がり、右手で顎を捻る。

「とにかくこの家の人間に会ってみよう。まあ、いずれはきちんとした調書を取らにゃあなるまいが……。全員、この家にいるのか？」

「はい。下の食堂の隣の応接間におります」

「何人だ？」

訊かれて堂本は、手帳に目を落とす。

「長男の静春、次男の皓明、長女の玉美、次女の朱音、秘書の墨田厚志、同じく秘書の矢野廣、そして手伝いの柿崎里子——。都合七人です」

「何だ、秘書も泊まってるのか？」

「はあ、そのようで……」

「——よし」

そう言って部屋を出ようとした岩槳の目は、ふとドアの上に掲げられた一枚の額に止まった。

「おう。この額の文字だけは、俺にも読めるな」

「それは、被害者の自筆だそうです」

そこにはわりと解りやすい文字で、こう書かれていた。

『足下観
　不退転
　信我有
　仏道心』

「被害者は仏教徒だったのか？」

「さあ……」

「足元を観て、真っ直ぐに進めってか」岩築は笑った。「堂本。お前に言ってるんじゃねえのか？」

「また、そういうことを――」堂本は、疑わしそうに岩築を見た。「大体、本当にそんな意味なんスか？」

さあね、と岩築は苦笑いした。

「そう言われりゃ、確かに、解るようで何だか解らねえなあ――。しかし、まあ、今はそんなことはどうでもいい。まず、仕事を片づけなくちゃな」

岩築は正面を見据えると、勢いよく部屋を出た。

＊

「一人ずつこちらに呼んでくれ」

岩槻はそう言って、応接間の隣の食堂に入る。

——またこの食堂も、立派なことよ。

優に二十畳ほどはあるだろう。そのため暖房が入っているにしては、少々寒い。入り口正面には大きな出窓があり、その前の飾り棚にも大和絵が数点飾られていた。十人掛けのテーブルが部屋の中央に置かれ、おそらく大陸の席であろう一番奥のイスの向こうには、レンガ造りのマントルピースがある。そして勿論その上にも誰かの書が額に入れられて飾られていた。例によって岩槻には読めないが——。

しかし、食堂全体が何となく暗い。それは決して照明のせいだけではなく、何となく……。

岩槻はコートを脱いでテーブルの一番手前、入り口近くのイスに腰を下ろした。そして堂本もその隣に座り、メモを取り出して構えた。

まず最初に呼ばれたのは、第一発見者で手伝いの、柿崎里子だった。

その目は真っ赤で、おそらくずっと泣き通していたのだろう。そして今日も眠れない夜を過ごすに違いない。それが、第一発見者の運命だ。

髪は撥ねたまま後ろで簡単に束ねられているし、ほつれ毛が額に垂れてはいるが、きちんと髪を梳けばきっと三十代と言っても通用するだろう。少なくとも四十三歳にはとても見えない。

岩築は、座って下さい、と丁寧に目の前のイスを指し示した。

里子は、ハッと気付いたように薄ピンク色のエプロンを外すと、手早く丸めて、岩築たちと向き合うようにテーブルの端のイスに腰を下ろした。そして自分の膝の上に載せたエプロンを、固く握り締める。

「あなたが大陸氏の死体の第一発見者ということですが、間違いありませんか」

という岩築の質問に里子は、はい、と上目遣いで二人を眺めながら小声で答えた。エプロンを握った手が少し震えている。

「さて、それでは昨夜のことを順を追って、話して下さいませんかな」

岩築の問いに、

「はい」

と答えた里子の顔面に緊張の色が走り、膝の上の両手は再び固く握り締められた。

「――私が、皆さんの夕食の後片付けをし始めた時でした。キッチンで洗い物をしていると、二階の方から『誰か！』と叫ぶ声が聞こえて、『ドタン！』という大きな音がしたのです」

「叫び声が聞こえてから、物音がしたんですね？」

という岩築の問いに、里子は、

「はい」

と答えた。岩築は尋ねる。

「あなたがいたのは、あの階段の向こう側のキッチンですね」

「はい」

「それを聞いたのは、何時頃でしたかな？」

「九時十二分過ぎでした」

「詳しいですな。それは確かですか？」

「食器を提げてここを出る時に、あの柱時計を見ました。それに」里子は半ば自慢げに、しかし半ば照れ臭そうに言った。「私、記憶力には自信があります。昔から暗記科目は得意でした。一度見たり聞いたりしたものは、大抵は忘れません」

「そうですか、それは頼もしい……。では、その後を続けて」

「私は、あわててキッチンの外に飛び出して、階段を急いで駆け上りました」

「その声は二階からだと、どうしてすぐに解ったんですかね？」

「はい。いつも旦那様が私を二階からお呼びになる時と、同じ響きと大きさだったからです」

「なるほど……。それであなたは、躊躇することなく二階へ」

「はい。階段を途中まで上がり、踊り場で振り仰ぐように見上げると、突き当たりの廊下に旦那様が尻餅をついておいででした。私は何か発作でも起こされたのかと思い、すぐに駆け寄り、どうなさったのですか？　とお訊きしました。すると旦那様はこともあろうに――幽霊を見た、と」

「幽霊？」

「はい。白い衣をまとった黒髪の女性が、ふらふらと廊下を漂っていた、とおっしゃいました」里子は一語一語、自分の記憶を確認するように、ゆっくりと話した。「そして次に、人魂が夜空に浮かんでいた、と」

「ほう、人魂が――」

「はい――。でも、二階の廊下には、空が見える窓など一切ございません。ですから私は、旦那様は幻覚を見られたのだ、とすぐに思いました」

「――でしょうな」岩築はごつい指で自分の顎を捻った。

――幽霊と、人魂か……。

「それであなたは真榊氏を寝室に？」

「はい。お部屋にお連れして、早くお休み下さいと申しました」

「その時の真榊氏の様子は、どうでしたかな？」

「酷くふらついておられて……。でも、夕食の途中から頭が痛いとおっしゃられていたので、きっとそのせいだろうと――」

「頭痛が？」

「旦那様はお酒を沢山召し上がられたので、そのためだろうと私は思いました」

「酒をね」

「はい。皆様全員で、ワインを――」

「その夜は、それ以降真榊氏の姿を見てはいないんですね？」

「――いいえ。その後、十時二十分に、一度呼ばれました」

「真榊氏に？」

「はい。私の寝室は、旦那様の寝室の斜め前にあります。昨夜その時間頃に旦那様の寝室のドアが開いて、私を呼ぶ声が聞こえたので、私もすぐに自分の部屋のドアを開けました。すると旦那様が寝室のドアから半分身を乗り出して、薬を飲みたいから水を持って来て欲しい、と……。そこで私は一階まで下りて、水差しとグラスをお持ちしました」

「あなたが水を持って行った時、部屋には真榊氏一人でしたか？」

「はい……おそらくは。ベッドの縁に、腰を下ろしていらっしゃいました」

「その時の氏の様子は？」

「酷く具合いが悪そうで、私はお医者様をお呼びしましょうか、と尋ねましたが、それには及ばない、一晩眠れば大丈夫だ、とおっしゃって……でも、まさかその時は、こんな……」

里子は俯いて両肩を震わせた。そしてあわててハンカチを取り出して、目の下にあてた。

岩築は里子の動揺が収まるまで、少し待つ。

煙草をくわえて後ろを振り返り、一心にメモを取っている堂本の手元を覗き込んだ。相変わらずきたない字だが、何とか読めるだろう……。

「なるほど、あなたの寝室は真榊氏の斜め前——と。では、昨夜あなたの他に、真榊氏の寝室を訪ねた人間を見ませんでしたかな」

「——！」

里子の握りこぶしに力が入り、顔色が心なしか青ざめた。

「どうしました？」岩築は、それに気付かぬふりで尋ねる。

「え、ええ……」

「里子さん」

「は、はい——」

「どなたかの姿を……ごらんになったのですね？」

「……………」

「正直に話して下さい」岩槃は、ここはわざと優しく言う。「あなたが姿を見たからといって、我々はその人物がこの事件に直接関わりがあるなどと即断しねえ——いや、しませんよ」

嘘である。

その人物こそ犯人だと考えるのが、一般的な常識というものだ。

岩槃と堂本は、身を乗り出してその名前を待った。

里子はやっとのことで、呟くように言った。

「——皓明さん……を……」

「ほう。皓明さんを、ね」

岩槃は横目で、堂本がきちんとメモを取っているのを確認する。

「何時頃のことですか？」

「私が旦那様に呼ばれた時……階段を上がって来る姿を見ました……。そしてお水を持って再びお部屋を訪ねた時に……三階に上って行かれる後ろ姿を……」

「上がって来る姿はともかく、その後ろ姿も皓明さんでしたか？」

「はい……。それは勿論。見間違えるわけもありません……」

「あなたがキッチンに下りて行く時に彼が二階に上がって来た……。そして水を持って再び真榊氏の寝室へ戻るまで、何分ほどかかりましたかね？」

「そう……ですね……五分もかかっていないと思います」

「すると——」岩築は顎を捻る。「あなたが氏の寝室に向かう途中で、まだ晧明さんは二階にいた、ということですな」

「——そうなりますか」

「何か中途半端ですな……。普通ならばあなたが二階に戻られる頃には、彼はとっくに三階に上がっていてもよいはずだ。二階で何をしていたのか……。まあ、時間にしてほんの一、二分というところでしょうがね——。その後あなたは氏に、水差しとグラスを手渡したんですな」

「はい」

「その時に、何か気付いたことはありませんかな？」

「…………」

「何か？」

「……信じてもらえるでしょうか？」

里子は身をよじらせてためらう。

「——どうぞ」

「私は昔から霊感が強くて——昨日は、朝から何か嫌な予感がしていました。何となく——胸のあたりがつかえる、とでも言うんでしょうか……。晧明さんの後ろ姿を見送った時に、ふと見ると、旦那様の寝室のドアが開いていましたので、何気なく中を覗きました。すると――」

「すると？」

「旦那様が頭から血を流して、床の上に倒れていた――」

――何だと⁉

「――という場面を見たんです」

「ちょ、ちょっと待って下さいよ――。しかしその後、あなたは真榊氏にその水を手渡したんじゃなかったんですかね？」

「そう――なんです。予知夢なんです」

「予知夢？」

「よく見るんです、私――。でもその後に、本当にこんなことになってしまって……私は自分自身がもう嫌で……」

里子は嗚咽(おえつ)を漏らした。

そして昨夜の記憶がありありと蘇(よみがえ)ったのか、激しく慟哭(どうこく)し始めた。

「そうですか……」岩築は苦り切って堂本を振り返る。「どう思う？」

堂本も嘆息をついて、答える。

「さあ……私にはちょっと……。しかしとにかく、警部。ここで皓明さんに限って言えば、この事件の犯人とは考えにくいということでしょうね。その時、つまり皓明さんが二階にいた時には、まだ被害者は生きていたんですから――」

「お前に言われるまでもない。そういう時間の順番になる――。その後、皓明さんが再び戻って来られたということは？」

「さあ……私はそれからずっと――再び旦那様の寝室で物音が聞こえるまで――起きていましたけれど、誰も私の部屋の前を通ったような音も気配もありませんでした」

「なるほど……」

岩簗は三度顎を捻る。不精髭が、ちくりと自分の指を差した。

「そして十二時過ぎに、あなたは氏の寝室で大きな音を聞いた」

「はい。ドタン、というような、ドカン、というような――」

「それで部屋を飛び出して、氏の部屋のドアを開けると、今度は本当に真榊氏が頭から血を流して、俯せに倒れていた」

「はい――」

里子は、自分の両手に顔を埋めた。

「――では最後に、あなたがこの邸に勤めるようになった、そのきっかけを話していただけますかな」

「はい――最初から、ですか？」

頷く岩築に、里子は話し始める。

「田舎の高校を卒業して、すぐに東京にやって来ました。そして、化粧品会社に就職して二年目に、同僚の結婚式の二次会で柿崎と知り合って、やがて結婚しました。私はまだ十八歳、柿崎は二十四歳のごく普通のサラリーマンでした。しかし結婚後わずか一年足らずで夫を交通事故で亡くしてしまいました……。この先どうしよう、と一人で途方にくれていた時に田舎の母から連絡があり、東京にいる友人の真榊和美（かずみ）さんの家で住み込みの手伝い――ハウスキーパーを捜している。もしよかったら彼女に相談してごらん……。

当時、私も子供がおりませんでしたので幸いと思い、すぐに和美さんに連絡を取りました。そしてこのお邸に勤めることに決まったのです。それから、あっという間に、もう二十年以上もたってしまいました……」

里子は淡々と語り、語るごとに少しずつ落ち着きを取り戻して来ているようだった。

岩築は足を組み、煙草に火をつけて、良く解りました、ありがとう、と言った。

そして堂本に片手で合図を送る。

堂本はメモをテーブルに置くと、寄り添うように里子を食堂から送り出した。

「次は長男を呼んでくれ」

岩築はその背中に声を掛けた。

——こいつはアル中か？

ドアを開けて入って来た静春を見た時の第一印象が、それであった。

静春はわりと小柄な色白の男で、ぶよぶよと体中の肉がたるんでいるような感じ——全く、しまりのない体型をしていた。

白目も黄色く濁り、肌の張りもなく、始終おどおどと周りを見回している。髪こそきちんと七三に分けてポマードでも塗ってあるように艶々と光っているが、それに比べて服装のだらしなさは見事だった。ワイシャツの裾が、ズボンからはみ出している。一睡もしていないのは解るが、とても大陸氏なきあとの一家の長とは思えない。

静春は背中を丸め、申し訳なさそうに膝の上に両手を載せると、上目遣いにそっと岩築を覗き見た。

「……真榊静春、です」

息が酒臭かった。

「君が長男だね」

「はい」

「昨夜の事件で、何か気付いたことはないですか？」

「ねえ、警部さん」静春は困惑顔で、いきなり訴えた。「何で僕がここに呼ばれるんですか？　僕は何も見ていないし、何も知らない。夜中に突然起こされたと思ったら、父が殺されたという。僕が知っているのは本当にそれくらいなんだ」

そこで岩簗は、これは正式な取り調べでも、勿論尋問でもなく、ただ昨夜の事件で何か気の付いた点でもあれば、こちらが教えてもらいたいのだ、と噛んで含めるように説明した。

「でもね、言っておくけれど、僕は本当に何も知らない。酒を飲んで寝ていただけだ！」

とても三十七歳の男性の反応とは思えない。

高校卒業後、静春はアメリカのカレッジに留学していたと聞いたが、そこで一体何を学んで来たのだろう。岩簗は訝しむ。

どうせ豊富な仕送りを受けて、酒や女、もしかしたならドラッグに溺れて遊んでいたに違いない。現在はサカキ・トレーディングの総務部課長という肩書きを持っているが、この分では、おそらくろくに仕事もしていないのだろう。

叩き上げの岩簗は、こんな人種が一番嫌いだ。

「さ、昨夜、僕は、夕食が終わってからすぐに三階の、じ、自分の部屋に戻って寝たんだ——」静春はペラペラと勝手に喋る。「——少しは寝酒を飲みましたよ。でも、ボトル半分も飲んでいない。何しろ食堂でワインを二本空けていたからね。皓明が買って来た、色々な種類のチーズも沢山食った。ブルーチーズは皆は嫌がっていたけれど、あの中では一番旨かったな、ワインによく合って。何時頃食堂を出たか？　……さあ、何時頃だったかなぁ……

最後は朱音と二人になって……とにかく、一番最後だったと思いますよ……よく覚えてないな——」

「九時頃に大陸氏が二階の廊下で一度倒れたそうだが、その物音は聞きましたかな？」

「え？　……どうだったろう……ねえ、警部さん。それより本当に犯人は僕たちの中にいると考えてるんですか？　僕にはとても信じられない——」

——まあ考えてみれば、

大陸に死なれて一番困るのは、この静春だろう。

もし、大陸の死によって会社が傾くような事態にでも陥れば、まず第一番目のリストラ候補だ。いくら給料を貰っているのかは解らないが、少なくとも同じ程度の給料で、もっと有能な新人を二人くらいは雇えるに違いない。

日頃は病弱で気の弱い人間が、つまらぬきっかけで殺人を犯してしまう、などという例を岩築は嫌というほど見ている。追い詰められた恐怖心が爆発するのだ。だからもしも静春に何らかの強迫観念があれば、昨夜暴発した可能性もある。そしてその記憶も酒と共に置いてきてしまった……。

——今ひとつ、かな。

生理的な不快感が、岩築の鼻を鈍らせる。

「それで、父の寝室からは怪しい指紋は発見されたんですか？」

唐突に静春は尋ねる。

「――いや、まだだが」

「もしも僕らを疑っているんでしたら、指紋検出作業なんて無駄ですよ」

「？」

「だって警部さん、あの部屋には一昨日、全員が入りましたからね」

「…………」

「父が、ついに光琳の百人一首札が全部揃ったから見に来い、と言って皆で行きました。京都のどこかの店に複製を作らせてたんですが、とても手間が掛かるらしくて、何回かに分けてこの家に送られて来たんですよ。それがついに全て手元に届いたから、お前たちにも見せてやる、と。僕は全く興味がなかったけれど、仕方なく行きましたよ。壁に飾ってあった――警部さんも見たでしょう、変な絵や文字の書かれたカルタ。あれのどこが面白いのか、僕には理解できないなあ。僕はむしろ、サイドボードの中の酒に興味があったな。グレンモランジュの63年の樽詰めがあった。いつのまにどうやって手に入れたんだろう。そっちの方が謎だ。ねえ、警部さん。信じられますか？　一体どうして――」

――こいつは、親父と酒とどっちが大切なんだ？

もっとも、親父がいなくても生きては行けるが、酒がなくては一日で死んじまう、か。

岩築は苦笑いした。

「謎、と言えば静春さん」岩築は尋ねる。「先程ちょっと小耳に挟んだんだが、あなたがたは、どうして別々のマンションに住むことになったんですかね？　その理由はご存じですか？」

「ああ——解りません」

静春は、おどけたように肩を竦めて両手を広げた。

「十五年前に母が亡くなって、この家を建て替えた時に、急に父が言い出したんですよ。もうお前たちも子供じゃないんだから、一人一人で住めってね。まあ、玉美はあれだから、それ以外の僕たちにはマンションを買ってやるってね。そう、アメリカから帰って来て、すぐの頃だった。僕は嫌だったな。昔の家だって気に入ってたんだ。それに僕のマンションは、浦和ですよ。父の会社に勤め始めてからは特に不便だった、遠すぎてね」静春は、顔をしかめる。「確かに大宮から新幹線で通ってもいいって言われても、ね。こっちだって色々あるんだ。第一、終電が早すぎて、ゆっくり飲めやしない」

この男が仕事を気にかけるようには思えなかったが、やはり——そういう理由か。

岩築は一人、合点して再び尋ねる。

「浦和、ねえ……。何故そんな遠くに？」

「さあ？　父の気紛れですよ。いつも僕たちはそいつに翻弄される。気紛れと言えば、その時、同時に秘書の墨田君と矢野君にもマンションを借りて住まわせたんだ。でも二人ともやっぱり会社からは遠くの方だったな」

「秘書にも？」

「ええ。墨田君は登戸で、矢野君は船橋だった。神奈川と千葉です。まあ、墨田君の登戸からは、鹿島田から新川崎まで歩いて横須賀線に乗り換えれば新橋はすぐだし、矢野君の船橋からは総武線快速が東京に乗り入れてるから、これも一本で会社には来られますけれどね……。昔、朱音が父に黙って、会社の近くにマンションを借りたことがありました。あんまり不便だって言ってね。でもすぐに見つかって酷く叱られて、次の日にはまた、三郷のマンションに引っ越しさせられましたよ」静春はニヤニヤと笑った。「馬鹿な娘だ。父に逆らえるはずもないのに……。ただこの僕らのマンション住まいの件に関しては、父に何度もその理由を訊いたんだけれど、結局今まで教えてくれず仕舞いだった。こっちが知りたいくらいだ」

——埼玉と神奈川と千葉……か。

何故、大陸はわざわざそんな遠くに、家族と秘書を分散させたのか？

特に秘書などは、自分の近くに置いておいたほうが便利じゃないのか？

——解らねえな。

首を捻る岩築の目の前で、静春は、ふわわ……と大きく欠伸をした。ヤニで黄色く汚れた歯が覗いた。

「わかりました。どうもありがとう」

岩築は静春を追い返す。

そして堂本に「次男を」と言った。


「誰が殺したにしても、父はいずれ殺害されるべき人間でした」

イスに腰を下ろして銀ぶちの眼鏡をぐい、と押し上げると皓明は言った。五角形の顔、というのがまさに適切な表現だろう。

こんな急な場にもかかわらず、きちんと撫で付けた髪と、角張った顎が意志の強さを表している。背筋をきちんと伸ばして、深々とイスに腰を下ろした姿は、まるで最後の望みを託した会社の入社試験の面接を受けに来た学生のようだ。一見何でも訊いてくれ、という態度だがその虚勢の裏には、何を尋ねられても困る、という本心が浮き出ている。

皓明は現在、外資系の製薬会社の研究所に勤めているという。

そう言われれば、見るからに研究者然としている。確かに、白衣を着て試験管でも手にすれば、絵に描いたように冷徹なサイエンティストの雰囲気を醸し出しそうだ。

大陸に反発して、サカキ・トレーディングには入社しなかったという。いつも親子で衝突しては、母の和美が中に入り間を取り持っていたらしい。

「だからこの家を出て川崎のマンションに移れ、と言われた時は僕は大喜びでした」皓明は冷たく微笑んだ。「二十歳の時です。それ以前にも、僕は何度もこの家を出ようとしたんですけれど、執拗に父に反対されていたんです。それが向こうから急に、一人暮らしを始めろと言い出したんですからね。願ってもない機会でしたよ。せいせいした——。父は事業家としては成功者でしょうが、人間としては失格者でした」

「それはまた、どうして？」

尋ねる岩築に皓明は少し言い過ぎた、と思ったのだろうか、

「それは——」

と言ったまま目を伏せた。

何か隠してやがる、と岩築は感じたが、しかし例によっておくびにも出さない。

すると、ややあって皓明から話し始めた。

「——それは、父の周りには沢山敵がいた、ということが一つの証明だと思います。それに父と関わり合う人々は、必ず不幸になる」

「例えば？」

「例えば……朱音の両親とか、秘書の矢野さんの父親とか——」

「朱音さんの両親？」

「ええ。いずれ調べられればわかることでしょうから……」一瞬ためらってから、皓明は岩築を見た。「今言ってしまいますけれど、朱音は養女なんです」

「………」

「無論、本人も知っています。十七年前に、両親を火災で同時に亡くしたんです。父が朱音の父親――加瀬さんといいました――と親しかったので、うちの養女として、そのままこの家に入ったんです」

「加瀬――さん、ですか」

岩築は繰り返し、後ろでメモを取る堂本を見る。堂本は頷いて、しっかりと控えた。

「しかし火災による事故ならば、真榊氏と関わり合いはないでしょうが」

「矢野さんの父親も、良い人だった」皓明は、岩築の声が全く聞こえないかのように淡々と言う。「――矢野さんの父親は自殺したんです。自ら首を吊って」

「ほう……」

岩築は堂本をちら、と見る。堂本は、二十年前のことです、と岩築に耳打ちをする。

「その原因は、ご存じですか？」

「父です」

「真榊氏？」

「おそらく――そうです。いや、そうに違いないんです。しかし何の証拠もない。勿論、当時の遺書にも父の名前など書かれていなかった。だが、僕は確信している。父が何らかの手段でもって、矢野さんの父親を死に追いやったんだ！」

「――その動機は何です？」

少しもてあまし気味に岩築は尋ねた。

「……わかりません」皓明は答えた。「でも僕はそう信じている」

「勘――ですか？」

「そうです！　いや、それ以上に何か感じるんです！　警部さん、ぜひ調べて下さい。当時、僕も警察に訴えたかったんですが、それもできなかった。証拠もないし、中学生の言うことなど誰も相手にはしてくれないと思ったからです。可哀相なのは矢野さんです。自分の父親を殺された上に、その相手の秘書としてこき使われる羽目になってしまった」

「……わかりました。それは後ほど――時間があれば調べてみましょう。しかし何せ二十年も前の事件ですのでね……。それよりも、問題は昨夜の事件です――。皓明さん」

「はい」

「昨夜あなたは十時頃、二階に行きましたね」

「――そう、でしたか……？」

「その時に、あなたは大陸さんの寝室を訪ねましたかな？」

「……………」

「里子さんがあなたの姿を見たそうです」

「……………」

「どうなんですかな？」

「何せ、かなり酔っ払っていたもので……」

「真榊氏が里子さんに水を所望されて、それを取りに一階へ下りようとした時に、あなたが二階に上がって来られるのを見たと言っています。その後、里子さんが水を持って再び戻った時に、あなたが三階に上がって行く姿を見た、と」

「……………」

「いや、勿論、里子さんの話によれば、あなたが三階に上がって行かれた後に、彼女は真榊氏を訪ねている。つまりその時点では真榊氏はまだ生きておられたということになりますから、我々はあなたを疑っているわけでは全くないんですがね」

　皓明はじっと俯いたまま、岩築の話を聞く。

「とすると皓明さん。あなたは里子さんが一階へ下りてから上って来るまでの間——時間にしてほんの二、三分ですが——二階の廊下か若しくは階段におられたことになる。もしあなたが立ち止まらずに真っ直ぐに三階に上っておられれば、里子さんが二階に戻って来られた時には、既にあなたの姿は彼女の視野から消えていたはずだ……。そこで、お尋ねしたい。昨夜、あなたはあの場所で、一体何をなさっていたのですかな？」

「……………」

「どうぞ」

と、岩槃は優しく、しかも有無を言わさぬ程度に言った。

皓明は、膝に載せた自分の手に視線を落として、ゆっくりと答える。

「——夕食の時に、父の様子が少しおかしかったものですから、心配して父の寝室を訪ねようと思ったんです。素面ならば決してそんなことは考えなかったでしょうが、少し酔っていたもので」

「おかしかった？」

「ええ。とても具合いが悪そうでしたので」

——嘘だ。

と、岩槃の直感の針が跳ね上がる。

こいつは間違いなく嘘をついてやがる。

しかし岩槃は、何も感付かない振りをする。

「けれど、途中でやはり思い返しました。もしも訪ねたところで、機嫌の悪い父と何か話を交わせば必ず喧嘩になってしまうだろうという当然の事実に思い当ったのです。そこで一度、寝室の前まで歩いて行ったんですが、思い直してまた階段まで戻り、そのまま三階の自分の部屋へ——」

「では、真榊氏の寝室には入られなかった？」

「把手には手を触れた——かも知れませんが、しかし、結局ドアは開かずに戻りました。中の父に声もかけませんでした」

「……なるほど。まあ、そこらへんは鑑識の報告で確かめられるでしょうな――。わかりました」


皓明を送り出すと、岩築は煙草に火をつけた。

さすがに夜明け前は眠い。

しかし、まだ長女と次女が残っている。

堂本が気を利かせて持って来た、ブラックのコーヒーを一口飲む。

あと二人だけ話を聞いて、秘書連中は明日――いや、今日の朝にしよう、と時計を見ながら思った。


普通、寒い部屋に誰か人間が入ってくれれば、物理的に言っても部屋の温度が上がるだろう。しかし却って逆に冷え冷えとさせてしまう人間もいるものだということを、岩築は初めて知らされた。

その人間が、玉美である。

身長はすらりと高く、流線型の顎と頬にかけては抜けるように白い。目は切れ長で、鼻筋はギリシア彫刻のように、真直ぐ顔の中央に一筋通っている。人目を引くのは、その黒髪だ。腰のあたりまで伸ばした絹のように艶やかな髪を、自分にまとわりつく妖精たちのように従えて、静かに食堂に入って来た。

主演女優登場、という貫禄である。その落ち着きと雰囲気は、聞いていなければとても二十五歳には見えない。

但し「ある事情」によって、全く職には就いていないという。堂本が岩槃に耳打ちする。

この娘は、頭がちょっと……。

岩槃は無言のまま頷いて、玉美さん、どうぞ。と、自分の前のイスを勧めた。

玉美は無表情のまま腰を下ろすと、ゆっくりと口を開いた。

「父は死にましたか」

「——? あ、ああ。昨夜のうちに亡くなられましたよ。残念ながら」

「そうですか」

その時、玉美の片頬がほんの少し——わずかだけ、弛んだ。

「それは良かったですこと」

「は?」

「私の呪いが、やっと効いたのですね。父を殺したのは、私です」

「——!」

岩槃は自分の背後から飛び出しそうになった堂本を、右手で抑えた。

そして、わざと冷静を装い、

「どういう意味ですかな？」

と尋ねた。

玉美はその質問に、相変わらず抑揚のない声で答える。

「私は、毎日千羽鶴を折っております。毎日毎日、折っております。昔、母に言われたのです。毎日一羽でもよいから折るのだよ、そうすれば玉美の願いは必ず叶うのだから、と」

台本の下読みのような玉美の語りを中断させて、岩築はボリボリと胡麻塩頭を掻きながら尋ねる。

「——そう、ですか……。そのあなたの願い、というのは一体何なんですかね？」

「呪いです」

「呪い？」

「そうです。父が一日も早く……この世から消え去るようにと」

「！」

「父はこの世に住むべき人間ではなかった」ホホ、と玉美は微笑んだ。次に表情を変えて岩築をにらみつけた。「母を殺したのは父です。あれほどまでに優しかった母を、父は殺した」

十五年前に亡くなった、和美のことだ。しかし、これは完全に病死であったというその当時の医師の証言があります、と堂本は岩築の耳元で言う。

「その日から私は、父を呪ったのです」

一度目を伏せ、そして再びすうっ、と目を上げた玉美の視線と、岩槃の目が交差する。岩槃の背筋を、冷たいものが駆け抜けた。その凍り付いた視線は、岩槃をするりと通り抜け、まるで背後の壁に注がれているようだった。

ふと気づけば、玉美はこの部屋に入って来てから一度も瞬きをしていなかったのではないか？

「私は千羽鶴を折っています。そう、母が決して折ってはいけぬと申していた、黒い紙で——。ようやくのことで私の呪いが完結したのでしょう。そして父は……死んだのです」

「それで玉美さん……」岩槃は後ろの堂本をチラリと見る。堂本はボールペンの尻で頭をボリボリと掻いていた。「昨夜のことを訊きたいんだが……。あなたは、何時頃に食堂を出られましたかな？」

「さあ……何時頃でしょう……」

「十一時頃にはどこに？」

「自分の部屋で寝ておりました——と思います。私、時間は余り気にしませんもので」

「——あなたは、ずっと二階のお部屋に？」

「はい」

「それは証明できますかな？」

ホホホ、と再び玉美は笑った。

「警部さんは、私に寝ている間の自分の存在を証明しろ、とおっしゃるのですか？　それは到底不可能なことです。現実と夢との境界をどこで引けばよいのか、私に解るはずもございませんでしょう。今ここに、こうしていることは現実ですか？　それとも、夢ですか？　現実というのは、実は自分の脳の中だけで起こっている寸劇にすぎないのではないでしょうか。大脳皮質が見ている夢にすぎない……」

岩築と堂本は目を合わせて、二人して嘆息をついた。

これでは、おそらくらちがあかない。

何を訊いても、時間の無駄だろう。

しかし岩築はもう一度だけ、同じ質問を繰り返した。

そして玉美は——台本を読むように——同じ答えを返す……。

今度は岩築も諦めた。


玉美を食堂から送り出すと、岩築は腕時計を眺めて欠伸（あくび）を一つした。もうすぐ夜が明けるだろう。残りの家族はあと一人、養女の朱音だ。

大きく背伸びをして、堂本に言う。

「早いとこ呼んで来てくれ。こっちの頭がどうにかなっちまわねえうちにな」

「朱音という娘には、補導歴があります」

そう言って堂本は、岩築に簡単な資料を手渡した。

六歳の時に両親を亡くしてから、その年に真榊家に養女として入る。これは先程、皓明も言っていたことだ。

そして十二歳の時に、万引きで一度補導された。中学に入ってからは不良グループの仲間に入り、他校の生徒との喧嘩、恐喝等、何度か警察に引っ張られたものの、未成年ということで保護観察処分のみ。そして、十七歳で高校を中退。その後、年齢を許称して新橋のスナックでアルバイトをしていたが、やがて二十歳を迎えた時にどういう風の吹き回しか、素直にサカキ・トレーディングに入社した。会社では事務職に就き、現在に至る……。

岩築がそこまで目を通した時、ドアが開いて朱音が入って来た。

茶色い髪を短くカットし、軽くウェーブがかかっている。

化粧は昨夜からのごたごたで、すっかり落ちていたが、スキー焼けした顔に大きな瞳とピンク色の唇が、まだ十代にも見えるような愛らしさを湛えていた。両耳には、キラキラとピアスが揺れている。

どちらもどちらなのだが、とても玉美とたった二歳違いとは思えない。

昨夜の事をお聞きしたい、という岩築の問いを無視して、朱音は口を開いた。

「どうせ警部さんたちは、あたしの過去を調べてあるんでしょう。あたしを疑ってる？　でもそれは全然お門違いよ。だってあたしは昨夜、すぐに自分の部屋に戻って寝ちゃったんだもの」

甘ったるい声だった。

まだ昨夜の酒が残っているのだろう。

「朱音さん。我々は今、誰を疑うとか疑わないとかいう場所にいるわけじゃない。ただ事実を集めているだけだ」

それを聞いて朱音は、せせら笑った。

「ふん。警察なんて、いつもそう。口先と腹の中が一緒だったためしなんてないんだ。大体、口では何とでも言えるからね。君のことを心配して、とか、君のためだとかね。よく聞かされたわ」

そして赤いシガレット・ケースから煙草を一本取り出すと、口にくわえて火をつけた。岩築は黙ってその前に灰皿を差し出す。

「ねえ、警部さん」朱音はとろりとした目で笑う。「この髪だって自前なんだ。生まれた時から茶髪だったんだ。そのおかげで、なあんにもしなくったって中学の頃からあたしは不良だった。こっちが喧嘩を売られて仕方なく買った時だって、捕まれば、どうせお前が仕掛けたんだろうって言われた。ただ電車で座ってるだけだって、おばさんたちはじろじろといやらしい物でも見るようにあたしを見た。警官もいつもそう。真夜中に自分の自転車に乗って駅までの道をたった十分走っただけで、大抵警官三人に声をかけられた。おい、君、その自転車は誰のかね、ってね。あんたたちは、どうせ何もわかりゃあしないんだわ」

岩槃は思う。

昔、接してきた不良たちと全く同じ科白だ。叩き上げの頃、こういう甘ったれた人種の相手は嫌というほどやってきた。何か懐かしくて、岩槃は、ふっと微笑む。

それが朱音の虚を突いた。

朱音は一瞬ひるむ。

岩槃は言う。

「——確かにそうかも知れねえな」地の口調になっている。「俺たちだって神様じゃねえんだ。間違いや勘違いだってある。だからと言ってそれを恐がってちゃ、一歩も前に進めねえじゃねえか。歩いて転ぶ。立ち上がってまた歩きだして、転ぶ。その時に、ああ、あの時立ち上がらなけりゃよかった、なんて思う奴がいるか？　こいつは言い訳じゃねえよ、現実だ。俺たちの仕事ってのはね、そうやって次から次へと押し寄せて来るくだらねえ事件や、何でこんなことまでしやがるか、って事件まで片付けていかなくちゃならねえんだよ」

呆気に取られてポカンと見つめる朱音のライターを、ひったくるようにもぎ取って岩槃は自分の煙草に火をつけた。そして、ふう、と煙を高い天井に吹き上げる。

「だからあんたも昔、そういう被害に遭ったかも知れねえ。それについて俺でよければ謝るし、確かにあんたに失礼なことを言った警官は大馬鹿野郎だ。しかしね、朱音さん。そんなことを今の歳まで引きずって生きてると、あんたも馬鹿野郎の仲間入りになるぜ。俺の口から言うのも変だが、世の中にゃ、もっとでかい冤罪と闘っている人間もいるんだぜ。いつまでも逃げてるんじゃねえよ。皆、闘ってるんだ。俺たちだって闘ってる」岩槳は笑って、後ろの堂本を見た。「だから正月だってのに、こうしてここにいるわけだ。なあ」

堂本も、そおっすね、と作り笑いを浮かべた。

「昔のことはまた、いつでも相談に乗る。だから今日は一つ協力してくれねえか」

「…………」

朱音は、もじもじと落ち着きなく背中を動かし、指先に浅く挟んだ煙草をふかした。

「それで——それで、何が聞きたいのさ」

まるで安スナックのママだ。

「おう。昨夜のことなんだがね」岩槳は煙草を灰皿に押しつけて、もみ消した。「あんたは何時頃、食堂を引き上げた？」

「昨夜はみんな酔っ払ってて、時間なんて気にしなかったけれど……あたしが出たのは、秘書の矢野さんと墨田さんが出て行ってからだった。静春兄さんと一緒だったかな？　とにかくあたしたちが一番最後だった」

「矢野さんと墨田さんの部屋は、一階だと聞いたが」

「そうよ。階段の向こう側にある。あの二人の部屋は一階。養父さんと玉美姉さんと里子さんが二階。あたしと静春兄さんと皓明兄さんの部屋が三階」

「九時頃に真榊氏が二階の廊下で一度倒れたというんだが、それは知ってるかね？」

「九時頃？　……そう言えば、夕食の最後の頃に、バタバタと誰かが階段を上がって行くような音がしてたわ……。でも何時か解らない」

「……そしてその後、朱音さんは？」

「食堂を出て、そのまま三階の部屋に行ったわ。つまらない夕食会だった。あたしが貧血ぎみだってちょっと口にしたら、静春兄さんがレバーを食べろ、としつこく勧めた。あたしはあんな物は大嫌いなのを知ってるくせにね。嫌な奴」

「途中、何か変わったことは？」

「あれば、気付くよ――。何もなかった」

　岩築は例によって顎を捻る。

「それで真夜中に起こされたってわけだな――。誰に起こされたんだね？」

「里子さん。あの人が全員の部屋を叩いて回ってた……。でもあたしはまだ起きてたから、二階で何か大きな音がしたなってのは思ってた。廊下で、皓明兄さんの声も聞こえた」

「何時頃？」

「わからない」

　朱音は眉根に皺を寄せて、真剣な顔で答えた。

　その口調に似合わず可愛らしい顔だ、と岩築は思った。きっと化粧をすれば小悪魔的な美女になるのだろう、とも感じた。

「それで全員で二階に下りて行ったんだね」

「そう。……全員で、と言うよりも私が一番先だった。何か嫌な予感がして、パッと部屋を飛び出したんだ。その後で皓明兄さんが下りて来た。そして下からは、矢野さんと墨田さんがやって来た」

「静春君は？」

「酔っ払ってて、ぐずぐずしていたみたい」

「玉美さんは？　彼女の部屋は二階だろう」

「…………」

「どうした？」

「……いなかった」朱音は下を向く。「ううん……違う……」

「？」

「どうしよう……」

——何かあった。

しかし岩築は、わざと気にしないふりで話を変える。

「それから、全員で真榊氏の部屋に行ったわけだ」

「え？　はい……。そうです——」

「そこで死体を発見したんだな。頭を殴られた」

「は、はい……」

「そう言えばあの壺は、最初っから真榊氏の寝室にあった？」

「ええ。サイドテーブルの上に飾ってありました。一昨日(おととい)、皆で寝室に呼ばれてカルタを見せられた時から。皓明兄さんなんか、べたべた触ってた。あたしはカルタにも、そんな壺にも興味なんてなかったから、このコレクションにはいくらかかったなんていう養父(とう)さんの話を聞いても、へえ、無駄なお金を、としか感じなかったけれどね」

犯人はその壺で大陸をゴツンと殴ったんだが……、

——一体、何時に？

ちょっと待ってくれ、と岩築は朱音に言って後ろの堂本を振り向いた。

「お前のその汚ねえ手帳を見せろ」

「はっ」

堂本は恐縮して、岩築に手帳を差し出す。

岩築は、その手帳を乱暴にひったくると、食い入るように見入った。

手帳に書かれている大雑把な時間と、家族の名前を照らし合わせながら、一人一人、指で追う。

何かおかしい。

話の辻褄が合わない——。

大陸が、里子を呼んでから、わずか一時間四十分の間の出来事だ。

しかも、それぞれが皆、お互いのアリバイを確認できている。

ということは、この邸のどこかに秘密の抜け穴でもなければ、誰にも大陸を殺害するチャンスがなかったということだ。しかし——。

果たして、そんなものがここにあるのだろうか？

まあそれは、じっくりと調べれば判明することだ。そういう物理的な問題ならば、時間さえかければ、いずれは解決する。

だが、そうでないとすると……。

眉間に皺を寄せる岩築を横目に、朱音はスラリとした脚を組んで、新しい煙草に火をつけた。我関せずというところだろう。

岩築は堂本の蟻文字を、再びじっと睨む。

10時20分　大陸、里子を呼び、水を頼む。
里子、一階に下りる。
皓明、二階に上がって来る。
里子、水を持って大陸の寝室に。
皓明、三階に上がる。
里子、大陸に水を届け、自分の部屋に。
（これ以降、里子の部屋の前を誰も通らず）
12時00分　大陸の部屋で大きな物音。（大陸、殺害）
里子、部屋から飛び出し、全員を呼ぶ。
朱音、皓明、矢野、墨田、静春の順で大陸の部屋へ。

——これじゃ、里子以外に怪しい人間がいねえ。

しかし……、

もしも里子が犯人とすると、自らが、大陸と会った最後の人間となり、尚且つ第一発見者となるだろうか？　まず自分が最初に疑われるのは目に見えている。

わざわざそんな危険を冒すだろうか……？

だが、里子以外の人物が犯人とすると……一体、何時、どうやって大陸の部屋に侵入したのだ？

少なくとも里子が大陸に水を渡してから以降は、誰も自分の部屋の前を通っていないはずだ——と、里子が——証言した。

では、誰かが十時二十分以前から大陸の寝室に既にいた、とすればどうだ？

そして十二時、大陸を撲殺して、その後何気ない顔で皆と合流し、初めて見たように驚いた……。

——無理だ。

皆が、お互いを確認している。

他の可能性があれば……やはり玉美以外にいない。

但し、里子にも気付かれずに真榊氏の寝室に身を隠していることができれば、という条件付きではあるが……。

「一つ訊いてもいいかね？」

「？」

「昨夜の玉美さんの行動についてだが」

朱音はその質問に目を逸らし、再び煙草に火をつけた。

瞬きの回数が多い。

案外正直な娘なのかも知れない、と岩築は思った。

「何か思い出した事があれば、教えてくれねえかな？」

「あたし……でも、それが事件に関係あるかどうかは――」

「勿論、そいつは俺たちが責任を持ってきちんと調べる」

「…………」

岩築の言葉に、朱音はまだためらっていた。

「いいか、朱音さん。下手に何か隠したり、知っているのに黙っていたりすると、あんたが疑われる以上に、誰か関係のない人間にまで疑惑が生じることがあるんだ。もしもそうなったなら、あんたはその人間に一生負い目をおわなくちゃならねえよ。それにあんたのその証言だけで俺たちは動くわけじゃない。色々な角度から検討して行くんだ――。いずれ遅かれ早かれ解ることだよ」

「――あたしが、二階に下りて行った時」朱音は意を決したように口を開いた。「何気なく右手の方を見ると……玉美姉さんの後ろ姿が――」

――やはり玉美か。

「自分のお部屋に戻って行かれる姿が、見えたんです……」

しかしそうすると、里子が玉美の姿を見ていないというのはおかしい。

里子が三階で皆を叩き起こしている間に、玉美は大陸の寝室から出て来たのだろうか？

「――廊下の暗い照明に、玉美姉さんの白いネグリジェが揺れて、黒く長い髪がゆらゆらと――」

――もう一度、改めて里子に訊いてみなけりゃなるまい。

「ありがとう」

岩槃の言葉に、朱音は俯いたまま灰皿に煙草を押しつけた。

随分と遠回りをしたが、かなり絞れてきたな、と岩槃は感じた。

後ろを見れば、堂本も必死にペンを動かしていた。

朱音を優しく送り出すと岩槃は立ち上がり、大きく背伸びをして堂本を振り返る。

「しかしよ、堂本。今までの五人は、里子を除いて皆、共通点があったな」

「は？」

「は、じゃねえよ」岩築は体を、一、二と左右に捻りながら言う。「皆、それぞれに全員――まあ、玉美を除いて――動揺していたが、誰一人として真榊氏の死を悼んではいなかった」

「そう言われれば……」

「まあ、この家に何があったのかは知らねえが」岩築の背骨が、ポキポキと鳴った。「そこらへんも、もちっと調べてみる必要があるだろうな。もしかしたら、単なるワンマンだけじゃなかったかも知れねえしな」

「と言いますと――」

「さあ」岩築は笑う。「それを、調べるんだよ」

カーテンの向こうで朝日が揺れている。

ようやく夜が明けたようだ。

「さて、と。一旦署に戻ったら今度は秘書の矢野と墨田。そしてもう一度里子と玉美に訊かにゃあな」

岩築の言葉に、堂本は大きく頷いた。

＊

岩築竹松が長い一日を終えて、やっと暖かい我が家に帰り着いたのは、もうすっかり暗くなってからだった。部屋着に着替えてソファにドサリと腰を下ろすと、テーブルの上に真榊家の調書を広げた。そしてお決まりのハイライトをくわえ、火をつける。

口の中が苦い。今日は吸いすぎたようだ。世の中の禁煙の風潮に抗うかのように、一日で四箱も吸ってしまった。以前は両切りのピースだったから、少しはニコチンの量が抑えられているとはいえ、あまりに本数が多すぎた――。

岩築は調書に一枚ずつ目を通しながら、あの後で聞いた矢野と墨田の話を思い出す。

矢野廣は、今年三十三歳になったばかりの若手の秘書であった。

父・清隆が二十年前に自殺してから、廣は母・京子の手一つで育てられ、大学卒業後、大陸に請われてサカキ・トレーディングに入社した。皓明の言う通り、矢野の父と大陸は同郷ということで、親しい付き合いをしていたという。その人的なコネも勿論あるが、矢野自身前向きで真面目な性格が大陸に認められて、入社一年目にして社長秘書室に入った。大陸は自分のスケジュールを殆ど矢野に任せて、まるで息子の一人のように可愛がっていたという。

「父と社長とは、古くからの友人でしたから――」

矢野は言った。

外見からしてごく普通のサラリーマンで、ラッシュの電車で見失えば二度とその顔すら判別がつかなくなってしまうような、実に平凡な風貌である。嫌な印象を与えもせず、かと言って心に残るインパクトもないような男性だった。三十三歳という覇気も感じられない。

「もう二十年以上も前のことになりますが、父と社長たちは数人で小さな会社を興したことがありました。しかし経験不足が祟ったのか、わずか数年で倒産してしまい、負債を抱えて父は自殺したのです。気が弱かったのでしょう……。一方、真榊社長は不屈にも、今度は独力で今の会社を設立したんです。そして、これほどまでに大きく成長させたんです。僕は昔の友人の息子、という伝手で入社させていただいて現在に至っています」

矢野は、日記でも読むように淡々と話した。

岩槃は暫くの間、矢野をじっと見つめる。

そうでもしていなければ、するりとどこかに抜けて行ってしまいそうな印象なのだ。

「……わかりました。――さて」岩槃は体を起こして胸を張る。「いよいよ核心ですな。昨夜のことをお聞きしたいんだが、よろしいですか？」

「――はい」矢野は身を固くする。

「皆さんが夕食を終えたのは、何時頃でした？」

「そう、ですね……十時頃でしたでしょうか……」

「真榊氏は、一足先に戻られたということでしたが」

「ええ。社長は確か——一時間ほど早く食堂を出られたと覚えています。何か、頭痛がする、とおっしゃいまして。その時、私たち——墨田と私ですが——も失礼しようと一度席を立ったのですが、静春さんと朱音さんが、まだ酒が残っている、これを飲んだらお開きにしよう、とおっしゃいましたので、再び席に着きました」

「その後、皆さんは同時に解散されたのですか？」

岩檠は、充分承知の質問をする。

「いいえ。三々五々に」

「どういう順番で？」

「……まず、皓明さんが出ていかれました。その次は……私たちでした。そのあとは知りません」

「玉美さんはどうでしたかな？」

「ええ。私たちが退室した時には、まだ食堂にいらっしゃいました」

「途中で抜けたりとかは？」

「いいえ。一度もなかったと思います。静春さんや朱音さんたちは何度か食堂を出られましたけれど、玉美さんはお酒も一口も飲まれずにずっと席に座っていらっしゃいました」

「では、あなた方が席を立った十時頃までは、皓明さん以外には、他に中座した人はいなかったということですね」

「社長と里子さんを除けば、その通りです」

「その後あなたは?」

「酔っていたので、すぐに寝てしまいました」

岩築は腕を組む。

事態は全く進展していない。

そこで、話題を変えることにした。

「矢野さん、あなたは現在、船橋に住まわれているとか……」

「はい。社長に探していただいたマンションに」

「秘書という仕事柄、不便ではないですかな?」

「え、ええ。確かに……。しかし社長命令でしたし、家賃もほとんど会社で負担してもらっていますし、グリーン車の回数券も頂いていますから……。とはいえ、正直言って少々不便は感じています」

矢野は鼻の頭を掻いて、苦笑いをした。

「何故真榊氏は、わざわざそんなことをしたんですかな? 何か心当たりでも?」

「いいえ、全く……」

「サカキ・トレーディングの社員であるあなたたちはともかくとしても、他の会社に勤めている皓明さんまでも、でしょう」

「はい」

「——まあ皓明さんの話では、あの人はそれを喜んだらしいが……。皓明さんとあなたは歳も近いようだ。親しいんですかな」

「ええ。まあ、少なくとも娘さんたちよりは」

「皓明さんだけが、サカキ・トレーディングの社員ではないということですが、それについてあなたは何か？」

「……社長と色々あったようですが、詳しい事情は私にはよく分かりません」

「彼は、製薬会社に勤めていると聞きましたが」

「そうです。外資系の、東証一部上場企業です。薬の知識が大変豊富な方なので、私たちも病院にかかって薬をもらって来た時など、皓明さんに、この薬は何の薬でどういう作用があるかなど説明していただいたこともありました。社長もたまに、何か薬をもらって飲んでいたようです」

「彼が会社に顔を出すこともあるんですか？」

「ごくまれに、ですがね。皓明さんの会社も新橋ですので」

「……どうも、ありがとう」

岩築は煙草に火をつけて、矢野を送り出す。

「では矢野さん、また何か気付いたことでもありましたら報告して下さい」


もう一人の墨田厚志は、当年四十五歳になる。

どちらかと言えばおっとりした、黒縁の厚い眼鏡をかけた小太りの中年で、これで社長秘書が勤まるのかというようなタイプの男であった。ただ彼は、サカキ・トレーディング創設以来の社員であるから、社内の色々な細かい事情には精通しているらしい。しかし、だからと言って秘書という仕事をそつなくこなせるというものでもないだろう。だが、大陸は矢野と同じように墨田も可愛がっていたという。余程馬が合ったのだろうか。そうでなければ、いかに社長秘書とは言え、新年の家族の集まりに呼ばれはしないだろうから……。

「あなたは、サカキ・トレーディング設立以来の社員と聞きましたが」

岩築は墨田を見る。気弱そうな男だ。ただ、確かに人は良さそうではある。

しかし大陸は、先の矢野といい今の墨田といい、何故バリバリと氷を割って進むようなタイプの男を秘書に雇わなかったのか？

いや、ワンマン社長である大陸のそばに四六時中ついていることができるのは、自然こういうタイプの人間たちだけなのかも知れない。これならば大陸とぶつかることもないだろうから……。

「真榊氏は以前、矢野さんのお父さんと一緒に事業をなさっていたということですね」

「——そんな話から始めなくてはならないんですか？」

ぼそぼそと尋ねる墨田に、

「一応何でも知っておきたいんでね」岩築はわざと、当然だという顔を作って答える。「どうなんですかな？」

「……それは、確かに……その通りですが——」

「そして事業は失敗して、矢野さんは自殺された。しかし真榊氏は立ち直った、というわけですな」

「……はい」

「当然、お二人の間に確執（かくしつ）があったでしょう？」

皓明の言葉を思い出して、カマをかける。

「いや……まあ……あったと言えば、あったでしょうが……私にはどうも——」

「あなたはその間の事情は全くご存じではない？」

「はあ……少ししか——」

「少しでも結構です。お話し下さい」

それからたっぷり十分間、墨田はもじもじとしていた。

岩槻は例によってなだめたり、少しおどしたり、機嫌を取ったりする。

やがて墨田は重い口を開いた。

「――事業といってもその頃は、下請けの町工場みたいなものだったらしく、矢野さんが社長で、真榊が副社長でした。矢野さんが資金繰りを担当し、真榊はセールスに歩き回るという毎日だったそうです。しかし大した取引先も見当たらず、すぐに融資に行き詰まってしまったらしいです。ところが――ここからは内密に願いたいのですが――真榊のセールス能力に目をつけた、ある大会社の役員が彼をこっそりと呼び出して、私はあなた個人にならば投資してもよい、しかしおたくの会社の製品にでは駄目だ。あなたには才能がある、だが今の会社にいてはな、と。つまり――」

――矢野を捨ててこっちに来い、というわけか。

「今の会社、矢野さんを見切ってしまえ、と」

墨田はまるで自分が後ろ暗いことでもしているかのように、上目遣いで岩槻を眺めた。

「そして結局、真榊は――その通りにしたのです。矢野さんと何人かの仲間を捨てて、その人に引き立てられました。そして実際に援助とコネをもらって、やがてこのサカキ・トレーディングを設立するまでに至ったのです。ところが一方矢野さんはああいう事態になってしまった……」

「そのことを矢野さんの息子――廣さんは知っているんですか？」

「いえ、いえ、とんでもない！」墨田は頰の肉をブルブルと震わせて否定した。「その当時、たまたまお二人と親しかった私が間に入りました。矢野さんは、真榊をかなり恨んでいた――まさに呪っていた――ようではありましたが、奥さんの京子さんは、却って醒めていらして。もともと事業を始めること自体、最初から反対されていたようでしたから……。結局矢野さんは自殺されて、その保険金で残った社員と家族の当座のお金を賄うという悲惨な結果になりました。そこで私は真榊に、せめて京子さんと廣君の面倒だけでも見ておあげになったらどうでしょうか、という差し出がましい進言をしました。今考えれば私もよくあの時点で馘にならなかったものだと思います……。しかし真榊は、その件についてはお前にまかせる、と言いましたので、早速京子さんの元に何度も足繁く通って間を取り持ちました。ええ、それは勿論何年もかかって大変な仕事でしたが……」

――それでこの男は、現在の地位を築いた、ってわけか。

岩築は、やっと合点がいった。

そこで、ゆっくりとイスに座り直す。

「ありがとう。よく分かりました。――さて、いよいよ昨夜のことをお尋ねしたい」

そして、先程の矢野と同じ質問をする。

すると墨田は事件当夜、確かに九時頃、里子が階段をあわてて駆け上がる音を聞いていたという。社長に呼ばれたのだろうと思ったらしい。しかしそれはよくあることであったから別に気に留めもせず、暫く静春たちと食堂で酒を飲みながら、話とも言えない会話を続けていたという。

静春と朱音は二人共かなりへべれけで陽気に騒いでいたが、皓明は一人で静かに飲んでいたらしい。

玉美はと言えば、彼女は一年中大笑いすることも、泣きだすこともない、少なくとも墨田たちは入社以来これまでそういう玉美の姿を見たことはない、と言った。創立以来の社員である彼ですら、玉美と口をさいたことは数える程度で、しかもこちらから話し掛けた時だけだったという。

「ところで、あなたも真榊氏の手配したマンションに住んでいるそうですが――」

という岩築の問いに、墨田は素直に頷いた。

社宅扱いになっているという。ただ少し遠いので、不便で――。

静春も言っていたが、確かにそれはそうだ。

墨田は、神奈川の登戸(のぼりと)だ。

何故ですかね？　という岩築の問いに墨田は、

「さあ？　社長の意向だったもので――」

と首を捻(ひね)った。

やはり、理由は聞かされていないらしい。

「いくら快速があり、横須賀線のグリーン車の回数券を支給されても、ね。不便なことは不便です。私も以前社長に訴えたんですが、言下に、駄目だと——」

墨田は、腕組みをして黙りこんだ。

——ここまでかな……。

岩築は、では、どうもありがとう、と言って立ち上がり、墨田は、先程の矢野さんの件はくれぐれも内密に、と何度も念を押して頭を下げながら部屋を出て行った。

「確かに秘書二人にとっちゃ、不便極まりないですよねぇ、警部」

堂本が、メモ帳をペンの尻でトントンと叩きながら言った。

「船橋と登戸じゃあ、私は何度も行ったことがありますが、両方とも東京から二十キロもありますよ」

「そうだな……」

岩築は煙草に火をつけて頷いた……。

——待てよ！

岩築はソファの上でハッと我に返る。

何かが閃いた。

静春が浦和……。

皓明が川崎……。

調書をテーブルの上に放り出すと立ち上がり、そして本棚から関東周辺の地図帳を引っぱりだした。

そして借りて来た堂本のさたない字のメモ帳を広げて、全員の住んでいるマンションの位置を確認する。

そして赤いサインペンで、一つ一つ地図の上に点を置いていった。

静春——埼玉県・浦和
皓明——神奈川県・川崎
朱音——埼玉県・三郷
矢野——千葉県・船橋
墨田——神奈川県・登戸

——こいつは！

岩築は腕組みをして唸り声を上げた。

目の前の地図上に置かれた五つの赤い点は、東京を中心にして綺麗に半径二十キロの円周上に載っているではないか！

その円周を時計回りと逆方向にたどれば、船橋・三郷・浦和・登戸・川崎の順で岩築の指の先に現れてくる。

——五人は同一円周上に住んでいる！

だから——、
だから、どうだと言うのだ？


——解らねえ。

大陸は一体何のために、こんな細かい配慮をしたのか？

全員、東京からの距離が不公平のないようにするためか？

いや、それならば最初から一つの家に住まわせた方が、経費もかからない上に手っ取り早いはずだ。

事実、現在の邸内に全員の部屋を用意しているではないか。たった年に一度、正月に使用

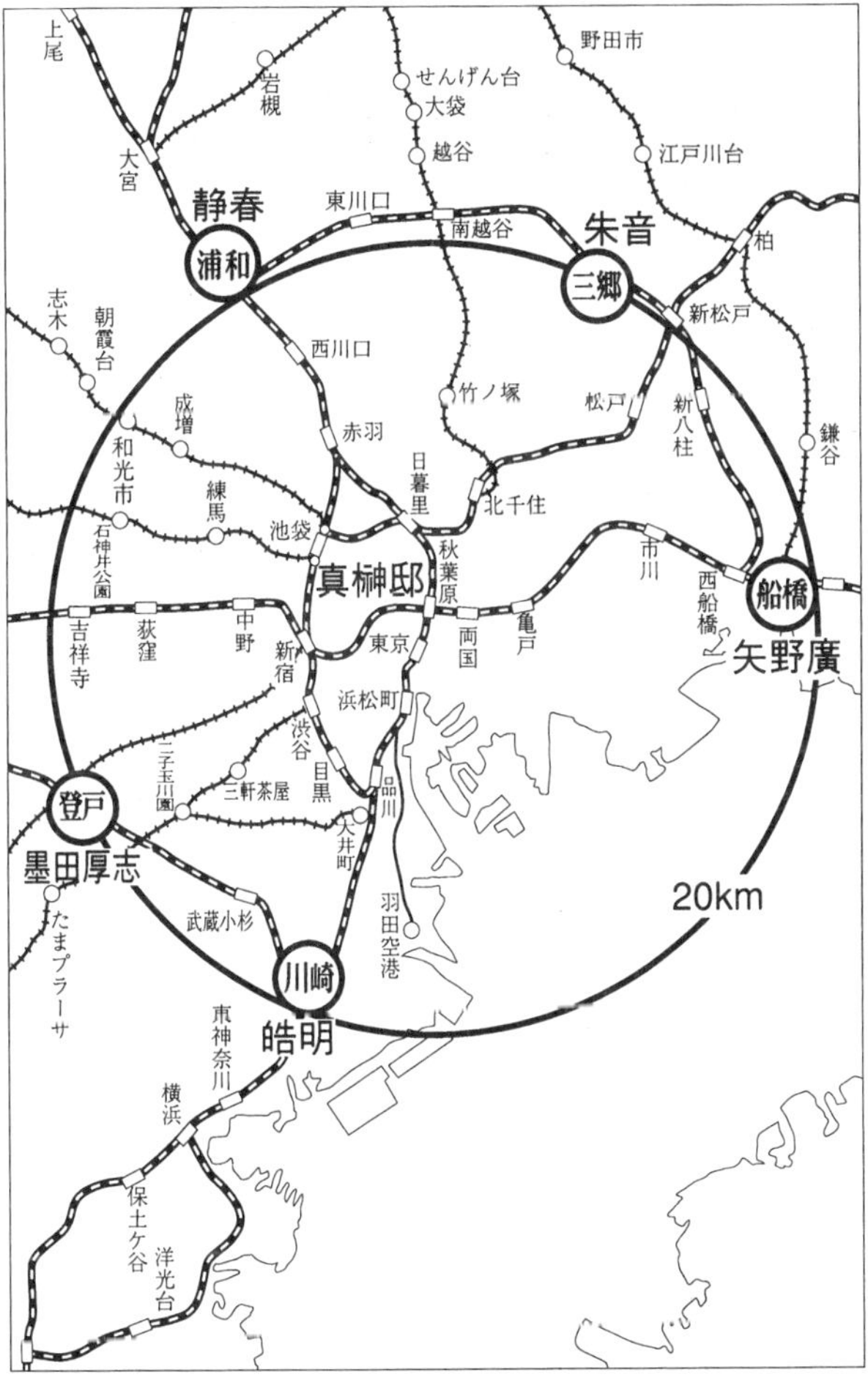
上尾
岩槻
せんげん台
大袋
越谷
野田市
江戸川台
大宮
静春
東川口
南越谷
朱音
柏
浦和
三郷
新松戸
志木
朝霞台
西川口
竹ノ塚
松戸
新八柱
成増
赤羽
鎌谷
和光市
日暮里
練馬
北千住
池袋
秋葉原
市川
石神井公園
真榊邸
船橋
西船橋
吉祥寺
荻窪
中野
新宿
東京
両国
亀戸
矢野廣
浜松町
渋谷
二子玉川園
三軒茶屋
目黒
品川
登戸
大井町
墨田厚志
羽田空港
20km
武蔵小杉
たまプラーサ
川崎
東神奈川
皓明
横浜
保土ケ谷
洋光台

するだけのために。

——何故、わざわざそんな無駄なことをしやがる？

岩槳は顎を捻る。

——大陸に、家族と顔を合わせたくない何か特別な理由でもあったのか？

確かに今、邸に残っている家族といえば玉美だけだ。そして玉美はあの通りに、少し——おかしい。

しかし……。

それならば逆に、いっそのこと自分が邸を出て、皆と別居をすればこと足りるではないか。そちらの方が比較するまでもなく、簡単に話は済む。

——それとも、邸に何か欠陥があるのか？

しかしあの大きな日本旅館のような邸の、どこに問題がある？

構造上の問題か？

だが……。

プライバシーは完璧に守られるだろうし、五人家族と手伝い一人が住むには、何の支障もなく見受けられる。

——家族に知られたくないカラクリでも？

その発想に、岩槳は自分から笑い出した。

推理小説でもあるまいに。

たとえあそこが忍者屋敷だったところで、全員一緒に住んでいてはならない理由もないだろう……。

思考が堂々巡りして、あらぬ方向へ飛躍してしまったようだ。

岩築は、二服ほどしただけで目の前に灰になってくすぶり続けている吸い殻を消して、新しいハイライトに火をつける。そして堂本から手渡された、以前の邸の見取り図を取り出した。

改築前の邸も、岩築に言わせれば大層(たいそう)立派な物だ。確かに外見は古くさく見えたのかも知れないが、一部屋一部屋ゆったりと造られている。確かに現在の邸よりも一回りほど小さいとはいえ、岩築などの家と比べれば雲泥の差がある。

――改築の理由？　さあ……やはり奥様がお亡くなりになったことでしょうか。

と里子は言った。

大陸にしてみれば、妻の思い出がしみついたこの邸に耐えられなくなったということか。

その邸は二階建てで、一階には大陸夫妻の寝室と書斎、里子の部屋、そして広々とした応接間と、キッチン・風呂・トイレがゆったりと取られていた。

二階は、フロア中央を走る一間廊下を挟んで向かい合うように三部屋ずつ、計六部屋あっ

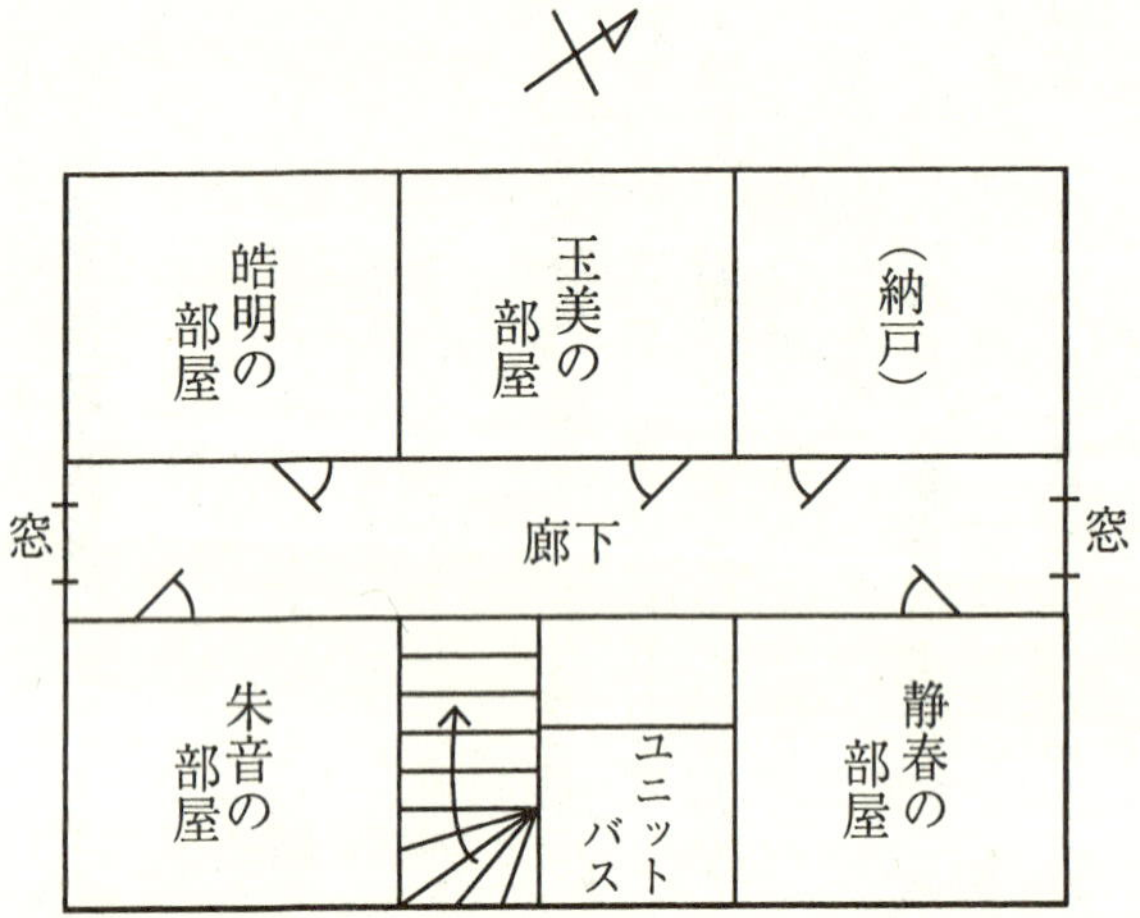

た。一方の側には、皓明と玉美の部屋と納戸がある。そして反対の側には朱音、広い階段を挟んで——古い部屋を改造したのだろうと思われる——ユニットバスがあり、一番端は静春の部屋になっていた。

——実際こうやって住んでいたんじゃねえか。気紛れな成金の考えは俺たちには解らねえ。

と岩築は一人ごちた。そして腕を組んで煙草の煙を、ふう、と吹き上げる。

それに家族や秘書ですら解らないものを、第三者がいくら考えてみても仕方がない。これはやはり、死んだ大陸にでも聞いてみるしかないのかも知れぬ、というところで岩築の思考は落ち着いた。

岩築は、調書をめくる。

再び玉美である。

岩築はソファに大きく寄り掛かり、眉根を寄せて実に不愉快——いや、不可解な、今朝の会見を回想する……。


「昨夜、あなたはおっしゃらなかったが」

と岩築は、玉美を正面から見つめた。

玉美は、サラリと視線を返す。

相変わらず表情のない瞳だ。

大体からして焦点が合っていない。岩築の顔を見ているのか、岩築の後ろの壁を見ているのか……。

岩築は、ゴホンと咳払いを一つしてイスに座り直した。

昨夜と同じ、真榊家の食堂である。

そしてこれも同様に、岩築の後ろで堂本がメモ帳にペンを走らせる。

「あの晩、零時頃、あなたは自分の部屋から出ていらしたそうですな」

「?」

「違いますか?」

「…………」

「どこへ行かれていたのですかな」

「…………」

「玉美さん？」

沈黙。

岩築はわざと体を後ろに反らし、玉美の顔をじっと覗いた。

――確かに綺麗な顔だ。

しかし、生気が感じられない。

生気が感じられないからこそ、美しいのか？

もしかしたならば、ここにいるのは人間ではないのか。

精巧に造られたロボット。

ミュータントか？

「――警部さん」

「あ？」

いきなり沈黙を破られた岩築は動揺する。

「な、何ですかな？」

「あなたがたは……まだ昨夜の父の事件をお調べですのね？」

「まだ——？　そう言われてもね、玉美さん。それこそ、まだ、十二時間も経っちゃいねえんだが」

「父は死んだ——。それでよいではないですか」

「あのなあ——」岩槃はボリボリと頭を掻く。「死んじまったからそれで終いってわけにはいかないいんですよ。人が死ぬにはそれなりの理由がある。そしてあなたのお父さんの場合は、それが殺人だった。そうなりゃ、誰だって放っとくわけにゃいかないでしょう」

「……鶴を折りに戻ってもよろしいでしょうか？」

「へ？」

「折り紙……」

「あのね——」

「ねえ、警部さん。どうして鶴の首はあんなに長く美しいのでしょう？　自然の中で、一体どういう必然性を持っているのでしょう？　素敵だと思いませんこと」

——ここで話に乗っては駄目だ。

岩槃は、再びイスに座り直して尋ねる。

「玉美さん。今私があなたに訊きたいことは三つある——。

一つ。昨夜あなたは、何時に食堂を出たのか？

二つ。そのまま自分の部屋に戻り、事件が起こるまでの間、一歩も部屋の外へは出なかったのか？

三つ。もしも外に出たとするならば、それは何のためだったのか？——です」

岩槃は、大きく後ろを振り返る。

堂本は目を合わせて、三度首を縦に振った。

「……？」玉美は軽く首を傾げる。「それが……昨夜の私の行動が、何か事件と関係ありますの？」

「あ？　何を言って——」

「父は私の呪いで死んだのです。昨夜、私が何をどうしたところで、きっと父の運命に、変わりはなかったでしょう」

「——だがね、生憎と俺たちは、呪いだ、魔術だってのは信じちゃいねえんだ。勿論人を殴るに手ごろなあの壺が、一人でトコトコ歩いて大陸氏の頭の上に落っこちた、なんて夢にも思っちゃいねえ。あんたの言う、大陸氏が死ぬ運命にあった、ってのはよくわかった。だが俺たちはその過程を知りたいんだ」

「？　——知ってどうしますの？　過ぎてしまったことなど——」

岩槃は、堂本代われ、代わってよく説明してやれ、と席を立ち、嫌がる堂本の腕を引っ張って無理矢理玉美と対面させた。

やはり、らちがあかない。

岩槃は、一所懸命に説明している堂本と、相変わらず瞬きもせずに薄く目を開いたままの玉美を、交互に見つめた。

玉美が静かに部屋を出て行くと、続いて里子が入って来た。明らかに動揺しているのが、手に取るように解る。

まあ、もっとも一つ屋根の下で人が殺されたのだ。動揺しない方がおかしい。

そうだ、他の四人の息子と娘たちの方がおかしいのだ。この場合は多数決の論理は通用しない。

岩槃は、里子の反応を見て安堵した。

やっと人間的な反応に出会えたのだから。

そこで、ゆとりを持ち直して質問を始める。

「里子さん。あなたは昨夜確か、記憶力には自信があるとおっしゃいましたね」

「……はい」

里子はその言葉の意味を探るように、上目遣いの視線を岩槃に送る。

「では一つ、思い出してもらいたいんだが、あなたが大陸氏の死体を発見して寝室を飛び出した時、二階の廊下で誰かの姿を見かけませんでしたかね」

「…………」

「見ましたね」

「…………」

　ギクリと肩をこわばらせる里子を、岩槳は正面から見据えた。

「それは、玉美さん、ですね？」

「いえ……でも……」

「正直におっしゃって下さい」

「……はい」

　里子は、固く小さく頷いた。

　――やはり、そうか。

「ただ――」

「ただ？」

「――玉美お嬢様はご自分の部屋の前に立たれて、こちらをじっとごらんになっておりましたもので……私と同じように物音に気付かれて、その時お部屋から出て来られたのだと思いました。だから私は玉美お嬢様を呼びにはいきませんでしたし――」

「あなたが自分の部屋を出るよりも先に、既に玉美さんが廊下にいたのだとは思いませんでしたか？」

「……さあ、それは……とにかく私は脇目も振らずに、旦那様の寝室に飛び込んだものですから――」

里子は、もじもじとスカートの裾(すそ)を握った。

「ではもう一度確認しますが、夜の十時半以降、あなたが物音を聞いた十二時丁度(ちょうど)まで、誰もあなたの部屋の前を通らなかったと証言できますかな?」

「絶対――とは言い切れませんが、少なくとも旦那様の寝室の扉が一度も開いていないのは確かだと思います」

――まあな。

里子の部屋の前はこっそりと通れても、大陸の寝室のドアを開けられなきゃあ意味がない。

となると、やはり玉美か。

自分は部屋にずっと隠れている。そして大陸を殺害した後に、里子が急いで飛び込んで来る。再び里子があわてて飛び出した後にすぐ部屋から出る。そして里子の目をうまく誤魔化して自分の部屋の前に立ち、さもたった今、部屋から出て来たような顔をする……。

――しかし、そこまでするか、あの玉美が?

それに第一、動機は何だ?

巷(ちまた)で三十億とも四十億円とも囁(ささや)かれている、大陸の遺産か?

そうするとその動機から一番遠いと思われるのは、手伝いの里子と、秘書二人だ。当然、他人なのだから。

そして大陸の息子や娘たちの中では、

——玉美だ。

少なくともあの兄妹の中で、金銭に一番興味を示しそうもないのは玉美だろう。

ということは、動機を遺産に限定すると、誰か他の人間を疑わなくてはならないということだ……。

じっと腕組みを続ける岩築に、堂本が不思議そうな顔で「警部……」と声をかけた。

彼にしてみれば、事は簡単なのだろう。

唯一アリバイのはっきりしていない玉美が、自ら「殺した」と自白しているのだ。

そして今、岩築が考えたような方法で大陸を殺害したとすれば、話の筋は通る。

下手の考えなんとやら——か。

岩築はすっくと立ち上がると、

「どうも。今日は結構です」

と言って、里子を帰した。

結局はやがて玉美に任意出頭を求め、精神鑑定の結果を待つ、ということになるだろう。

岩築は、再び新しいハイライトに火をつける。

そして調書を、バサリと放り出した。

何か、

――何か、しっくりこねえな。

では、何がと言われても。

――解らねえ……。

岩築はノートとペンを取り出し、この事件を振り返る。

疑問一・大陸が二階の廊下で見た、幽霊とは何だったのか？

――これはネグリジェ姿の玉美だったと考えれば、白い着物と長い黒髪の説明はつく。

だがそのためには、大陸よりも先に玉美が食堂を出ていなければならない。

しかし、里子と秘書二人の話によると、大陸が食堂を退室した時点では、玉美はまだ皆と一緒に座っていたという……。

疑問二・犯人は、いつ大陸の寝室に入ったのか？

――里子が十時三十分頃に大陸に水を手渡してから、十二時頃に事件が起きるまで、自分の部屋の前を誰かが通った気配はなかったと言っている。

少なくとも、大陸の寝室のドアは開かなかったという……。

疑問三・犯人は、いつ大陸の寝室から出たのか？

——大きな音がして里子が部屋を飛び出し、大陸の寝室に向かう。そのわずかな隙に犯人は逃走した。

まあ、確かにこれは不可能ではない。廊下の灯りは薄暗いし、里子が動転していたことを考えれば、わずかではあるが可能性はある。但し、あくまでも犯人がそのわずかの可能性に賭けたとすれば、の話だが……。

疑問四・大陸の握っていた「白露に——」の札は、犯人を指し示す手がかりとなるのだろうか？

——これは余り重要視していない。たとえそうだとしたところで、まずコツコツと地固めをして行くのが岩築のやり方だ。（大体岩築は、百人一首はそれほど詳しくない。と言うより、殆ど知らない）

そして今回の事件と直接関わり合いがあるのかどうかは解らないが——、

疑問五・大陸が子供たちを家から出し、分散させて住まわせた理由は何か？

——これは全く謎である。

一体、何故そんなメリットのないことをわざわざ行なったのか？　実際子供たちにしてみても、マンション暮らしになって喜んでいるのは皓明一人ではないか。

岩築は、腕を組む。

これらの謎にすっきりと解答を出すための鍵は、どこにある？

そして思わず、ううむと唸り、顎を捻った瞬間に電話が鳴った。受話器を取れば、堂本であった。

「おう。俺だ」

と答える岩築に堂本は、真榊の子供たちが一旦マンションに帰りたいらしいんですが、と言う。

まあ、確かにそうだろう。

きっと長逗留（ながとうりゅう）するつもりも、その用意もしていないのだろう。

どうするか……。

「息子たちってのは、静春と皓明と朱音だな」

「玉美は帰る場所は、あの邸以外にないすから」

「当たり前だな。ってことはその三人か」

「はい。あと手伝いの里子も。ただ彼女のアパートは、あの邸からゆっくり歩いても、十分くらいのところすがね」

「——いいだろう。但し、必ずいつでも連絡が取れるようにしておいてもらう。まだ色々と訊かなきゃならねえ」

「いいえ、警部。皆、半日でよいそうす」

「半日？」

「明日、午前中に帰って午後には再び戻って来ると……。葬儀は検死が終わらなくてはどうしようもないですが、会社運営、財産分与その他、色々と話があるでしょうから、長逗留の用意をして戻って来たいということで……」

「……とりあえず、玉美の身柄だけこちらで確保してあれば、よしとするか」

「解りました、そう伝えまっす」

そう言って堂本は電話を切った。


翌日、岩築の許可のもと、静春、皓明、朱音の三人は、それぞれ浦和、川崎、三郷のマンションに一時帰宅することになった。帰る、と言ってもみな東京から——何故か——二十キロの地点であるから、往復で三時間もあれば邸に戻って来られる。

三人は午前中に邸を出て、午後三時頃には再び戻るという予定だった。そして五時頃から秘書二人も含めて全員で葬儀や遺産その他の話し合いを持つという計画が立てられた。アパートの近い里子は、私は適当に時間を見計らって、と申し出て、それも岩槳に許可された。

一方、その間岩槳と堂本たちは、大陸の身辺の聞き込み調査を行なった。取引先の会社、大陸行きつけのクラブ、接待に利用されていた料亭、そして邸の近所の住民等……。

その結果として、大陸の評判は、余り芳しいものとは言えないことが判明した。ワンマン社長であるから当然と言えば当然であるが、非常に独善的で秘密主義であったという。仕事に関しても全てクリーンであるとは言い切れず、流石にみな口を濁してはいたが、少し後ろ暗い所もあったようだ。確かにそれくらいでなければ、バブルの波に上手く乗ったとはいえ、わずか二十年の間にここまで自分の会社を大きく発展させはできなかっただろう。

女性関係では、愛人などいなかったものの、新橋のクラブでも評判はそれほど良くはなかった。大陸は無口で暗く、場を取り持つのはいつも秘書の二人であったという。おそらくここで、あの墨田が腕を振るっていたのだろう。昼間は矢野、夜は墨田と大陸は使い分けていたに違いない。しかしワンマン社長でありながら、そういう方面の金離れも非常に悪かったらしい。

ではその大事な金をどこに注ぎ込んでいたか、と言えばそれは「百人一首コレクション」である。

邸の寝室の隣の書斎には、百人一首に関する文献、資料、軸等が山のように積まれ、さながら和歌の資料館のような様相であった。その分野に限ってみれば、一般の図書館を凌いでいるのは確実だったろう。

尚且つ寝室には、光琳カルタを始めとして、絹地百人一首絵入歌カルタ、狩野探幽本百人一首絵、西川祐信本等——勿論岩築にはどれがどれだか区別はつかなかったが——の読み札、取り札が壁一面に飾られている。

それだけに止まらず、自分の気に入った札を拡大コピーした物を額に入れて、応接間、食堂、階段脇の壁、二階と三階の廊下の壁、ありとあらゆる壁に——岩築に言わせると、蚯蚓の這った跡の文字が——飾られている。

たまにその種の雑誌にも論評などを寄せ、いずれホームページを開いて、百人一首紹介をしたいなどと洩らしていたというから、かなりマニアックである。

それほど百人一首に対して情熱を注いでいたとすれば——、

——と、すれば……。

一日足を棒のようにしてやっと署に戻り着いた岩築は、イスに腰を下ろして二箱め最後のハイライトに火をつけると独りごちた。
——いきなり後頭部を殴打されて床に転がる。その時にナイトテーブルの上の百人一首札を引っ掛けて床に落とし、自分の目の前に札が散らばった。
岩築は、空のハイライトの包みを、ポンと机の上に放り投げた。
——大陸は犯人を見ている。そして目の前の札の中に、偶然犯人を指し示す札があったとしたならば……、
岩築は片手をその包みに伸ばして、
くしゃり、
と握り潰した。
——当然、大陸もこうするか……。
すると、やはり——あの札について、もう少し考えてみる必要があるかも知れない。
岩築は握り潰した包みをごみ箱に放り投げると、苦（にが）りきった表情でボリボリと胡麻塩頭を掻いた。

＊

岩築の許可を得て、それぞれ一旦自分のマンションに帰った静春たちが、再び真榊家に顔を揃えたのは、午後三時過ぎのことだった。

まず静春が、そして朱音が到着した。

食堂のイスに腰を下ろして一人ちびちびとウィスキーを傾けていた静春は、開いたドアの向こうに通りかかった朱音の姿を認めると、こっちへ来ないか、と誘った。

朱音は、部屋でゆっくりしたいから、と断ったが、しつこく誘う静春に、じゃあ荷物だけ置いて来る、と返事をした。

着替え終わって再び一階に降りて来た朱音に、里子が、何かお飲み物はいかがですか？と尋ねる。

「ビールを頂戴」

朱音はつっけんどんに言って食堂に入った。そして静春とテーブルを挟んで少し離れたイスに座って脚を組む。

すでに酒臭い息を吐く静春に、朱音は言う。

「静春兄さん。これから墨田さんたちがやって来て色々とお話があるというのに、そんな赤い顔してていいの？」

　ふん、と静春は鼻で笑う。

「構うもんか。どうせ会社の話だ。僕は興味がないね」静春はグラスを傾けてうそぶいた。

「親父がいなくなりゃ、副社長の西山(にしやま)が次の社長になるってのは前々からの不文律だ。僕には関係のない話さ——おい、それより朱音」

「なあに？」

「いや……今度の事件のことだが——」

「？」

「本当に僕たちの中に、親父を殺した犯人がいると思うか？」

「さあ……」朱音はシガレット・ケースから煙草を取り出すと口にくわえた。「あたしじゃないのは確実ですけどね……。玉美義姉(ねえ)さんが、自分が殺したと言ってるんだから、きっとそうなんじゃないの」

「しかしなあ……」

「それとも、実は静春義兄(にい)さんが犯人だとでも告白するの？」

　探るような目付きの朱音に、静春はプルプルと頰の肉を振った。

「ば、馬鹿を言うんじゃないよ。な、何で僕が親父を殺さなくちゃいけないんだ」

　静春が身を乗り出した時、里子が盆の上にビールを載せて食堂にやって来た。そして、皓明さんがお着きになりました、と告げる。

ややあって皓明が姿を現し、僕はコーヒーを、と里子に言った。

里子は、かしこまりました、と言って朱音の前にビールとグラスを置くと、そそくさとキッチンに姿を消した。

「どうしたんですか、二人で。ずいぶんと珍しいことだ」

皓明は静春と一つ間をあけて、朱音の正面のイスに腰を下ろす。

「何だ皓明。いつ戻った?」

尋ねる静春に皓明は、ええ、と答えた。

「今さっきですよ。道が混んでいて。……それより何の話ですか。まさかもう遺産の話?」

「馬鹿」静春は吐き出すように言うと、グラスに口をつけた。「それはいずれ一両日中に弁護士がやって来る手はずになってる」

「ねえ、皓明義兄さん」

朱音はテーブルに両肘をついて身を乗り出す。

「義兄さんはこの事件、どう思う?」

「どう思う、って――」コーヒーを運んで来た里子に、ありがとう、と言って皓明はカップを受け取り、一口飲んだ。「――どういう意味だ?」

「だから――本当にこの家の中に、養父さんを殺した犯人がいると思う?」

「どうかな……それは警察が調べることだろう」

「ねえ。玉美義姉さんが、自分が殺したって言ったのは本当？」

「つまらない話を大声で言うんじゃないぞ」

皓明は眼鏡を外してポケットチーフでレンズを拭いながら、朱音をきっ、と睨む。

「玉美がそんなことをするわけがないだろう！」

「じゃあ、誰が犯人なのさ？」

「だからそれを調べるのが警察の役目だ。僕たちが勝手にくだらない想像を巡らせることはない」

朱音は煙草をぷかりとふかすと、皓明を斜に見て言う。

「何よ、皓明義兄さんは。いつも玉美義姉さんのことになると本気になっちゃってさ。嫌な感じ！」

「ふひゃひゃ……」静春は笑う。「そりゃあ朱音、お前よりは可愛いさ。何て言ったって、本当に血が繋がってるんだからな」

「何よ、それ！　どういう意味！」

「そのまんまの意味さ」

静春は朱音から目を逸らし、白豚のように背中を丸めてウィスキーを口に運んだ。

朱音は言う。

「——ええ、どうせ、あたしは他人です。真榊の名前を借りてるだけだわ。でもね、静春義兄さん、あたしは玉美義姉さんとは違って、自分の父親を呪ったりはしませんからね！」

「玉美のことは放っておけ」再び皓明が朱音を睨む。「あの娘は特殊なんだ。お前も十分承知だろう」

「ふん。だからと言って、何をしても許されるというの？　もしかしたら本当に玉美義姉さんが——」

「馬鹿なことを口にするなと言っただろう！」

「ふひゃひゃ……」静春が二人の間に割って入った。「それを言うなら朱音、お前だって怪しいぞ」

「何よ」

「以前、同棲していた男と無理矢理別れさせられて、親父をひどく恨んでいたじゃないか」

「——！　そ、そんな昔のこと！」

「いいや、かなり根に持っていたのを僕は知ってるぞ。親父の決めたマンションから飛び出して、二人で品川の方にアパートを借りていたのを、親父に見つかって怒鳴られた」

「あ、あれは——」

「親父のことを殺してやる、って言ってた」

「こ、言葉のはずみよ。よくあるでしょう」朱音は片手で額の髪を掻きあげる。「そんなこと言うなら、義兄さんたちは何よ。皓明義兄さんだって、いつも義父さんと怒鳴り合いばかりしていたのは誰だって知ってるわ。親父の下でなんか働けない、って見得を切ってサカキ・トレーディングに就職しなかったじゃないの」

「当たり前だろう」皓明は、コーヒーカップをガシャリと置いた。「誰が見てもあんな危ない橋ばかり渡っている会社になど、僕は勤められないね」

「おいおい、そりゃあ、あんまりだよ」静春は苦い顔で皓明を見る。「そいつは言い過ぎだぞ、皓明」

「そうですかね。では兄さんは、あの会社は法律に照らし合わせて、何の後ろ暗い所もないと言いきれるんですか？」

「い、いや、そりゃあ、まあ……」

「皓明義兄さんの言ってるのは、密輪の件でしょ」

朱音はサラリと言い、静春が、馬鹿お前、そんなことを容易く口にするもんじゃないよ！と叱る。しかし朱音は、

「役員以上ならば誰でも知ってることよ」と顔を背けて煙草をふかした。

「――でも自分の無能を棚に上げて、義父さんを一番恨んでいたのは静春義兄さんだったんじゃないのかしら？」

「どういう意味だ！」

「そのままの意味よ」

笑う朱音に向かって、静春は顔を赤くして叫んだ。

「む、無能とは何だ！　無能とは！」

「あら、違うの？　じゃあ、どこから見ても有能ではない、とでも言い直す？」

「なにいっ！」

身を乗り出す静春に、朱音は脚を組み替え、イスに寄り掛かって言う。

「なによ。毎日毎日、酒臭い息で会社に来て。恥ずかしいったらありゃしない。言っときますけどね、養父さんが静春義兄さんを役員から外したのは、誰が見てもごく常識の範囲の出来事ですからね」

「う、うるさい！　僕だってあんな仕事くらいやろうと思えばいつでもできる。その機会さえ与えてくれればね。親父に見る目がなかったんだよ。だから酒を飲んで憂さを晴らしているだけだ。それのどこが悪いというんだ！」

「あ、そうですか。逆じゃないの？」

皮肉な流し目を送る朱音に静春は、

「お前はガキだから何も解っていないだけだ！」

と怒鳴った。

「もう、兄さんも朱音も止めろ。今は身内で喧嘩をしている時じゃないだろう」

あたしも身内に入れてくれるんですかねぇ、と笑う朱音に皓明は、

「あたりまえだ、いいかげんにしろ！」と吐き出すように言う。「朱音、お前もお前だ。静春兄さんに謝れ」

「あたしは何も、義兄さんに叱られるようなことを言っていません。全部、本・当・の・こ・と、を言っただけですっ」

「何を考えているんだお前は。親父が死んだんだぞ。兄妹で喧嘩をしてる場合じゃないだろうと言ってるのが解らないのか」

喧嘩を売って来たのは静春義兄さんだわ、と言って朱音はビールを一口飲む。

「とにかく今は身内の恥を曝（さら）し合っている場合じゃないんだ。それより少しは親父の喪（も）に服したらどうだ、朱音。まだ葬儀だってこれからどうするかを決めなくてはならない——。会社は大丈夫なんですか、兄さん」

「お前が心配するようなことじゃないよ。何とかなるさ」

会社よりも静春義兄さんが危ないわね、と呟（つぶや）いた朱音の言葉を静春は聞き逃さなかった。

「おい、今何と言った！」

つめよる静春に、朱音は開き直って答える。

「だって義兄さん、会社での評判は最悪だもの。リストラに遭うんじゃないの。今までは養父さんの七光で何とかなっていたから良かったようなものの——」

「お前はさっきから僕のことばかり言ってるが、自分はどうなんだ。単なる不良少女だったのを親父に拾ってもらったようなもんじゃないのか？」

「――！」

朱音の眉が吊り上がり、手にしていた煙草を灰皿に押しつけ、乱暴にもみ消した。

「義兄さん！　今、何て言ったの！」

「うるさい、大声を出すな！」

「何て言ったのよ！」

朱音はイスを蹴って立ち上がった。

その時、里子が食堂に姿を現し、あの……墨田さんと矢野さんがお着きになりました、と告げた。

そこで朱音の怒りが納まらないまま、お茶の会は一時中断となった。

とりあえず全員で食堂に集まろうということになり、墨田と矢野も食堂に入った。そして里子が、未だ姿を現さない玉美を部屋に迎えに行った。

そして墨田と矢野がイスに腰を下ろそうとしたその時、
里子の叫び声が、二階の廊下に響き渡った。

何事か、と食堂にいた全員は階段を駆け上がる。

上がりきって廊下で左右を見ると、右手奥、玉美の部屋のドアが開いていた。

その前の廊下には、里子がぺたりと座り込んでいた。

その顔は部屋の中に向けられ、硬直したまま、ブルブルと震えている。

どうしました⁉ と里子を通り過ぎ、一番最初に部屋に飛び込んだのは矢野だった。

矢野も思わず目を見張り、膝から下がガクリと崩れ落ちそうになるのをやっとのことでこらえた。

部屋の中央で、暮れ行く窓を背景に、床一面の折り鶴の上にぶらさがって、ゆらゆらと揺れているものは——、
天井から首を吊った、玉美の姿であった。

——ちょうど十ヵ月前の出来事である……。

《ものをこそおもへ》

翌朝。

奈々はJRを代々木で降りて、昨夜崇に渡された地図を片手に、明治通りへと続く細い道を、一人歩いていた。

結局「カル・デ・サック」での話は、小松崎が事件の顚末を話し終えたところで、終電の時間となってしまった。そこで奈々は、まだ大丈夫だろう、と引き止める小松崎の誘いを振り切って席を立った。

すると崇が、もしも暇ならば明日、改めて俺のマンションに来ないか、百人一首にまつわる「四つの謎」の話をしよう、と言った。

奈々は、昔からこの手の話に弱い。

推理小説は嫌いではないし、何々の七不思議などと聞くと、すぐに調べずにはいられなかった。もしもそれが場所や建物ならば、必ず見学に行ってしまう、という悪い癖があった。だから事件は勿論、そちらの話にも興味をそそられて、

「はい、そうします」

と思わず答えてしまったのである。

そして、今日。

日曜の朝早く、出直して来たのだ。

幸い今日は何も予定が入っていなかったし、やはりどうしても昨夜の話の続きを聞きたかった——。真榊の事件も、百人一首も。

どうせ家でゴロゴロして猫と戯れているのならば、と奈々は朝食後に崇の部屋に電話を入れた。すると、ああ、今すぐ来てもいいよという崇の寝呆け声に誘われて、そそくさと家を出て来たのである。

少し寒いけれど天気も良かったし、横浜からJRに乗って、小一時間の旅を楽しんできた。

明治通りを渡り、代々木公園の裏手の路地を曲がれば、もうすぐのはずだ。

高いオフィスビルの間を縫って、昔からの商店街が残る閑静な場所である。

日曜日は余りこの近辺を歩く人もいないようだったし、車の喧騒も大きなビルに遮られて、商店街は、しんとしていた。

　奈々は、四階建てのこぢんまりしたマンションに入る。エレベーターに乗って四〇二号。「桑原」と書かれた表札を確認して、チャイムを押した。しばらくすると、

「よう」

とボサボサ頭の崇が眠そうに現れた。まあ、上がってくれ、という崇の後ろから、

「お邪魔します」

と奈々は靴を脱いだ。

　1DKの狭い部屋だった。

　その上、ベッドとオーディオセット以外の空間は、膨大な書物が床も抜けんばかりに山と積み上げられていた。テレビの上にも文庫本が積み重ねられ、その上には小さなポトスのプランターがちょこんと載っていた。洗面台に目をやれば、膝の高さまで漢方の月刊誌が積み上げられている。

　奈々が部屋に入って行くと、崇はカウチ・ソファの上に乱雑に置かれていた本をバサバサと片付けて席を作った。

　その時、部屋の奥のベッドから、ううぅん……と太い声がした。

　奈々はドキン、としてそちらを見る。

　すると、

「おお。奈々ちゃんか……。早いな」

小松崎であった。

どうやらここに泊まり込んだらしい。

そう言えばベッドの脇の小さなテーブルの上には、空になったバーボンのボトルが一本ゴロリと転がっていた。そしてその側には、グラスが二個と、灰皿には煙草の吸い殻が山のように……。

朝まで飲んでいた、と崇は言って窓を開ける。新鮮な冷たい風が部屋に滑り込んで来た。

小松崎は、ふわあああ……と大きな欠伸をして両腕を伸ばした。

台所からコーヒーを二つ持ってきた崇が「お前も飲むか？」と尋ねると小松崎は、

「まだもう少し寝る」

と言って頭から布団を被ってしまった。

「まあ、あいつのことは放っておいて——さて、落ち着いたところで、昨夜の話の続きをしよう」

崇はコーヒーを一口飲んだ。

奈々は低いカウチのソファに腰を下ろし、いただきます、と言ってカップに口をつけた。

コーヒーは確かに美味しかったけれど、この部屋は奈々にとって落ち着ける場所、とはおせじにも言い難かった。本の中に完全に埋もれて座っているのだ。地震でも来たなら、崩れた本の下敷きになって、確実に窒息死だろう。

崇は床にクッションを置き、その上に胡坐をかく。小さな灰皿一つを間に挟んで二人は向かい合った。

さてと、と崇は、寝癖のついたままの頭で奈々を見た。

「確か――奈々くんは、百人一首は詳しくないと言ってたね」

はい、と奈々は頷いた。

「もう、五、六首……いえ、二、三首くらいしか覚えていません」

そうか、と崇は言って、奈々に背中を向けた。

そして後ろの、山と積まれた書籍の中から、何やらガサガサと資料を引っ張り出そうとした。しかし、何か一冊を引っ張り出すためには、山を崩さないように微妙にバランスを取らなくてはならない。崇は、しばらくの間、悪戦苦闘していた。

余りに危うくて、思わず手を伸ばしそうになった奈々に、崇は急に振り向いた。そして一冊の厚い本を、バサリと開いた。

「ここに、百人一首の一覧がある。見てごらん」

奈々が覗き込むと、そこには――全く記憶にないような歌も含めて――もうすっかり忘れてしまっていた懐かしい歌が、ズラリと並んでいた。

百人一首

1 秋の田のかりほの庵の苫をあらみ　わが衣手は露に濡れつつ　天智天皇
2 春過ぎて夏来にけらし白妙の　衣干すてふ天の香具山　持統天皇
3 あしひきの山鳥の尾のしだり尾の　ながながし夜をひとりかも寝む　柿本人麿
4 田子の浦にうち出でてみれば白妙の　富士の高嶺に雪は降りつつ　山部赤人
5 奥山に紅葉踏みわけ鳴く鹿の　声聞くときぞ秋は悲しき　猿丸大夫
6 かささぎの渡せる橋に置く霜の　白きを見れば夜ぞふけにける　中納言家持
7 天の原ふりさけ見れば春日なる　三笠の山に出でし月かも　安倍仲麿
8 わが庵は都のたつみしかぞすむ　世をうぢ山と人は言ふなり　喜撰法師
9 花の色はうつりにけりないたづらに　我が身世にふるながめせしまに　小野小町
10 これやこの行くも帰るも別れては　知るも知らぬも逢坂の関　蟬丸
11 わたの原八十島かけて漕ぎ出でぬと　人には告げよあまの釣舟　参議篁
12 天つ風雲の通ひ路吹きとぢよ　乙女の姿しばしとどめむ　僧正遍昭
13 筑波嶺の峰より落つるみなの川　恋ぞつもりて淵となりける　陽成院
14 みちのくのしのぶもぢずり誰ゆゑに　みだれそめにし我ならなくに　河原左大臣
15 君がため春の野に出でて若菜つむ　わが衣手に雪は降りつつ　光孝天皇

16 立ち別れいなばの山の峰におふる　まつとしきかば今帰り来む　中納言行平

17 ちはやぶる神代もきかず龍田川　からくれなゐに水くくるとは　在原業平朝臣

18 住の江の岸による波よるさへや　夢の通ひ路人目よくらむ　藤原敏行朝臣

19 難波潟みじかき葦のふしの間も　逢はでこの世をすぐしてよとや　伊勢

20 わびぬれば今はたおなじ難波なる　みをつくしても逢はむとぞ思ふ　元良親王

21 今こむと言ひしばかりに長月の　有明の月を待ちいでつるかな　素性法師

22 吹くからに秋の草木のしをるれば　むべ山風を嵐といふらむ　文屋康秀

23 月見ればちぢに物こそ悲しけれ　我が身ひとつの秋にはあらねど　大江千里

24 このたびは幣も取りあへず手向山　紅葉の錦神のまにまに　菅家

25 名にしおはば逢坂山のさねかづら　人に知られで来るよしもがな　三条右大臣

26 小倉山峰のもみぢ葉心あらば　今ひとたびのみゆき待たなむ　貞信公

27 みかの原わきて流るるいづみ川　いつみきとてか恋しかるらむ　中納言兼輔

28 山里は冬ぞ淋しさまさりける　人目も草もかれぬと思へば　源宗于朝臣

29 心あてに折らばや折らむ初霜の　置きまどはせる白菊の花　凡河内躬恒

30 有明のつれなく見えし別れより　あかつきばかりうきものはなし　壬生忠岑

31 朝ぼらけ有明の月と見るまでに　吉野の里に降れる白雪　坂上是則

32 山川に風のかけたるしがらみは　流れもあへぬ紅葉なりけり　春道列樹

33 久方の光のどけき春の日に　しづごころなく花の散るらむ　紀友則
34 誰をかも知る人にせむ高砂の　松も昔の友ならなくに　藤原興風
35 人はいさ心も知らずふるさとは　花ぞ昔の香ににほひける　紀貫之
36 夏の夜はまだ宵ながら明けぬるを　雲のいづこに月宿るらむ　清原深養父
37 白露に風の吹きしく秋の野は　つらぬきとめぬ玉ぞ散りける　文屋朝康
38 忘らるる身をば思はずちかひてし　人の命の惜しくもあるかな　右近
39 浅茅生の小野の篠原しのぶれど　あまりてなどか人の恋ひしき　参議等
40 しのぶれど色に出でにけりわが恋は　物や思ふと人の問ふまで　平兼盛
41 恋すてふわが名はまだき立ちにけり　人知れずこそ思ひそめしか　壬生忠見
42 契りきなかたみに袖をしぼりつつ　末の松山波こさじとは　清原元輔
43 逢ひみてののちの心にくらぶれば　昔は物を思はざりけり　権中納言敦忠
44 逢ふことの絶えてしなくはなかなかに　人をも身をもうらみざらまし　中納言朝忠
45 あはれともいふべき人は思ほえで　身のいたづらになりぬべきかな　謙徳公
46 由良のとをわたる舟人梶をたえ　ゆくへも知らぬ恋の道かな　曽禰好忠
47 八重むぐらしげれる宿のさびしきに　人こそ見えね秋はきにけり　恵慶法師
48 風をいたみ岩うつ波のおのれのみ　くだけて物を思ふころかな　源重之
49 御垣守衛士のたく火の夜は燃え　昼は消えつつ物をこそ思へ　大中臣能宣朝臣

50 君がためをしからざりし命さへ　長くもがなと思ひけるかな　藤原義孝
51 かくとだにえやはいぶきのさしも草　さしも知らじな燃ゆる思ひを　藤原実方朝臣
52 明けぬれば暮るるものとは知りながら　なほうらめしき朝ぼらけかな　藤原道信朝臣
53 なげきつつひとり寝る夜の明くるまは　いかに久しきものとかは知る　右大将道綱母
54 忘れじの行末まではかたければ　けふをかぎりの命ともがな　儀同三司母
55 滝の音は絶えて久しくなりぬれど　名こそながれてなほ聞こえけれ　大納言公任
56 あらざらむこの世のほかの思ひ出に　今ひとたびの逢ふこともがな　和泉式部
57 めぐり逢ひて見しやそれともわかぬ間に　雲がくれにし夜半の月かな　紫式部
58 有馬山ゐなのささ原風吹けば　いでそよ人を忘れやはする　大弐三位
59 やすらはで寝なましものを小夜ふけて　かたぶくまでの月を見しかな　赤染衛門
60 大江山いく野の道の遠ければ　まだふみもみず天の橋立　小式部内侍
61 いにしへの奈良の都の八重桜　けふ九重ににほひぬるかな　伊勢大輔
62 夜をこめて鳥のそらねははかるとも　よに逢坂の関はゆるさじ　清少納言
63 今はただ思ひ絶えなむとばかりを　人づてならで言ふよしもがな　左京大夫道雅
64 朝ぼらけ宇治の川霧絶えだえに　あらはれわたる瀬々の網代木　権中納言定頼
65 恨みわびほさぬ袖だにあるものを　恋にくちなむ名こそをしけれ　相模
66 もろともにあはれと思へ山桜　花よりほかに知る人もなし　前大僧正行尊

67 春の夜の夢ばかりなる手枕に　かひなくたたむ名こそをしけれ　周防内侍

68 心にもあらでうき世に長らへば　恋しかるべき夜半の月かな　三条院

69 あらし吹く三室の山のもみぢ葉は　龍田の川の錦なりけり　能因法師

70 さびしさに宿を立ちいでて眺むれば　いづくも同じ秋の夕暮れ　良暹法師

71 夕さればかど田の稲葉おとづれて　葦のまろ屋に秋風ぞ吹く　大納言経信

72 音にきく高師の浜のあだ波は　かけじや袖の濡れもこそすれ　祐子内親王家紀伊

73 高砂の尾上の桜咲きにけり　外山の霞立たずもあらなむ　権中納言匡房

74 うかりける人を初瀬の山おろしよ　はげしかれとは祈らぬものを　源俊頼朝臣

75 契りおきしさせもが露を命にて　あはれ今年の秋もいぬめり　藤原基俊

76 わたの原漕ぎ出でてみれば久方の　雲居にまがふ沖つ白波　法性寺入道前関白太政大臣

77 瀬をはやみ岩にせかるる滝川の　われても末に逢はむとぞ思ふ　崇徳院

78 淡路島かよふ千鳥の鳴く声に　いく夜寝ざめぬ須磨の関守　源兼昌

79 秋風にたなびく雲の絶え間より　もれいづる月の影のさやけさ　左京大夫顕輔

80 ながからむ心も知らず黒髪の　みだれて今朝は物をこそ思へ　待賢門院堀河

81 ほととぎす鳴きつるかたをながむれば　ただ有明の月ぞ残れる　後徳大寺左大臣

82 思ひわびさても命はあるものを　うきに堪へぬは涙なりけり　道因法師

83 世の中よ道こそなけれ思ひ入る　山の奥にも鹿ぞ鳴くなる　皇太后宮大夫俊成

84 長らへばまたこのごろやしのばれむ　憂しと見し世ぞ今は恋しき　藤原清輔朝臣
85 夜もすがら物思ふころは明けやらぬ　ねやのひまさへつれなかりけり　俊恵法師
86 嘆けとて月やは物を思はする　かこち顔なるわが涙かな　西行法師
87 むら雨の露もまだ干ぬ槙の葉に　霧立ちのぼる秋の夕暮れ　寂蓮法師
88 難波江の葦のかりねのひとよゆゑ　みをつくしてや恋ひわたるべき　皇嘉門院別当
89 玉の緒よ絶えなば絶えね長らへば　しのぶることのよわりもぞする　式子内親王
90 見せばやな雄島のあまの袖だにも　濡れにぞぬれし色はかはらず　殷富門院大輔
91 きりぎりす鳴くや霜夜のさむしろに　衣かたしきひとりかも寝む　後京極摂政前太政大臣
92 わが袖は潮干に見えぬ沖の石の　人こそ知らねかわく間もなし　二条院讃岐
93 世の中はつねにもがもな渚こぐ　あまの小舟の綱手かなしも　鎌倉右大臣
94 み吉野の山の秋風小夜ふけて　ふるさと寒く衣うつなり　参議雅経
95 おほけなくうき世の民におほふかな　わが立つ杣に墨染めの袖　前大僧正慈円
96 花さそふ嵐の庭の雪ならで　ふりゆくものはわが身なりけり　入道前太政大臣
97 来ぬ人をまつほの浦の夕凪に　やくや藻塩の身もこがれつつ　権中納言定家
98 風そよぐ奈良の小川の夕暮れは　みそぎぞ夏のしるしなりける　従二位家隆
99 人もをし人も恨めしあぢきなく　世を思ふゆゑに物思ふ身は　後鳥羽院
100 百敷や古き軒端のしのぶにも　なほあまりある昔なりけり　順徳院

「昨夜も言った通りに、百人一首にはいくつかの謎があるんだ。そして昔から現在に至るまで、実に多くの人々がその謎にチャレンジしている。今まで言われてきている解答としては、例えば、百人一首を巧く並べると、ある風景になるのだとか、十×十の魔方陣に組むのが本来の姿だとか、変わったところでは一首一首が六十四卦を表しているのだとかいうものもある……。実際に百人一首は、あの希代の天才歌人・藤原定家の晩年の大仕事だった。確かな年数は確定できないけれど、おそらく寛喜二年（一二三〇）前後から五年ほどの年月をかけて作成された物だろうと俺は思う。定家は仁治二年（一二四一）八月に没しているから、まさに人生の集大成として作り上げた歌集だ……。そして事実、定家の子の為家の側室・阿仏尼の『十六夜日記』の序章にこんな歌がある。

　和歌の浦に書きとどめたる藻塩草
　　これを昔のかたみとは見よ

これは、代々藤原氏に伝えられた歌だという。この『藻塩草』というのは勿論、

　来ぬ人をまつほの浦の夕凪に
　　やくや藻塩の身もこがれつつ

という、百人一首に載っている定家自身の歌のことだ。つまり『百人一首』を、昔の人――定家の――形見と思えというわけだ。では、果たして百人一首とは、それ程までに重要な歌集なのか？　というのが、まず第一の疑問点になる」

崇は立ち上がると、床に平積みされている本をまたぎ、大きな本棚から厚い本を四、五冊取り出して戻って来た。そのうち一冊をテーブルの上に載せた。その本は大きな図鑑のようで、表紙にはただ『百人一首』とだけ書かれていた。

「この、百人一首という名前は後世の人が付けたんだ。定家じゃない。もともとは『小倉山荘色紙和歌』と呼ばれていた」

「小倉山荘？」

ああ、と崇は頷いた。

「小倉山荘というのは定家の山荘の名前だ。そこの襖に飾って貼ってあった、いわゆる『障子歌』だったのではないかと言われている。それを誰かが整理して清書した時に『百人一首』と名付けたんだろう、とね――。そこで定家が、その『小倉山荘色紙和歌』を制作した動機として、有名な記事がある」

崇はページを捲る。

「『明月記』文暦二年（一二三五）五月二十七日の条だ。

『予モトヨリ文字ヲ書クコトヲ知ラズ。嵯峨中院障子ノ色紙形、コトサラ予書クベキ由、彼ノ入道懇切ナリ。極メテ見苦シキ事トイヘドモ、ナマジヒニ筆ヲ染メテコレヲ送ル。古来ノ人ノ歌各一首、天智天皇ヨリ以来、家隆・雅経ニ及ブ』」

「………」

キョトンとした顔の奈々を見て、崇は笑った。

「奈々くんのために簡単に訳すと、

『私はもとより書道を習ったわけではないので文字が下手だが、嵯峨院中院別荘の障子――襖のことだ――に貼る色紙形を私に書くように、彼の入道が懇ろに頼むので、見苦しいのだが敢えて書き送った。これには古来の人の歌各一首、天智天皇から、現代の家隆・雅経に及んでいる』

――というわけだ。ここに出てくる『彼の入道』というのは、定家の嫡男・為家の妻の父、豪族の宇都宮頼綱のことだ。蓮生入道とも言う。蓮生は当時、鎌倉幕府に対して謀反を企てているとの疑いをかけられたために、急いで出家して小倉山山麓に隠棲していた。

彼の定家への色紙の依頼は、おそらく文暦二年四月二十三日か、五月一日に入道が定家を中院山荘に招いた時だろうと言われている。定家はその時すでに七十四歳だ。中風も病んでいたという。だから最初は固辞したんだが、ついに拝み倒される形になって、色紙に揮毫することになった。その色紙には一面に歌一首が四行書きにされている。但し、歌の作者名は記されていない……。これがそのうちの一枚の写真だ。徳川黎明会所蔵の物だね」

崇は本のページを、両手でぎゅっと広げた。

奈々は覗き込む。

そこには、金色の色紙の上に草書で、

百し起屋布流
き乃支者の忍に毛
猶阿満利あ留
むかしなりける

と書かれてあった。

「順徳院の歌だ。――百敷や古き軒端のしのぶにも　なほあまりある昔なりける。これが、いわゆる定家流の文字なわけだ」

草書としては読み易いほうであろうか？

しかし何となく、筆に精彩が感じられない。

ただ七十四歳の高齢の上、中風も病んでいたとなれば、仕方ないどころか素晴らしい出来だろう。しかも、これらを百枚も書いたという。

まさに一生の大仕事だ。

「しかし、これらの色紙も実際には早くに紛失してしまったらしい。だがここに、この『小倉山荘色紙和歌』――先程のエピソードから『嵯峨山荘色紙和歌』とも呼ばれている――と、『百人一首』は全く別の物だとする考え方もある」

「？」

「その理由は、明月記の『天智天皇ヨリ以来、家隆・雅経ニ及ブ』という記述なんだ……。つまり、これが百人一首について書かれたものならば、ここの部分は『天智天皇ヨリ以来、順徳院・後鳥羽院ニ及ブ』となるのではないか、ということだ――。まあ、順徳院、後鳥羽院というのは諡号だから、定家はそうは書けなかったにしても、だ」

「何でだよ。定家よりも後鳥羽院のほうが、先に死んでるじゃねえか」

寝ているものとばかり思っていた小松崎が、布団の下から眠そうな声で言った。

「熊つ崎、お前は本当にジャーナリストか？」

崇は振り返り、困ったように嘆息をつく。

「いいか。確かに後鳥羽院が崩御されたのは定家がまだ生きている時だったが、その当時の諡号は『顕徳院』だった。定家が亡くなってから『後鳥羽院』になったんだ」

「そう――だったっけか……」

「諡号が変えられた理由については、井沢元彦さんが推理を展開しているが、今回はテーマが逸れるから、それはまた別の機会にしよう……。そして順徳院が崩御されたのは、定家が亡くなった後だからな。——まあその話はともかくとして——だからこの『小倉山荘色紙和歌』は『百人一首』ではない、という意見があるんだ。しかしそれも、先程言った通りに、定家が配列を決めたのではないと考えれば、百人一首の中で最も新しい歌が、寛喜元年（一二二九）十一月に家隆の詠んだ、

風そよぐ奈良の小川の夕暮れは
　みそぎぞ夏のしるしなりける

の歌だから、定家の『家隆ニ及ブ』という記述は決して間違いではなくなるわけだ」

「なるほどな……。しかし、随分混沌としてきたなあ……。やはり寝るとするか」

小松崎は、ベッドの上でゴソゴソと寝返りを打つ。

それを無視して、崇は奈々に言う。

「それよりも重要なのは、百人一首と似た歌集がもう一つあるという事なんだ」

「似た歌集、ですか？」

今度は奈々が驚く。初めて聞いた。

「そうだ。昭和二十六年に発見された。『百人秀歌』だ。そしてこちらは、定家が自ら選ん

だ歌集だということは、今では殆ど実証済みなんだ。この歌集は正確には『百人秀歌嵯峨山荘色紙形京極黄門撰』という名だ。京極黄門というのは、取りも直さず京極中納言・藤原定家のことだからね。そしてこの『百人秀歌』と『百人一首』は殆どの歌が同一なんだ」

「――殆ど？　ということは、全く同じではないんですね」

「そう」

崇はまた違う本を手にする。

「この二つの歌集は非常に良く似ているんだが、何故か次の点だけが違う――。まず、『百人秀歌』では『百人一首』の巻末を飾る後鳥羽院と順徳院の歌が、入っていない。そしてその代わりに、次の三首が入っている。

夜もすがら契りしことを忘れずば
　恋ひむ涙の色ぞゆかしき
一条院皇后宮

春日野の下もえわたる草の上に
　つれなく見ゆる春のあは雪
権中納言国信

紀の国の由良のみさきに拾ふてふ
たまさかにだに逢ひみてしがな

権中納言長方

そしてもう一つ、『百人一首』の源俊頼の歌、

うかりける人を初瀬の山おろしよ
はげしかれとは祈らぬものを

が、『百人秀歌』では、

山桜咲きそめしより久方の
雲居に見ゆる滝の白糸

になっている。そして全部の歌の配列が、大きく異なっている」

「ちょ、ちょっと待って下さい！」奈々はあわてて尋ねる。「百人一首から、後鳥羽院と順

徳院の二人の歌を除いて、一条院皇后宮たち三人の歌を加えたら――」

「そうだ。百一首あるんだ。『百人秀歌』は」

「――! おかしいじゃないですか。『百人』秀歌なのに、百一人入っているんですか?」

「それが第二の謎だ――。しかし、おかしいと言えば『百人一首』という名前自体がおかしい」

「そう言われれば、そう――ですね」奈々は唇をとがらせて首を捻る。「『百人百首』ならば解りますけれど……。一体、何故なんですか?」

「解らないから、謎と呼ぶ」崇は、しれっと言う。「まあ、一つの意見としては……鎌倉幕府によって配流となった後鳥羽院と順徳院の歌が削られているために、この『百人秀歌』は、定家が幕府を意識して選んだ歌集であるとか、本当に定家が作りたかった『百人一首』の叩き台または、そのカムフラージュであるとかいう説もある。しかし、これらの説も今一つ説得力がない。何故ならば、源俊頼の歌だけが変えられていることの論理的な説明ができないからね――。ただ、少なくとも『百人秀歌』は、先程の『小倉山荘色紙和歌』ではないとされてはいる」

「何故ですか?」

「それはやはり『天智天皇ヨリ以来、家隆・雅経ニ及ブ』という記述のためだ。もしも、その記述が『百人秀歌』について書かれたものであるならば、この歌集は定家、そして入道前太政大臣・公経で終わっているのだから『定家・公経ニ及ブ』となっているだろう、ということだ。つまり、『小倉山荘色紙和歌』は百人一首、もしくは百人一首の改訂版コピーであるかもしれないけれど、少なくとも百人秀歌ではない、という結論になる。そこで百人秀歌は、あくまでも百人一首を作るための土台だったのではないか、という説が大勢を占めている。樋口芳麻呂さんや、吉田幸一さんたちだ。だが俺に言わせればこの意見も決定的ではない」

「なぜ?」

「何故ならば——歌の配列や官位名や院号は、後世の人たちが書き写した時に変更したと考えればいくらでも説明がつくからだ」

「…………」

「どうした、奈々くん?」

「何か複雑で——」

——よく解らなくなった……。

「何も複雑ではない——が、まあいいだろう」

崇は表情一つ変えずに続ける。

「とにかく——今の時点ではその理由は解らないけれど——定家は『百人一首』と、それと少しだけ違う『百人秀歌』の二つの歌集を撰んだ、ということだ……。さて、ここで第三の謎だ。歌の質、中身の問題だな」

「何故、駄作が多いのか？ ——ですね」

　昨夜の店で、崇が言いかけていた部分だ。

「そうだ。百人秀歌の奥書に、定家はこんな文を載せている。

『上古以来の歌仙の一首、思ひ出づるに随ひてこれを書きいだす。名誉の人、秀逸の詠、皆これを漏らす。用捨は心に在り。自他の傍難あるべからざるか』——とね。つまり、この歌集は名人や秀でた歌が沢山漏れてしまっている。しかし、歌の取捨の選択基準は私の心の中にだけある。それを非難するのは無用である——。という意味だ」

「つまり定家は、確信犯だったというわけですね」

「そうだ。確かに撰に漏れている有名な歌人も数多いし、実際に撰ばれている歌人たちの歌にしたところで、必ずしもその人の代表作といわれている歌が取られているわけではないんだ。例えば、西行法師を例に挙げれば、

　心なき身にもあはれは知られけり
　鴫立つ沢の秋の夕暮れ

という、『秋の夕暮れ』で結んだ、『三夕』の一つと絶賛されている歌や、

願はくば花のもとにて春死なむ
その如月(きさらぎ)の望月(もちづき)のころ

という、自分の死期を予言してその通りに二月の十六日に死んだ、という有名な歌がある。特にこの歌の存在によって、西行は伝説になったのだからね。しかし、それにもかかわらず定家は、

嘆けとて月やは物を思はする
かこち顔なるわが涙かな

という、余り面白くもない歌を撰んでいる。

この『かこち顔』というのは、まあ、不満顔とでも言うところだな。だから江戸時代の川柳集、『誹風柳多留(はいふうやなぎだる)』に、

かこち顔見かねて定家一首入れ

などと言われてからかわれている。江戸時代の人も、何故この歌が百人一首に撰ばれているのか解らなかったんだろう……。しかし、ここで重要なのは、定家自身、後の世にこういう非難の声を浴びるであろうことを十分に予測していた、という点だ。つまり逆に言えば、それでも尚且つ定家にとってはこういう選択肢しかなかった——あえてこのような撰び方をしなければならない確固たる必然性があった、ということだ」

「……それはどういう？」

「定家の個人的趣味が偏っていた——というのが教科書的な答えだけれど、しかしそんな話を鵜呑みにするほど俺も人は良くない」

崇は笑って、一冊の本を棚から取り出した。

その本の表紙には『絢爛たる暗号』とあった。

「その点に目をつけたのがこの本の作者、織田正吉という人だ。その意見というのはこうだ。——百人一首には、似たような句や言葉が余りにも多すぎる。例えば『物思ふ』『雪は降りつつ』『名こそをしけれ』等々……いくらでもある。しかも『秋』『月』『風』などの言葉も非常に偏って多い。月に関する歌は十一首、そして風に関する歌などは十四首もある。これでは余りに全体のバランスが取れない——。では何故、定家がそんな選択をしたのか？それは歌と歌が全て連鎖するように、百首撰んだからだ、というわけだ」

「連鎖するように？」

「百人一首に駄作が多いというのもそのためだという。何故ならば、連鎖するということを第一義に撰んでいる以上、歌の内容は二の次となるからね。そしてそれらを総合した上で、百人一首は、後鳥羽上皇と式子内親王の鎮魂のための歌集である、と言っている」

「後鳥羽上皇と……」

そうだ、と崇は言った。

「後鳥羽上皇は、承久三年（一二二一）に起こった承久の変で、北条氏の率いる鎌倉幕府軍に敗れて隠岐に流されて、失意のままその地で亡くなっているし、式子内親王は定家が密かに恋心を抱いていたといわれている女性で、後に順徳天皇を猶子に迎えようとした直前に病没している……。二人とも定家と深い親交があり、且つ最後は悲しい生涯を閉じているからね」

「……なるほど。それが理由だったんですね」

「しかし俺は、それでもまだ満足できない」

「何故ですか？　その織田さんの説で、説明がつくじゃないですか」

「確かに九割がた説明はつくと思う。しかし……」

「何か――？」

「最後の詰めだ――。織田さんは連鎖する言葉の群れをもとに、実際に歌の札を置いている。すると確かに全てつながるんだけれど、その形が美しくないんだ。織田さんは本の中で

『十八×十八の升目の中に全ての歌が収まる』と書いてある。しかし、十八×十八といったら、全部で三百二十四の升目があるということだ。そして歌の札を並べて埋まるのは、百四升だ。二百以上もの空白ができてしまう。しかもその並べた形もバラバラだ」

「——そう言われれば、そうですけれど……」

「織田さん自身もこの本の中で、定家はシンメトリーに異常な執着心を見せている、と言っているし、俺もその通りだと思う。そうしたならば、この結果は定家の趣味と矛盾してしまうんじゃないか?」

「——確かに……」

「そこで、もう一人こういう本を書いた人がいる」

崇は、違う本を取り出した。

タイトルは『百人一首の秘密』『百人一首の世界』——林直道著とあった。

「この林直道という人は、歌を連鎖させて百枚の札を十×十に並べ変えた」

色々、物好きがいるもんだ、という呟きがベッドから聞こえた。

寝るなら寝ろ、と崇は小松崎を振り返る。

「それはすごいじゃないですか! 縦横に、きちんと繋がっているんですか?」

「ああ、一応繋がってはいる」

「一応?」

「一応、だ」崇は煙草に火をつける。「しかし、一ヵ所だけ納得がいかない」

お前がしつこすぎるんだよ、と小松崎。

その声を無視するように崇は本を広げ、ページをポンと叩いて言う。

「この人は、歌を繋げる際に、都合の良い言葉だけを拾っているんじゃないかと思うんだ。例えば同じ言葉を取るにしても『心も知らず』とか『ひとりかも寝む』とか『みをつくしても』とかいう組み合せがあるにもかかわらず、それは単なるノイズにすぎない、と言って排除してしまっている。確かに『白妙の』とか『秋の夕暮れ』とか『雪は降りつつ』等は、和歌の常套句だからいいとしてもね。しかし、二つの歌の『同じ位置にある同じ言葉』の二十六組のうち、わずか六組しか取り上げていないというのはいただけない」

「……確かにそう、ですね——」

「もっと言えば、林さんの説によれば、十×十で並べ終えると、そこに水無瀬の離宮や車宿・馬場殿という言葉などが姿を顕わすという。その上、巧く言葉を拾って行くと『志多良神の神輿』や『水無瀬宮殿のむささび事件』や『信貴山縁起・飛倉物語』などが見つかるとまで言う」

「本当ですか、それ？」

「本当だろう——と言うより、当然あり得る話だ。何せ百首の歌だ。一首を平均三十一文字と考えて、百人一首には延べで三千百文字が使われているわけだからね。四百字詰めの原稿用紙換算で、八枚弱の文字がある。言ってしまえば、どんな言葉だって隠れているさ……。しかしだからと言って、林さんの説が全て間違いだと俺は思っていない。発想は素晴らしかったが、手段を誤っているんじゃないかと思う。織田さんの説を発展させようとして、却って後退してしまった感じだ」

——確かに、升目はとても綺麗なのに……。

奈々は表をじっと眺めて思った。

しかし、そうすると、他にこの歌たちを巧く配列する方法があるというのだろうか……？

十×十のシンメトリーを超えるような——。

「そこで我々は、第四にして最大の謎である『百人一首と百人秀歌とは一体何なのか？』という、七百年来の大きな壁にぶち当たるというわけだ」

「——その答えは？」

思わず息を呑む奈々の顔を正面からじっと見つめて、崇は言った。

「——解らん」

「え？」

「解らない——。但し、今のところは、ね」

奈々は、思わず力が抜けた。

おい、おい、と小松崎もベッドから頭だけを覗かせて情けない声をあげた。

「ちょっと待てよ。散々こんな所まで引っ張って来ておいて、今更そりゃあねえだろう」

「お前は寝てたんじゃないのか」

「うるさくて寝てられねえよ——。それに第一、俺の事件はどうなる!?」

「紅旗征戎、吾が事に非ず」

「冗談じゃねえぞ、全く!」

寝癖のついたままの髪を、まさに逆立てて怒る小松崎に、崇は涼しい顔で言う。

「百人一首の謎に関してならば、いずれ必ず解いてみせる。それに関連して、真榊の事件も、だ……。『人が考え出したものならば——』」

「『——人が解くことができるのだよ、ワトスン君』かぁ? じゃあ、いつ解けるんだ。明日か? それともお前が爺いになった頃にか? まさか、もう七百年待て、と言うんじゃねえだろうな。俺はもう本当に寝るぞ」

小松崎は再び頭から布団を被り、手のひらだけ二人に向けてひらひらと振った。

あいつは放っておこう、と崇は言って奈々を向く。

「俺は、全ての鍵は定家の時代——歴史にあると考えているんだ。それを知らないで、百人一首の謎は解けない」

「——でも」

奈々は、歴史の話は苦手だ。

学生時代もただ暗記するだけの科目だったし、第一、論理的な要素がない。誰がどうしたこうしたと、皆勝手に動いて収拾がつかないからだ。

「歴史の動きというものは、実は非常に論理的なんだよ、奈々くん」

——え？

まるで奈々の心を見透かしたように、崇は言う。

「一つ一つの事象だけをピックアップして拡大してしまうから、出来事がフリーラジカルになる。しかし、その結果には必ず原因が伴っているはずだ。例えば、奈々くんが、こんな日曜日の朝早くからこの部屋にいるという、実に不可解な出来事も、元はと言えば何日か前の君の決断にあったわけだ。外嶋さんに代理を頼まれた時に、君には0か1かの選択肢があった。そして君は1を選んだ。まあ、その理由は何か解らないにしてもだ——。その時点で、今日のこの状態は決定されたんだ」

崇は表情一つ変えずに言うと、コーヒーを一口飲む。

「さて、まず藤原定家について、だ。定家は藤原俊成の三男で、俊成四十九歳の時の子だ。母は美福門院加賀、前若狭守・藤原親忠の娘。平治の乱のすぐ後、応保二年（一一六二）に生まれた。この血筋は凄い。従兄に寂蓮、異父兄に藤原隆信らがいる、歌の名人の家系だ。外嶋さんの家系が、全員理系みたいなもんだ」

崇は——微かに——笑った。

「定家は、京極中納言、又は京極黄門とも称した。あの藤原道長の六男、長家の家系の御子左家——これは長家が御子左大納言と呼ばれていたからだが——に属していた。名門と言えば確かに名門には違いないけれど、定家の父・俊成の頃にはすでにその地位は低くなっていた。そこで定家に歌の才能を見いだした俊成は、歌を家業として発展させるべく、厳しい英才教育を施したんだ。そしてそれと共に俊成は摂政太政大臣九条兼実の歌の師範として、政界との結びつきをはかった」

崇は奈々に、一枚の写真を見せる。

そこには黒い衣冠束帯姿で、腰に太刀を帯びて笏を手に上畳上に座した、細面の非常に癇の強そうな男が一人描かれていた。

「これが、冷泉家所蔵の定家図だ」

と崇は言った。

その男は、首をやや前に傾けて上目遣いの視線で、眉をハの字に寄せている。

奈々が何度か目にしたことのある、ふくよかな貴族の面影はそこにはなく、線の細そうな男だった。右肩を怒らせ、首を傾げて上目を遣うその姿は、まるで小さな子供が拗ねて何かをねだっているような感じすら受ける。

「定家は幼い頃から病弱で、十四歳で赤斑病に罹り死にはぐった。また十六歳の時にも、疱瘡を患った。定家が神経質で頑固で気性が激しかったと言われているのも、きっと幼い頃からの病のせいもあるんだろう。実際日記の随所に『咳病』の文字が見えるし、その一生が闘病生活に追われたと言っても過言ではないほどだからね……。やがて、十七歳の時に『別雷社歌合』で定家は初めて公式の席に出て、三首の歌を詠んだ。そして二十歳の時には『初学百首』を、二十一歳の時には『堀河院題百首』を詠んだ。これには父も母も感涙を落としたといわれている……。それから一気に一流歌人としての道を歩み始めるわけだけれど、二十四歳の時には殿上で、自分よりも年少の源雅行という友人にからかわれて、彼を紙燭で打って除籍されてしまうという事件を起こした」

「しそく？」

ああ、と崇は頷く。

「赤松などの木を、四、五十センチほどに切って作った照明具だ」

「まあ……」

「だがこの時は父の俊成が陳情に走り回り、何とか翌年の春に除籍を取り消してもらって一件落着した……。ところが建久七年（一一九六）に、パトロンの九条兼実が源通親によって政界を追われると、定家の御子左家そのものも立場が苦しくなってしまった。官位の昇進も滞ってしまい、仕方なく定家は――かつて定家自身が『凶女』と罵ったこともある――時の権勢家、藤原兼子にも取り入って、自らの昇進を望んだりもせざるを得なくなってしまった。これは定家にとっては、実に屈辱的なことだっただろう。彼は、誰よりもプライドが高かったからね……。しかしこの頃、定家は後鳥羽上皇に出会うことになる——」

随分とイメージが違う……。

奈々は思う。

その頃の時代といえば、優雅な貴族が毎日歌を詠んで暮らしていただけの時代かと思っていたし、定家もその一人だと勝手に想像していたけれど、良い意味でも悪い意味でも、とっても人間臭い。

「源平争乱の末期に皇位に就かれた後鳥羽天皇は、鎌倉幕府——源頼朝や朝廷の政争の煽りを受けて、わずか十九歳にして退位させられ、上皇となった。それからの上皇は、遊興や刀剣等に情熱を注いで行くんだが、二十歳の時に和歌と出会い激しく傾倒する。そして定家を知ってからは、上皇の催す歌会には必ず彼を召した……。きっと二人の感性に、何か相通ずるものがあったんだろう。定家はこの時から自他共に認める一流の歌人となったんだ。昇殿も許されるようになったというから、よほど後鳥羽上皇に気に入られた証拠だな。上皇の別荘の『水無瀬殿』に度々随行したのも、この時期のことだ……。しかし『新古今和歌集』編纂の勅が下った頃から二人の間は、一気に険悪になってしまう。建仁元年（一二〇一）十一月のことだ。撰者となったことに欣喜雀躍した定家は、藤原雅経、家隆、寂蓮らと共に編纂に没頭する。まさに寝食を忘れて、全ての情熱を、『新古今和歌集』編纂に傾けたという。

おそらく定家のことだから、どの歌を選び、それをどう配列するかということにも細心の注意を払っただろう」

「配列する？」

「そうだ。これは後で説明するけれど『古今集』『新古今集』といったような勅撰和歌集は、きちんとした法則の下に並べられている。規則というわけではないが、それが慣例だったんだろうな……。とにかく、定家がそうして苦心に苦心を重ねて作り上げて行った『新古今和歌集』に対して、後鳥羽上皇が横から口を挟み始めた。そして自信家の上皇は、自分独りの好みで、勝手に次々と歌集を改訂した。定家を全く無視してね。そんなことをすれば次にどうなるかは、簡単に予想できるだろう――。かたや自分で文法すら作ってしまうというほどに頑迷でプライド高く、尚且つ、没落しつつある御子左家を再興して、和歌の道を極めようとしている定家と、こちらも帝王学を学んでプライドの高さならば誰にも引けを取らない上に、自分の才能を過信している後鳥羽上皇だ……。どちらもお互いに一歩も引くわけもない。以前のイギリスとフランスみたいなもんだな。いや、項羽と劉邦――違う。項羽と項羽みたいなものだと思えば間違いない」

　崇はわけのわからないことを言う。

「特に定家にしてみれば、他の分野ならばともかく、和歌に関しては文字通り一歩も譲れない。上皇は上皇で、臣下にたいして膝を屈するなどという言葉は、端から彼の辞書に載ってはいない……。そこでついに定家は、今度は紙燭で上皇の頭を打つ代わりに、臍を曲げた。『新古今和歌集』の完成祝賀会を欠席したんだ。まだ完成されたわけではない、という理由でね」

——まあ！　大人げない……とはいえ、定家の気持ちも解らなくはない。

それだけ定家の心が無垢だ、ということか……。

「そして、その後も二人の間の溝は、どんどん深まって行くことになる。

承元元年（一二〇七）、四十六歳の時に、後鳥羽上皇から、最勝四天王院の障子絵用の歌を詠むように命ぜられた定家は、

秋とだに吹きあえぬ風に色かはる
生田の杜の露の下草

という歌を詠んだ。しかしこの歌は採用されず、その代わりに慈円の詠んだ、

白露のしばし袖にと思へども
生田の杜に秋風ぞ吹く

という歌が採用されてしまう。これに定家は憤り、後鳥羽上皇を声高に非難した」

奈々にはこの二首の違い——優劣は解らないけれど、何となく定家の歌の方が、深みがあるような気もする。

しかし例えば、作者名を隠してこれらの歌を並べられて、どちらが定家だ、と問われれば——はたして解るだろうか？

いや、奈々には解らないに違いない。

——皆は判別がつくのだろうか……？

そう思って、小松崎を振り返れば、かの巨漢は大いびきをかいていた。

——気楽なものだ。

「その非難の声が、後鳥羽上皇の耳に入ってしまう。この事件については、上皇が後年、隠岐に流された時に書いた『後鳥羽院御口伝』に延々と書かれている。これがそうだ」

崇は、一冊の本を開いて読む。

「『最勝四天王院の名所の障子の歌に、生田の杜の歌入らぬとて、所々にてあざけりそしる。あまつさへ種々の過言、かへりてをのれが放逸をしらざる。まことにその心を弁ざるは遺恨なれども、代々の勅撰承りたるともがらも、かならずしも万人のこころにかなふ事はなけれども、傍輩を誹謗することやはある。惣じて彼卿が歌のすがた、殊勝のものなれども、人のまねぶべき風情にはあらず』云々、とね。つまり——」

キョトンとしている奈々に、崇は説明する。

「簡単に言えば、『定家の、上皇に対する非難は的を射ていない。自分の身分を忘れて、思い上がっている。定家の歌の有様は確かに素晴らしいものがあるが、人が真似をするべきものではない――』というようなことだ……。しかし、上皇がこれを書いたのは、この事件から何と十四年も後のことだから、上皇もかなりの粘着質だったと言えるだろう。まあ、今までは自分の周りにはイエスマンしかいなかったのに、はっきりノーと言う定家という人物が現れたのが、よほど悔しく心に残ったんだろう……。その後も、二人の関係は悪化する一方だった。そして破綻(はたん)が決定的になったのは、承久二年（一二二〇）の二月十三日、内裏(だいり)での歌会だ。

　この日はちょうど定家の母の祥月命日(しょうつきめいにち)だった。上皇は勿論それを知っていたはずだから、おそらく陰険にも、わざとぶつけて来たんだろう。そしてこの時に定家が詠んだのは、次の有名な二首だ。

　　春山月
さやかにも見るべき山は霞みつつ
　我が身のほかも春の夜の月

野外柳

道のべの野原の柳下もえぬ
あはれ嘆きのけぶりくらべに

この歌に後鳥羽上皇は激怒して、二人の関係は完全に決裂した。そして定家は、上皇によって院勘（いんかん）――つまり勘当されてしまう」

「え？　そんな内容なんですか！」

奈々には大の大人――上皇が激怒するような歌とは、とても思えなかった。

山と春の月が霞んだ、という歌と、柳と何かの煙が争っているという歌だ。それのどこが……？

「本当のところは当人たち――定家と後鳥羽上皇にしか解らないかも知れないけれどね……。一首めの『さやかにも――』の歌意は、『澄んで見えるはずの山も霞んで見える。私の身ばかりか、今宵（こよい）の春の月も朧（おぼろ）であることだ』というようなもので『内裏までやって来たものの、私の心は亡き母のことで一杯で、心ここにあらずです』というところだろう。明らかに後鳥羽上皇への皮肉だ……。そして問題は二首めなんだけれど、ここは専門家の間でも解釈が分かれる。歌の意味としては『道端の野原の柳も、春が近付き新しい芽をふき始めた。まるで私の胸から立ち昇る嘆きの煙と競（きそ）うかのように』というほどのものだろうけれど

――」

――それが何故？

「――まず『野辺』や『けぶり』が不吉な言葉であるというのも、理由の一つだろう。『野辺』は『野辺送り』で、そのまま葬送のことだ。そして『けぶり』は『火葬の煙』を連想させるからね……。以前に周防内侍が、

　　恋ひわびてながむる空の浮雲や
　　　わが下もえのけぶりなるらむ

という歌を詠んだ時、この歌は不吉ではないかと周りの人々に非難された。そして実際にその後、歌会の場にいた郁芳門院が亡くなり、続いて内侍も亡くなってしまった。当然、人々は偶然とは見ない。当時は不吉な言葉を口にすれば、必ずや不吉なことが起きるという『言霊』の時代だ。この一連の事件も、目に見えぬ言霊の力だと考えた……。そういう前例もあるし、その事実を定家が知らないはずもないから、これはもしかして本気で後鳥羽上皇を呪咀しようとしたのかも知れない」

「え！」

以前の奈々だったら、まさかと笑い飛ばしていただろうけれど、先程の定家図に描かれて

いる暗い印象の男ならば——あり得るかも知れない、と納得してしまった。

「あと『柳』にも因縁があって、以前定家は、上皇の命で自邸の柳を二本掘り起こされて、上皇の別荘である高陽院（かやのいん）へ持ち去られている。その事件をあてつけているようでもあるしね」

——頑固なおじさんたち同士の喧嘩だ！

宮廷貴族に対する、今までの奈々のイメージが崩れていく……。

寝殿造りの、広い邸宅。

その階（きざはし）の左右には紅梅・白梅が植えられて、そこはかとなく香る。

正面には池が広がり、静かに揺れるその波の上には龍頭鷁首（りゅうとうげきしゅ）の舟が浮かべられている。

中島へは赤い欄干（らんかん）の反り橋がかかり、狩衣姿（かりぎぬすがた）の男性や十二単（じゅうにひとえ）の女性たちが、歌に管弦に詩に蹴鞠（けまり）に戯（たわむ）れている。

そして邸の外からは、時おり牛車（ぎっしゃ）の通う音がギシギシと聞こえてくる。

そこでは時間がゆったりと流れ、皆ふくよかな笑顔で、耽美（たんび）的で少し退廃的で、時おり誰かの、ほほ……と笑う声——。

——しかし、そんなのどかな日々ばかりではなかったのだ。

やはりその時代にはその時代なりの、葛藤や喧騒や争論がある。

「その同じ年には、定家が白分の後継者として考えていた為家を、後鳥羽上皇と順徳天皇たちが毎日のように蹴鞠のために召し出していることにも非常に憤慨していた……。そういった小さな恨みが、少しずつ少しずつお互いの心の中で膨れあがっていったんだろうな。憎悪の自己増殖だ——。普段ならば多少我慢ができることでも、何かの小さなきっかけで堰が崩れて溢れだしてしまう。すると、もう忘れていたような昔の小さな出来事さえもが、脳の隅を掘り返されたように歴々と思い出されてしまい、憎しみは益々増長していく……。

とにかくその結果、定家は後鳥羽上皇によって事実上の閉門に追いやられる。強烈な個性同士の二人だ。こうなるのも、当然の帰結だっただろう——。しかし話はまだ終わらない」

崇は煙草に火をつけて、相変わらず淡々と語る。

「承久三年（一二二一）——定家と上皇が訣別した翌年、承久の変が起こった。『後撰集』の奥書に定家も『白旄は風に翻り霜刃は日に耀く。微臣の如き者、紅旗征戎は吾が事に非ず。独り私廬に臥して暫く病身を扶く』と書いている。——この事件は知っているか？」

奈々は、名前だけは聞いたことがあるような……、と首を捻った。

そして小松崎を振り返ると——かの巨漢はまだ、いびきをかいていた。

一方、崇はそれを全く無視したままで、奈々に向かって再び説明を始めた。

「承久元年（一二一九）三代将軍・源実朝が鶴岡八幡宮で暗殺されたという事件は、君も知っているだろう」

「ええ。それは——」

鎌倉ならば、何度も行った。

奈々の実家がある。

特に鶴岡八幡宮などは、お宮参りの時から何度も足を運んでいる。

そして少し歴史を学ぶようになり、暗殺者・公暁が隠れていたといわれている大銀杏を知った時、その隣に立って奈々は、この銀杏が七百年以上も前の血塗られた現場を見ていたのかと思い、さすがに何とも言えない感慨に襲われたことを記憶している……。

「それまで後鳥羽上皇は実朝を呪咀したり、また身分不相応に官位が上がると『官打ち』と言ってその身に不幸が起きるという言い伝えを信じて、高位高官を与えたりしていた。だから実朝暗殺の情報を聞かされた上皇は、時がついに至ったと感じただろう——。一方鎌倉幕府は、母の政子が任務を代行し、北条義時がこれを補佐するという、いわゆる執権政治体制を取ることになった。そこで彼らは、やはり象徴としての『鎌倉殿』が必要と考え、上皇の皇子をぜひ将軍として迎えたいとの使者を京都に送った。しかし、これは後鳥羽上皇によってあっさりと拒絶されてしまう。そればかりか上皇は、藤原忠綱を使者として鎌倉に送り、長江・倉橋の二つの荘園の地頭を廃止せよと迫った。ところが幕府には、開闢以来『御家人武士に与え、安堵した所領は、大罪を犯さぬ限り免職にはせぬ』という大原則があった。当然幕府は、いかに上皇の命令といえども簡単に呑むわけにはいかない。そしてそれは先から後鳥羽上皇も承知だった」

「——ということは？」

「そうだ。上皇はあえて虎の尾を踏んだんだ。これは、上皇の倒幕計画の一部だったんだ」

「倒幕！」

「そうだ。しかし、この時は鎌倉幕府もさすがに動かず、お互いがようやく妥協することで決着をつけたかに見えた。ところが承久三年（一二二一）、後鳥羽上皇はついに諸国の兵を召集して、在京の武士であり、また北条義時と義理の兄弟にあたる伊賀光季を攻め滅ぼしてしまう。そしてそれと同時に、義時追討の宣旨を発布した」

崇は煙草の煙を、ふうっと吹き上げた。

「——実際にこの頃に書かれた、慈円の『愚管抄』の中にもこの時の朝廷の様子が、上皇は悪しき男女の近臣に惑わされて倒幕計画を進めているが、その失敗は明らかであり、日本国の運命は終焉を迎えるであろう、と記されている……。だが、この宣旨には鎌倉幕府も動揺を隠せなかった。朝敵となってしまったんだからね。かの頼朝でさえ、平家とは以仁王の令旨の下に諸国の兵を集めて戦った。令旨の強さは幕府の人間ならば、身に染みて知っている。しかしその時の幕府には王も令旨も無いどころか、逆に朝敵の汚名を着てしまっていた。恐れるもののない朝廷側の武士たちが、雪崩を打って鎌倉に攻め込んで来るのは明日か、明後日かと幕府は浮き足立った……。そこで尼将軍・北条政子は、武士たちを将軍御所に集結させて、『人々見給はずや。昔東国の殿原が、平安の宮仕へせしには、徒はだしにて上がり下りしぞかし。……云々』という、あの有名な演説を行なった――」

崇は奈々を見る。

奈々は首を小さく右に傾げて、右肩をチョコンと上げて苦笑いした。

「――んだが、奈々くんのために簡単に話しておくと――昔の苦しい暮らしから現在の裕福な暮らしにしてくれた大恩ある頼朝公の御墓を、公家どもに踏み躙られてたまるものか。もし、朝廷に従うという者があれば、まず私を切り殺して、鎌倉中を焼き払ってから行きなさい、という涙ながらの演説だ――。これには鎌倉武士も、一斉に奮起した。そして総勢十九万騎は、東海道を西へと攻め上った。

しかし一方、朝廷側は、のんびりと構えていた。何故ならば『宣旨一度下れば、落花をも枝に返す』と言われるほどに、宣旨の前に不可能は何もないと考えていたからだ。つまり、何もしなくても味方の兵は膨らみ、敵は散逸してしまうだろうと信じていたわけだ……。ところが実際戦ってみれば、美濃大井戸の渡しがあっさりと突破されたのを皮切りに、尾張川に沿って九ヵ所の渡し場に陣取っていた朝廷軍は将棋倒しのように敗れて行った。

上皇自ら援助を求めた延暦寺の兵も動かず、朝廷軍の兵士は無残に壊走した。名立たる武士も皆討ち取られ、朝廷軍全滅だ。しかもこれは義時追討の宣旨が発布されてから、わずか一ヵ月の出来事だった――。

この乱後、後鳥羽上皇は隠岐へ、順徳上皇は佐渡へ配流になった。また土御門上皇は土佐へ、後鳥羽上皇皇子の六条宮(ろくじょうのみや)と冷泉宮(れいぜいのみや)も但馬(たじま)と備前(びぜん)に流された。そして後鳥羽上皇の膨大な荘園は全て没収され、捕えられた朝廷側の武士たちの殆(ほとん)どは斬罪になったんだ……。

　こうして『天皇が東夷(とうい)に敗れる』という驚天動地の戦いは幕を降ろした。

　一方定家は、この変の後、九条家が政界に返り咲いたことをきっかけとして、再び歌壇の中央に躍り出る。貞永(じょうえい)元年（一二三二）には権中納言(ごんちゅうなごん)という、歌人としては破格の地位にまで昇った――。だがその心中は複雑だっただろうな」

　解るような――気がする。

　上皇に閉門を命じられて以降、おそらく鬱々(うつうつ)とした日々を送っていたであろう定家。その時点では自ら家を再興するという希みは、殆ど断たれていたわけである。その失意は大きかっただろう。しかもその原因は、自分にあったのだ。ただ上皇の前に、膝を屈すればよいだけだったのだから……。

　ところが降って湧いたような、上皇の挙兵。

　しかも倒幕だ。

　そこで上皇は敗れて皇子ともども島流しとなり、入れ替わるように定家は歴史の中央に躍り出る。朝廷が敗れなければ、二度と再び定家の出番はなかったのだ。

　しかし奈々は、ふと思う。

　定家は、座してこの状況を傍観していたのか？

本当に、紅旗征戎我が事に非ずだったのか？

それとも……。

「定家はこの頃に百人一首作成に着手したらしい。どういう心境の変化で、どういう動機があったのかは解らないがね……。かたや後鳥羽上皇は、隠岐で淋しい日々を送っている。『新古今集』の改訂をしたりしてね。それが今伝わる『隠岐本』というやつだ。その間も家隆らは上皇と音信を交わし、歌合を行なったりしているんだが、定家はきっぱりと交流を断った。そのため上皇は『後鳥羽院御口伝』に、定家は心が無い、とか冷酷な人間だなどと書いている」崇は苦笑いした。

「また、上皇が隠岐で詠まれた歌には、何か非常に恨みがましいものが多い。唯一の例外が、あの有名な、

　我こそは新島守(にひじまもり)よおきの海の
　　荒き波風こころして吹け

という、完全に開き直ったような歌だ。

しかし上皇は二度と京の土を踏むことはなく、延応(えんおう)元年（一二三九）二月二十二日、六十

歳の生涯を隠岐で閉じたんだ。

一方定家は承久の変から十二年後の天福元年（一二三三）十月十一日に出家し、『ただ九品に往生するの一事を思ふ』と『名号七字十題和歌』の前書に残した。やがて摩訶止観・寂静の境地を夢見ながら、後鳥羽上皇没後わずか二年後の仁治二年（一二四一）八月二十日に亡くなってしまう……。

こういう歴史背景の中で百人一首は作られた。しかも作者は狷介孤高の天才歌人・藤原定家だ。決して中途半端なものではない」

——確かに。

では、一体何だと言うのだろう？

「そこで我々はまた、最大の疑問に立ち返るわけだ。定家は何の目的を持って、百人一首を作成したのか？——誰もが認める通りに余りにも駄作が多く、あえてその人の代表作を外しているものもあるのにね。

それは、やはり織田さんの言う通り、歌を繋げたかったためだけなのか？しかし、このような激動の歴史を背景に、ただの言葉遊びだけが目的だったとも思えない。それならば、わざわざ阿仏尼が『定家の形見とも見よ』などと言い残しはしないだろうしね。定家の残した大きな仕事ならば『新古今和歌集』を例に挙げるまでもなく、他にも山ほどあるんだから……。そして『用捨は心に在り。自他の傍難あるべからざるか』という定家の言葉は、私の本心が解らない人間がああだこうだと一々口を挟むなと、我々の疑問点を先回りしてぴしりと抑えている。つまり、ほじくり返すな、ということは、逆に言えばそこに何かが隠されているということだ——」

「——それは、何？」

「それが解らない」

崇は嘆息をついて、煙草に火をつける。

「そこで我々が今できることは、とりあえず一番可能性がありそうな『歌を繋げる』という作業だ」

「それで、実際に繋がって行くんですか？」

「多分ね。と言うより、繋がる——。これは織田さんも示しているし、林さんも試みている。ただ、俺はその結論に不満なだけだ」

「じゃあ……例えば、定家は百人一首や百人秀歌を作る前に、同じような試みを行なっているんですか？　まさかいきなり思いついたということもないでしょう？」

崇は奈々の言葉に、ニヤリと笑った。

「いい所を突いてくるね——。元々は言霊で天地を動かし、鬼神をも哭かしむるという和歌も、段々と年を経て定家の時代になると『遊び』の要素も大きくなってきた。勿論、神聖なものには変わりはなかったけれどもね。しかし、昔から物名（もののな）とか折句（おりく）とか沓冠（くつかむり）などの技法は、頻繁に使われていた。例えば、有名なところでは、『は』を句の頭に『る』を最後に置いて、途中に『なかめ（眺め）』を折り込んだ、

はなのなか目に飽くやとて分け行けば
心ぞともに散りぬべらなる
僧正聖宝

とか、『梨（なし）』『棗（なつめ）』『胡桃（くるみ）』で、

あぢきなし嘆きなつめそ憂きことに
逢ひくるみをば捨てぬものから
兵衛

また、『すももの花』で、

紀貫之（きのつらゆき）

いま幾日春しなければうぐひすも
ものはながめて思ふべらなり

などがある。また各句の頭に『女郎花(をみなへし)』を入れて、

紀貫之

をぐら山みねたちならし鳴く鹿の
へにけむ秋をしる人ぞなき

等々(などなど)――とね。今までの歌は古今集の時代だけれど、新古今集、つまり定家の時代になるとこれらをもっと複雑にして繋ぎ合わせた『八重襷(やえだすき)』とか『文字鎖(もじぐさり)』などの技法が用いられるようになって来た。

例えば、定家の有名な『いろは文字鎖』などは、いろはの四十七文字を歌の頭に置いて、春・夏・秋・冬とそれぞれの季節の歌を詠んでいる。

いつしかもかすめる空のけしきかな
ただ夜のほどの春の曙

ろうの上の秋ののぞみは月のほど
　春は千里のひぐらしの空
はるは来て谷の氷はまだとけず
　さは思ひわく鳥の音もがな
にほひきぬまたこの宿の梅の花
　人あくがらす春の明くれ
ほのぼのと霞める山の峰つづき
　同じきぎすの声ぞうらむる
へてみばや滝の白糸岩こえて
　花散りまじる春の山里
ときはなる緑の松のひとしほは
　匂はぬ花のにほひなりけり

また、『ほととぎす』を頭に置いて、

ほどもなく去年の月日の巡りあひて
　またたち着ぬる白重かな

とも待ちし垣根雪の色ながら
　夏をば人につぐる卯の花
とりあへず過ぐる日数の程もなく
　返しし小田に早苗植うなり
き鳴くなるしげみが底の時鳥(ほととぎす)
　こころの松の色やわくらむ
すみばや岩もる清水手に汲みて
　夏よそげなる松の木の下

　というようにね。まだまだ膨大にある。歌の頭や末尾に、他の人の歌や四季の題や韻字(いんじ)を詠(よ)み込んだものなどもね……。後鳥羽上皇も同じような技法で、沢山の歌を残している。このような文字鎖などの『遊び』は当時はごく一般的なものだった——。ああそうだ。先程も言ったけれど、『古今集』や『新古今和歌集』自体がこれらの法則に則(のっと)ってつくられているんだ」

「え？　こんなパズルみたいな、ですか？」

「パズルか」崇は笑った。「確かにその通りだね……。ただ『古今集』等の場合は、厳密な意味では文字鎖というわけではない」

崇は本棚から『新古今和歌集』を取り出すと、パラパラと捲った。

どこがいいかな――などと言いながらページを開き、そして奈々に向けて差し出す。

「――ここを見てごらん。巻第三・夏歌だ」

それを奈々は、上から覗き込む。

「持統天皇からだ。

一、春過ぎて夏来にけらし白妙の
　　衣干すてふ天の香具山」


これは奈々も聞いたことがある。百人一首にも載っていた。

崇は言う。

「この持統天皇の歌は『春』と『衣』で次の歌に繋がる。

二、をしめどもとまらぬ春もあるものを
　　いはぬにきたる夏衣かな

次は『夏衣かな』で繋がる。

三、散り果てて花のかげなき木の本に
　　立つことやすき夏衣かな

次は『夏衣』と『花』。

四、夏衣きていくかにかなりぬらん
　　残れる花はけふも散りつつ

次は『花』。

五、をりふしもうつればかへつ世の中の
　　人の心の花染めの袖

次も『花』。

六、卯の花の村々咲ける垣根をば

雲間の月の影かとぞ見る

次は『卯の花の』『垣根』『とぞ見る』で繋がる。

七、卯の花の咲きぬる時は白妙の
　　浪もて結(ゆ)へる垣根とぞ見る

ここは『かきね』と『かりね』、そして『結へる』と『結び』だ。

八、忘れめや葵(あふひ)を草に引き結び
　　かりねの野辺の露のあけぼの

次は『葵』と『草』。

九、いかなればそのかみ山の葵草
　　としはふれども二葉なるらん

次は『草』。

十、野辺はいまだあさかの沼にかる草の
　　かつみるままに茂る頃かな

と、まあ、延々と続いて行くというわけだ」

——全然知らなかった！

奈々は、軽いカルチャーショックを受けた。

「しかしまだ驚くのは早い」

そう言って崇は、再び歌集をめくる。

「ここを見てごらん。春歌上、一番最初の歌だ。

　み吉野は山もかすみて白雪の
　　ふりにし里に春は来にけり

摂政太政大臣（藤原良経）

ほのぼのと春こそ空に来にけらし
　天のかぐ山霞たなびく　　　　　　　太上天皇（後鳥羽上皇）

この二つの歌は、そのまま夏の歌の一番最初、さきほどの持統天皇の歌、

春過ぎて夏来にけらし白妙の
　衣干すてふ天の香具山

を連想させないか。――春の巻頭の歌は『春は来にけり』で、夏の巻頭の持統天皇では『春過ぎて夏』が来る。そして後鳥羽上皇の歌の、霞たなびく『天のかぐ山』は、持統天皇の歌では、衣が干されてすっかり夏になっている」

「本当！」

「そして次に秋の歌だ。巻頭に置かれた中納言家持（やかもち）の歌は、

神なびのみむろの山の葛かづら
　うら吹き返す秋は来にけり

　また、冬の歌の巻頭の皇太后宮大夫俊成（藤原俊成）の歌は、

　おきあかす秋の別れの袖の露
　　霜こそむすべ冬や来ぬらん

だ。つまり、春が来て、夏が来て、秋が来て、冬が来る……と、全て繋がっている」

「まあ、すごい！」

「まだまだだ――。春の部の歌の一番最後は、やはり藤原良経の歌だ。

　明日よりは志賀の花ぞのまれにだに
　　誰かは問はん春のふる里

　春の一首めは『吉野』『春』『ふりにし里』だっただろう。そして春の最後は『志賀』『春』『ふる里』だ。吉野も志賀も確かに古い都だ。この二首も、きちんと対になっているんだ。そして、古い都と言えば『大和』もそうだ」

「大和？」

「そうだ。先程の夏の歌の一首め、持統天皇の『天の香具山』だ」

「まあ！」

「そして夏の歌の最後を飾るのは、紀貫之の、

　禊する河のせ見ればから衣
　　日も夕暮に浪ぞ立ちける

の歌だ」

「『衣』で繋がっている！」

「そうだ。しかも『白妙の衣』と『禊・から衣』は容易に『神』を連想させるだろう。すると秋の一番最初の歌、先程の家持の、

　神なびのみむろの山の葛かづら
　　うら吹き返す秋は来にけり

に繋がるわけだ……。このようにして全ての歌が、冬の最後の歌まで繋がっていく。そして最後の年の暮れ、の歌から再び一番最初の立春の歌へと立ち戻って行くんだ」

——ただ単に、適当に並べられていたというわけではないのだ！

奈々は驚嘆した。

まあ普通ならば歌の配列など、季節ごととか年代ごとという実に大雑把な枠で括ってしまうだろう。現代の歌集などを見てもそうだ。

それがこれほどまで緻密に一首一首がその場所に置かれていたとは！

まさに歌織物だ。

「並べる、と言えば、こんな例がある」

崇は奈々の驚きも全く気にならないのか、話を続ける。

「『新古今和歌集』の中に出てくる情景や植物を、歌集の最初から拾ってみよう。

『春の歌』

　春は来にけり
　若菜
　梅の花・鶯
　梅散る
　桜咲く
　春雨

桜散る
山吹咲く
山吹散る
藤咲く
春の暮れ

『夏の歌』

春過ぎて夏来る
卯の花
葵・夏草
郭公(ほととぎす)の声を待つ
郭公一声鳴く
撫子(なでしこ)咲く
郭公鳴く
五月雨(さみだれ)
橘(たちばな)
夏の夜・蛍

夕立ち
秋風吹く

『秋の歌』

秋は来にけり
萩（はぎ）
秋風
七夕（たなばた）・天の川
藤袴（ふじばかま）
朝顔
花すすき
秋の夕暮れ
月
田・稲
さむしろ
紅葉（もみじ）・鹿
雁が音（かりがね）

秋のかぎり

『冬の歌』
冬や来ぬらん
紅葉散る
木の葉散る・嵐
神無月(かんなづき)
木枯らし
時雨(しぐれ)
霜結ぶ
氷
初雪
雪
年の暮れ
大晦日(おおみそか)

……どうだい？」

「すごい！」奈々は素直に驚嘆した。「一年の季節の移り変わりが、そのまま絵のように描かれているんですね……。まるで四季の風景の映像を順番にながめているようです！」

「こういう構成の仕方が、和歌を鑑賞するのに一番適しているのかどうかは、異論が百出するところだろうけど、歌というものに対する定家を初めとした平安時代の人々のこだわりが、如実に表れているだろう。だからこの時代に関しては、歌を一首ずつじっくりと味わうのも大切だけれど、彼らはそれ以上のことを何か仕掛けている可能性があるということだ。気をつけないと、笑われる」

——それならば百人一首も、そういった仕掛けがほどこされている可能性も高い！

奈々は、先程までは半信半疑で聞いていた崇の話が、急に現実味を帯びてきたような気がした。

きっと一筋縄ではいかない何かが隠されている。

しかも相手は、あの偏屈で頑固な天才歌人・藤原定家だ。

ただ単に全部の歌を繋げて、はい終わり、ではあるまい。

本当に、

——百人一首とは、一体何なのか？

《やどをたちいでて》

「さてと朝食でも食うかな」

崇は立ち上がり、奈々に「君は?」と尋ねた。

そこで奈々は、私はもう食べて来ましたから、と丁重に断った。

朝食というには遅すぎるし、かと言って昼食には早すぎる中途半端な時間である。

しかし、奥のベッドから「俺は食うぞ」と小松崎の声がした。

布団の下から太い手足が、にゅうっと伸びる。まさに冬眠から醒めた熊だ。そしてガバッといきなり起き上がったかと思うと、崇に呼び掛ける。

「何があるんだ? トーストとハムエッグか?」

その問いに台所の前で崇は、お粥だ、と答える。

「お粥だあ?」

「そうだ。我が家では昔から、朝食はお粥と決まってる」

「何が我が家だ——。まあいい、そいつに付き合おう。それとビールだな」

——ビール⁉

「小松崎さん、朝からビールですか！」

呆れて尋ねる奈々に、小松崎は真顔で言う。

「休みの日には朝からビールを飲む、と我が家では代々決まっているのだ」

やがて崇はお盆の上に湯気の立つお粥を二つと、本当にビールを一本、そしてグラスを二つ載せて持って来た。

「おう、ヱビスか。気が利いてるな——。さて改めて乾杯といくか」

何が改めてだか、小松崎はグラスにビールをゴボゴボ注ぐと、勝手に一口ぐいと飲む。

「ぷふわっ！　ああ、寝覚めのビールは旨い！　さてと不味い粥でも食いながら、話の続きだ。あれ？　奈々ちゃんどうした、佳境はこれからだぞ。まあ、遠慮なく飲め」

「え？」

「いいから、いいから」

奈々は、じゃあ一杯だけ、と言って仕方なくビールに口をつける。まあ、確かによく冷えていて、美味しくない——ことはない。

一方小松崎は、一向に奈々の心中を気にかける様子もなく、二人に話しかける。

「それで――タタル先生との歴史の勉強は終わったのか？　そうか、それはよかった。きっと奈々ちゃんの人生にも大層プラスになったことだろう――。そこで、いよいよ本題だ。真榊大陸の事件だ」

「しかし熊つ崎」崇はスプーンでお粥を口に運びながら言う。「大体、どうして十ヵ月もたって、今更あの事件を蒸し返すんだ？　逮捕直前に玉美さんが自殺して、それで終わりじゃなかったのか？」

「おう。それなんだがな――。ここからは非公式なんだが、どうやら玉美の死は自殺じゃなかったらしいんだ」

「え？　ということは――」

「誰かに殺された」

「殺人！」

　身を乗り出す奈々に、小松崎は笑いかける。

「そうらしいぜ。だから言っただろうが。ここからが佳境だってよ。一応、玉美は大陸の事件の二日後に自ら首を吊ったって話になってる。大陸の事件では、自分はずっと父を呪っていた、だとか、実際に自分が殺したなどと自白している。そして逮捕の危険が自分の身に及びそうになった時に、自ら首を吊って自殺する……。というよくできたストーリーだったんだが、玉美の死体を検死したところ、首のロープの痕がおかしかった」

「索溝が？」

「そうだ」

「爪痕か……」

「そうだ」

「何ですか、そのそうこん、って？」

首を傾げる奈々に、崇は無表情に言う。

「引っ掻き傷だ。首に食い込むロープを外そうとして、指の爪で思い切り自分の喉を引っ掻いてしまう、その時にできる傷のことなんだ。本当の自殺ならば、当然あるはずのない傷跡だね」

「その通りだよ」小松崎は頷いた。「それで、玉美の死体は行政解剖から、すぐさま司法解剖に回された。そして調べていくと、やはり喉に残った索溝の角度も微妙におかしいことに気付いた。前頸部から同じ圧力のまま項にまで伸びていたんだな。こいつは、おかしい――。そこで岩築のおやじは一計を案じて、これは当分の間は公表しないという許可を上からもらった。そして極秘に調査を進めて来た。だからこの事件は簡単に片がついた形になって、余り騒がれもしなかった。その方が犯人も油断すると踏んだんだな。しかし――」

「今だに真犯人は捕まらない、というわけか」

「そうだ。そして岩築のおやじは、肺が真っ黒になるほど、一人悶々とハイライトを吹かし続けている、というわけだ」

「――ということは、玉美さんを殺した犯人こそが、大陸さんを殺した犯人、というわけですか？」

「そいつはどうだか解らねえが、その可能性もあるだろう。あるいは、大陸は本当に玉美に殺された。そしてそれを知った人物が、大陸の復讐の意味で玉美を殺した――ってことも考えられる。そうでなくとも、もしも犯人が息子たちの誰かならば、あの財産だ。土地・家屋・株券と、ざっと見積もって四十億。相続人が減れば、当然自分の取り分も増えるってわけだ……。だから俺は思うんだが、玉美殺害犯よりも、まず大陸殺害の犯人を見付ける方が確実じゃねえかな」

「しかしそれは、岩築さんたちが、あらゆる方法で調べたんだろう」

「いや。一ヵ所、手薄な所がある」

「どこだ？」

「例の、百人一首のダイイング・メッセージだ」


話が戻った。

「岩築のおやじは自分がそういった方面が苦手なもんで、ずうっと放ったらかしのままだった。そこで俺が調査したいと申し出たら、こうして資料も見せてくれた。鑑識に回っていた、大陸の握っていた百人一首札だ」

そう言って小松崎は、ソファの背もたれに掛けてあった上着の内ポケットを探り、数枚のコピーを取り出した。

奈々はそれを覗く。

そこには血のべっとりと付着した、一枚の読み札が写っていた。

鈍い金紙の上に、黒い烏帽子を被って濃い朽葉色の狩衣を着ている薄青の指貫を穿いた男が、右の膝を立てて右斜め前方をじっと見つめて座っている画が描かれていた。

先程目にした定家の御影とは雲泥の差で、丸くふくよかな顔つきである。

人物の切れ長の目と目の間が異様に離れて描かれているのが、光琳の絵の特徴の一つなのだろうか……。

そしてその人物の左肩上に「文屋朝康」とあり、その横、丁度頭の辺りに五行に分けて、

志ら徒ゆ
耳
可せ
の吹し具
秋能ゝは

と書かれていた。

「そしてちなみにこれが取り札だ」

小松崎は、もう一枚コピーを二人の目の前に置く。

そこには、咲き乱れる秋草、その葉の上に置かれた露、という秋の野原をバックに、

つら
ぬ起（き）
とめ怒（ぬ）
玉楚（そ）
ち里（り）
ける

と躍るような文字で、黒々と書かれていた。

「素晴らしい……」

食い入るように見つめていた崇が、嘆息をついた。

「百人一首カルタの起源は、今のところ定かじゃない。ただ貞享二年（一六八五）の『京羽二重』に『歌かるた』という言葉が出てきているから、すでにこの頃には流行していたと思われる。しかし何と言っても注目すべきはこの、尾形光琳だ。もともと光琳は京都の呉服商・雁金屋の次男として万治元年（一六五八）に生まれて——」

「わかった」小松崎は崇に向かって、たっと片手を挙げた。「歴史はまた今度にしようぜ。今日のところは、この札についてだ。そして、これがダイイング・メッセージだったという前提のもとに話を進めよう」

「……それはまた、随分と断定的だな」

「しかしその可能性は、岩築のおやじも認めているぜ。ただ、その意味が全く解らねえだけでな——。さて、大陸は一体この札に、どんな意味を託したと考えられる？」

「俺は大陸氏じゃない。解るわけがない」

「身も蓋もないことを言うな」

「——と言うよりも、この札から連想される人物が多すぎて、絞りきれないというところかな」

「そうなのか？」

「そうだ」

「じゃあ……たとえば小松崎さんは」奈々は尋ねる。「これを見て、まず何を考えますか？」

「男だ」

「男?」

「見ての通り、男じゃねえか。まず、犯人は男だ、と言いたかったんだろうよ」

「でも小松崎さん。事件当時、邸の中には、男の人は四人もいたんでしょう?」

「そこでだ。さっき——と言っても昨日の夜だが——タタルが言ってたじゃねえか。この朝康は誰かの息子だ、ってよ」

「文屋康秀」

「そうそう。つまり、犯人は男、しかも息子だ」

「息子さんも、二人いるんでしょう?」

「——そうなんだ。そこで詰まっちまうんだ……」

小松崎は腕を組んで嘆息をつく。

その姿を眺めて、崇はくつくつと笑った。

「何がおかしい!」

いきむ小松崎に、崇は言う。

「それはいくらなんでも余りに単純すぎる。いいか、この百人一首の中には親子の関係の作者は、天智天皇と持統天皇から始まって三十六人、十八組もいる。つまり、百枚の札の中から適当に一枚引いたとして、子供の札を引く確率は二十パーセント近くもある。それに、もし犯人が娘だとしたらどうする？　あの日大陸氏のナイトテーブルの上に載っていた歌の中には、確か娘を示す札はなかったはずだ。お前のメモを見てみろ」

「そうだったか？」

崇に言われて、小松崎は渋々立ち上がった。

そして自分の上着のポケットを探り、手帳を取り出すとページを開いて、他の四枚の歌を確認する。

小倉山峰のもみぢ葉心あらば――貞信公
ちはやぶる神代もきかず龍田川――在原業平
秋風にたなびく雲の絶え間より――左京大夫顕輔
夕されば門田の稲葉おとづれて――大納言経信

――確かにそうだ。みんな男の歌人ばかりだ……。

「赤染衛門、小式部内侍、清少納言、大弐三位、そして持統天皇などの歌がない。だからお前の理論から行くと、犯人がもしも娘だったとしても、やはり朝康の札をつかまなければならなくなる。そして本当ならば、それにプラスして女性の札でもあればよかったんだろうが、それもない——。駄目だな」

「そうか……まあ、少なくとも犯人は息子か娘というところまでか」

「いや、それも断定できないな。根拠が弱すぎる」

「しかし、息子か娘が犯人だったからこそ、この札を取って、遺言代わりにしようと思ったのかも知れねえぞ。秘書だったら、他の方法を取った——」

「どんな？」

「そりゃあ……」小松崎は嘆息する。「解らねえけどな」

「それも——根拠がないに等しい」

今度は、崇が腕を組む。

その姿と、自分の手帳を交互に眺めながら、小松崎は言う。

「——じゃあ、言葉か」

「…………」

「いや、そうに違いねえ。ズバリ、犯人の名前を指してるんだ」

今度は小松崎は、真榊家の人間の名簿を広げた。

長男・真榊　静春（しずはる）
次男・〃　皓明（ひろあき）
長女・〃　玉美（たまみ）
次女・〃　朱音（あかね）（養女）
秘書・矢野　廣（ひろし）
〃・墨田　厚志（あつし）
手伝い・柿崎　里子

「やはりこうして見てみると、玉美が怪しいな」小松崎は一人で、うんうんと頷（うなず）く。「何せ『玉そ散りける』だからな」

——あら？

奈々は隣からその名簿を覗き込み、そして先程の歌と見比べる。

「ねえ、小松崎さん。歌に、里子さんの『里』もありますよ。ほら『玉楚（そ）ち里ける』——」

「お？　本当だ」

「それに、ここ。『志ら徒ゆに』で、秘書の墨田厚志さんの『志』の文字も」

「ありゃりゃ。ちょっと待てよ。——しかし、里子も墨田も一文字ずつだろう——」

「おい。それを言うならば、玉美も『玉』一文字だけだ」

「う……」

小松崎は、思い切り眉根を寄せる。

冬眠前に大きな鮭を取り逃がした熊も、こういう顔つきをするのだろうか？

奈々は思わず吹き出してしまい、キッと睨み付ける小松崎に、ごめんなさいと謝った。

「——でも、いきなり三人も出て来てしまったんですもの——」

「いや。もっと出てくる」

煙草に火をつけながら言う崇を睨み、小松崎は尋ねる。

「どこにだ？」

「ここだ」

崇は、読み札の作者名を指差した。

「文屋朝康——ふんやのあさやす——『矢野』だ」

「！」

あわてて読み札の写真を覗き込む小松崎に、崇はさらに追い打ちをかけるように続けた。

「そして『しらつゆ——白露——白——皓……皓明』という連想はどうだ？」

「うっ！」

「まだだ——。熊つ崎、お前、朱音さんが真榊家に養女として入る前の名字を何とか、と言っていなかったか?」

「お、おう。それは確か——あっ! 『加瀬(かせ)』だ」

「そうだろう。『かせの吹しく』——だな」

「……こいつは、まいったぜ」小松崎は大きく天を仰ぐ。「七人の容疑者のうち、六人までもが出て来やがったか——。まてよ! と、言うことは……そうだ! 逆の発想だ。ここに出て来ねえ奴が怪しいんだ。残った一人、そいつは——静春だ!」

小松崎はテーブルの上に身を乗り出した——が、
崇は、ふん、と鼻で笑った。

「逆の発想——はいいけれど、この歌の中に本当に静春の名前は出て来ないか?」

出て来ねえよ、と笑い飛ばすには少し弱気になっていたのだろう、小松崎は、

「——どこだ?」と素直にじっと歌を見つめた。崇は言う。

「沓冠(くつかむり)だ。句の一番最初や、一番最後の文字を繋げる技法だ」

「それで?」

「ここだ」崇は指で示した。

「『白露に風の吹きしく秋の野は
　つらぬきとめぬ玉ぞ散りける』」

——はる、だ」

「おお」

「もっと言えば、

『しら露に風の吹きしく秋の野は
　つらぬきとめぬ玉ぞ散りける』

——しつはる、だ」

「！」

「百人一首に造詣(ぞうけい)の深い大陸氏のことだ。普段からこの歌を興味を持って眺めていたとするならば、当然気付いていただろうな」

——全員、出て来た！

「——困った」

本当に困った様子で、小松崎は腕を組んで唸る。

「振り出しだな」崇は涼しい顔で言う。「それに……例えば静春は何歳と言っていた？」

「三十七歳だ」

そうか、と崇は笑った。

「この歌も、百人一首の三十七番目の歌だ」

――！

「そして取り札からは、朱音さんも連想できる」

「え？　どういう意味だ？」

「バックの絵の色だ。秋の紫の野原。つまり紫野（むらさきの）だ――。これは、あかねさす紫野行き標野（しめの）行き――という額田王（ぬかたのおおきみ）の有名な歌を容易に連想させる」

崇は煙草を灰皿にもみ消して尋ねた。

「さて、どれを選べばいいんだ？」

「………」

小松崎は今度は、ぐるるる……と犬のように唸って、腕を思い切り組んだ。

「なあ、熊つ崎」崇は苦笑いしながら声をかける。「逆の発想――といえば、こういうのはどうだろう。――大陸氏は、札を一枚握り締めたのではなく、一枚取り除いた」

あっ！　と叫んで小松崎は、

「そ、それだ！　それに違いねえ！」勢い良く体を起こした。「そうだぜ、タタル――。と、すると――どうなる？」

「残った四枚の札が、犯人を連想させる」

「――だから？」

奈々と小松崎は勢いこんで、残りの四枚の歌を覗き込む。

小倉山峰のもみぢ葉――みゆき待たなむ
ちはやぶる神代もきかず――水くくるとは
秋風にたなびく雲の――影のさやけさ
夕されば門田の稲葉――秋風ぞ吹く

「これらの歌の共通点は、秋か……」

「あき！　皓明か！」

「何を言ってるんだ熊つ崎。最初から『白露に――』も、秋の歌じゃないか」

「ああ……そうか……」

小松崎はがっくりと肩を落とす。

その隣で奈々は秘(ひそ)かに、先程崇の言っていた沓冠を試みる。

――を・ち・あ・ゆ……あ・ゆ・を・ち……

ゆ・を・あ・ち……む・は・さ・く……

は・く・む・さ……く・さ・は・む……

　草はむ――草食む――。

これじゃ牛か馬だ……。

「じゃあ、タタルはこれらの歌の共通点は何だと言うんだよ？」

「だから、共通点は秋だ」

「それが？」

「大陸氏は、秋の歌を五枚選んでいた、ということだな」

「そんなのは解ってる！　それが、どうしたと言うんだ？」

「どうしもしない。ただ、それだけだ……。どうやらこれも違うようだな」

口をあんぐりと開ける小松崎を尻目に、崇はあっさりと言ってのけると、ビールを一口飲んだ。

「まあ、一つ明白なのは、このやり方では正解に辿り着けないということだな。何か俺たちの知らない出来事か事実がまだ隠されてる、というわけだろう……。このダイイング・メッセージは一時留保するとして——なあ、熊つ崎。この事件で俺はどうも引っ掛かっている点があるんだが」

「おお、どこだ？」

「大陸氏が見た、という幽霊だ」

「幽霊？」小松崎は、ぷっと吹き出した。「そりゃ、タタル。関係ねえよ。見・ま・ち・

が・い、だ」

「何故？」

「あのなあ――」

嘆息をつく小松崎に代わって、奈々も尋ねる。

「じゃあタタルさんは、大陸氏が、本当に幽霊を見たと信じているんですか？」

「そうだぜ、なあ、奈々ちゃん――。おい、タタル。お前は、鬼や幽霊がこの世をうじゃうじゃ闊歩（かっぽ）しているとでも言うのか」

「鬼と幽霊とは、そもそもの成り立ちからして違う。楠木正成（くすのきまさしげ）と石田三成（いしだみつなり）ほど違う。お前のように、同一の次元で語るのは大きな間違いだ。まず、鬼というものは――」

「わかった、わかった！　その講義はまた今度にしようぜ。俺の言い方が悪かった。つまり俺が聞きたいのは……例えば、幽霊が本当に存在するのか、ということだ」

「そんなことは、俺に解るわけがない」

「じゃあ、大陸が見た物は何だ？」

「どうも熊つ崎は、白と黒とを一緒くたにしているようだが――それは今日は特別に許すとして――。じゃあ解り易く、幽霊を例に取って説明しよう。まず、人が幽霊を見るための条件、要因というものは大きく分けて四つだ」

崇はビールをぐいと空ける。

「まず第一番目は『目の前に何もいないにもかかわらず、幽霊が見える』という場合だ。――人間の目は、角膜から光を取り入れることによって物を確認している。その角膜から入った光は、前房・水晶体・硝子体と通過して行き、やがて網膜に達する。網膜が、いわゆるカメラのフィルムだ。そこから、光は電子信号に変換されて視神経を伝わり、大脳から後頭部の視中枢に達する。だからその間に伝達を妨げる何らかの支障があれば、当然物を見ることが物理的に不可能になる。と言うことは、逆に考えれば、その伝達系に何らかの物理的な要因が加わることによって、そこにあるはずのない物が見える、というケースも出て来る」

「脳の障害――ですか？」

「勿論、そういう器質的な原因もあるだろうし、また脳に到達する以前の障害もあるだろうね――。ごく簡単な例を挙げれば、硝子体に濁りができ、それが網膜に影を落とす。硝子体というのはゲル状だから、それが目の中で流動すれば、あたかも目の前を虫が飛んでいるように見える。飛蚊症がそれだ」

「飛蚊症ってのは、いつも目の前に蚊が飛んでるように見えるやつだな」小松崎は頷いた。

「俺もたまにあるぜ。昼間、白い壁なんかに目をやると」

「これは仕方ない。多少ならば誰にでもある。特に歳を取るとな」崇は苦笑いした。

「そんなことも幽霊の正体の一つだろう――。

そして第二番目は『空間の歪みや揺らぎが、幽霊に見える』というものだ」

「空間の？　随分とSFっぽいじゃねえか。四次元とか五次元とか言うのか？」

「違う。電磁波や光線や磁場の乱れだ。中国的には『気』の乱れとも言う」

「蜃気楼や逃げ水のようなものですか？」

ああ、と崇は答えた。

「大気の温度差によって空気の密度が場所ごとに変わり、光線が屈折して、実際にそこにはないはずの物が見えたりする——。今でこそ原理は解明されているけれど、昔は海の上に浮かぶ蜃気楼は、大蛇や蛟が気を吐いたものだと言われていたからね。あとブロッケンの山男などは、光線の屈折現象の最たるものだろう」

「なるほどな……。三番目は？」

「第三番目は、身近なところで『枯れ尾花が、幽霊に見える』というものだ。

見る側の脳の中に存在する恐怖心や畏怖心が、ススキやただの白い布を『怕しきもの』に見せてしまう。ただ単に、自分の脳の創造物にすぎない。しかし、一度『見えて』しまったならば、あとはその働きの相乗作用だ。恐怖心の自己増殖だな——。有名なところでは『平家物語』に白河法皇が、祇園の灯籠に火を点していた僧を、火を吹く化物と見間違えて切り殺そうとした、などという話が載っている……。いるかも知れない↓いてもいい↓いるはずだ↓いるに違いない——という心の働きが、脳の中に勝手に像を結ばせて、いた！となるんだ」

「わかる、わかる」小松崎は頷いた。「腹が減ってる時には、タワシもコロッケに見えるもんだ」

「このケースは、多いだろうな」崇は続ける。「特に、呪をかけられている場合などはてきめんだ」

「呪？　おい、お前は呪も現実のものだなんて言い出すのか？」

「何を言っているんだ、熊つ崎。俺に言わせれば、未だに『呪』の実在を信じていない人間がいるということの方が不可解だ」

「なに？」

「いいか、呪というのは『言葉』のことだ。まさかお前は、言葉も存在しない、とまでは言わないだろうな」

「馬鹿を言うな。実際にこうして使って話してるじゃねえか」

「それならば、同時に呪も存在する。言葉と呪は同一のものだ。どちらも相手の脳に向けて発信される信号だからな。ウィルスのことだよ」

——言葉が、ウィルス？

またわけの解らないことを言う。

首を傾げる奈々に向かって、崇は尋ねた。

「奈々くん、我々が生きる——つまり自分自身の生命を護るためには、我々の体が何を行なっているかを考えてごらん」

「？」

「常に襲いかかって来る外敵と、文字通り日々戦っているんじゃなかったか？」

「……免疫機構のこと、ですか」

「そうだ。そしてその働きは？」

「え、ええ……。体内に侵入して来る非自己を、自己のマクロファージやTセルが食してしまう——」

「その通り。それと同じだ。他人の言葉というのは非自己だ。それを我々の脳が、自分の中に取り込んで食す——つまり過去の経験等に照らし合わせて解釈し、理解する。そこで、納得したり反発したりするわけだ。しかしここで、我々の日常のレベルを超えた、または外れた言葉——呪——が脳に侵入して来た場合には、我々の脳は、あっさりとバーストしてしまう。それはつまり、非日常的な出来事だからだ。そこで脳は自分を護るために、アドレナリンや副腎皮質ホルモンを多量に分泌し始める。するとどうなる？」

「は、はい……。当然、ホルモン代謝の異常をきたして、体調を損ねます。交感神経が常に興奮している状態が続くわけですから——」

「それが『呪にかかる』というやつだ」

「じゃあ、タタル。例えばよく耳にする、丑の刻詣りってのは、本当に効くってことか？」

「ああ『厭』だな。丑の刻——つまり午前二時ごろに五徳を頭に逆さに被り、その三本の足に松明を立てて火を点し、顔に丹を塗って赤い衣を纏い、神社の神木に相手の名前を折り込めた藁人形——形代を五寸釘で打ち付ける。すると呪われた相手は、七日目の満願の日に苦しみながら死ぬ——というやつだな。実際に現在でも、頻繁に行なわれている神社が存在している……。これも、同じだ。甲が乙に向けて丑の刻詣りをしている、という噂が立てば、それだけで、その呪は成立する」

——呪は、言葉……。

「あと、もう一つ。我々人間の体は、生まれた時から致死遺伝子を持っている。生存して行こうとするＤＮＡに対して、死んでしまおうというＤＮＡが存在しているんだ。しかし、その致死遺伝子は普段は静かに眠っていて、なかなか目を醒まさない。だが、ある日突然何らかのきっかけで起き上がり、その人間を一気に死に追いやってしまう。原因不明の病気や、動機不明の自殺などだ」

「時限爆弾みたいなものか？」

そうだ、と崇は首肯した。

「だから俺は思うんだが、その致死遺伝子を目覚めさせる要因の一つに、言葉——呪も入っているんじゃないか。これこそが、言霊だ——。これは俺の持論だがね」

崇は煙草に火をつけて、煙をふうっと吹き上げながら、二人を交互に見る。

「——だから、自分が呪をかけられていると知っている人間は当然、幽霊が『見える』ことになる」

「なるほどな……」

「そして最後——」

「第四番目のケースですね。それは——？」

「それは『幽霊が、本当にいた』という場合だ」

「あ？　タタル、お前、さっきはいねえって——」

「そんなことは、一言も言っていない。確かに俺自身は幽霊、つまり霊魂の存在を信じてはいないよ。しかし、その存在を認めないという理論と、現実に存在していないという事象は、根本的に別物だからね。酸素や窒素や電磁波や重力やウィルスが、俺たちの目に見えないままで存在している——らしい——のと同様に、物の怪や魑魅魍魎や妖怪たちも、実際にそこらへんにうようよといるのかも知れない。先程も言ったが、酸素や電磁波やウィルスなどは、ただ単に測定機器にひっかかったというだけのことだ。そしてそんなものは、何万年という人類の歴史の中で、つい百何十年か前にやっと手に入れた代物(しろもの)だ。五百年前に生きていた人々は、電磁波の存在すら考えなかっただろう。それにDNAに戻って言えば、今でこそ常識中の常識みたいに言うけれど、それが発見されたのは、たかだか九十年前だ。そしてDNAこそ遺伝子だという認識が初めてなされたのは、一九五二年。わずか四十年前のことだ。彼らDNAは、三十五億年も延々と生き続けて来たにもかかわらず、ね……。だからもし今、科学で証明できない事柄はこの世に存在しない、と言い切ってしまうのならば――」

崇は涼しい顔で言う。

「百年前、当時の人々の体の中にはDNAは存在していなかったということになる」

「――んな、馬鹿な。そいつは詭弁(きべん)だ」

「詭弁じゃない。科学のみをこの世の指標として置くならば、当然そういう結論になる。科学というものは、そういうものだ」

崇は、グラスにビールをゴボリと注いだ。

「――それはそうとして、一度その邸を見てみたいもんだ」

「まあ、訪ねられなくはねえがな――。見てどうするつもりだ？」

「幽霊の正体を突き止める」

「魔除(まよ)けの札でも持ってか？　いねえよ、そんなものは。因(ちな)みに二階の廊下は、警察が徹底的に調べてる。何のトリックもカラクリもなしだ。幽霊を動かしたリール一個、人魂を吊した凧糸一本見当たらなかったらしい。勿論、夜空が覗ける仕掛け窓も、な」

「…………」

崇は人差し指で、トントンと自分の額を叩く。

「……とすると……しかし……おそらく——」

「まあいい」小松崎は、ビールをぐいと飲み干す。「大陸は大方、本当に玉美の姿を見たんだろうよ。白いネグリジェ姿で、長い黒髪の」

「でもその時、玉美さんは皆と一緒に食堂にいたんでしょう？」

尋ねる奈々に小松崎は、ふんと鼻を鳴らした。

「皆と一緒、ったって全員酔っ払ってたんだ。玉美一人くらい、部屋をこっそり抜け出したってわかりゃしねえよ」

「こっそりと抜け出した理由は、何ですか？」

「それは……玉美に尋ねてみなけりゃ解らねえな——うん」小松崎は咳払いをした。「問題はその玉美だ。おお、そうだ。こっちは幽霊でも何でもねえぞ。どこかの誰かに、後ろから首を絞められたんだからな。お化けの話はそこまでにしよう。いいか、大陸が殺されて二日後のことだ」

小松崎はパラパラと手帳をめくり、崇と奈々の顔を見つめながら話し始めた。

「その日、玉美を除く三人は、一度帰宅することになった。まあ、幸い正月ということで会社は休みだから、再び泊まる用意をして邸に集まる手筈になったんだな。葬式の問題もあるだろうし、おそらくは莫大な遺産問題もあったんだろう。その家族会議を、夕方の五時から始めると決めていたらしい」

「里子と矢野と墨田は？」

「里子は前の晩に帰ってた。そして当日の朝早くに、邸に戻って来たんだ。確か八時頃と言ってたな。そして秘書二人は、前日にすでに帰ってた。だから時間までに邸に来るように、静春が直接電話を入れた。そして……ええと……ああ、これだ。当日の全員のタイムスケジュールを控えておいた——。あくまでも当人の言い分なんだがな」

小松崎は、一枚の紙を二人の前に広げた。

	出発	帰宅
静春	十時三十分	三時三十五分
皓明	十一時〇〇分	四時十五分
朱音	十一時二十分	三時五十分

「玉美の死亡時刻は、午前十一時半から十二時半までの間となってる。玉美は、一日の食事は朝と晩にしか摂らねえっていうから、昼はずっと部屋にいた。そこを襲われたってわけだ」

「その間、邸には誰もいなかったのか?」

崇の質問に、小松崎は眉を寄せる。

「いや、実は里子がずっと邸にいた、というんだ。そのおかげで、里子はまたもや第一容疑者になっちまってる——。まあ、ここまではどう考えてみても、一番怪しいのは里子だが」

「そうだろうな……。いままでの話では、どう考えてみても、里子さんが犯人としか思えないな」

崇の言葉に小松崎は、うんうんと頷いた。

「そうだ。だから同じように思った岩築のおやじは、里子を嘘発見器にかけたんだ」

「ポリグラフに?」

「ああ。そしてこの事件に関して、百個くらいの質問をした。同時に、血圧、脈拍、心電図、声のトーン、顔のこわばり等々、全て調べながらな。ところがその結果、全く嘘はついていねえという結論に達しちまったんだ。つまり里子は犯人じゃねえってことだ。その上、犯人が誰かも知らねえという結果も出た……。ただ、勿論これはタタルに言われるまでもなく、あくまでも機械の結果だからな、限界はあるだろう。それにこの結果をとりあえず信用して、里子の証言を先程の図に書き加えると、こうなっちまうんだ」

小松崎は、ガサガサと一枚の紙を取り出した。

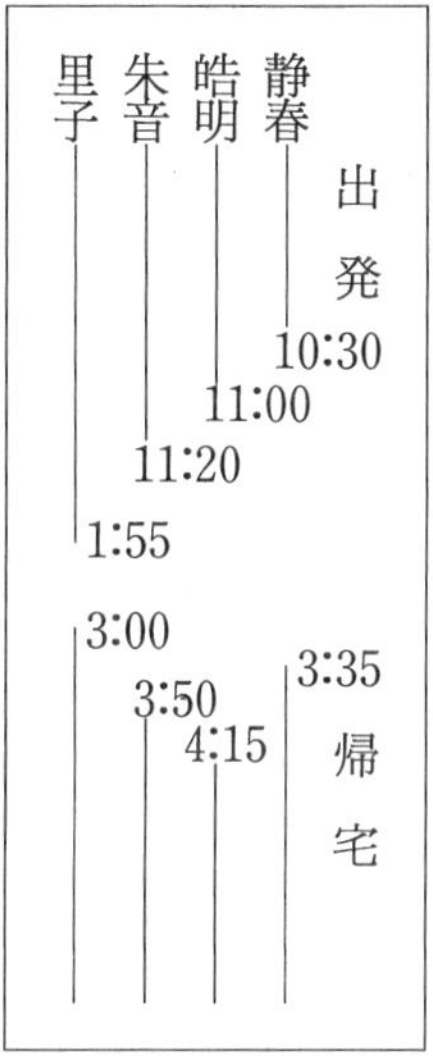

「里子は、戻って来た時間はしっかりと確認はしてねえらしいが、買物に一時間ほどかかったというから、おおよそ三時と考えていいだろう。少なくとも静春が帰って来た時には、邸にいた……。とにかく玉美が一人きりだったのは、その間一時間だけだ。だからもし、この間に玉美が殺されたとすると、死亡時刻と一時間も開きができちまうんだな」

「十二時頃に三人の内の誰かが一旦戻って来た、ということはないんですか？」

「ないそうだ。里子はその間、ほとんどキッチンにいたと言うから、玄関が開けば分かるだろうよ」

「外から直接、玉美さんの部屋には？」

「無理だ。二階と言っても、普通の家の三階近く高さがある上に、外壁をよじ登れるような足場もなかった。それに第一、玉美の部屋の窓には、内側からしっかりと鍵がかかっていた。外からの侵入は、到底不可能だ」

「なあ、熊つ崎」崇は図を覗き込む。「この一時五十五分というのは随分と正確だな。何故里子さんは、こんな細かい時間を覚えていたんだ？」

「ああ。里子は、毎日かかさず昼のドラマを見てるんだと。それが一時丁度から、五十五分までなんだとよ。その日も、ゆっくりとそれを見終わってから買物に行ったらしい。土砂降りの中を」

「土砂降り？」

「そうだ。その日は、昼過ぎから雨が降り出した。夜半までの間だったがな。里子は、朝出掛けに洗濯物を干して来たんだとよ。だから買物ついでにそれを取り込みにアパートに寄って、そして邸に戻ったと言ってる。おかげでびしょ濡れになって、風邪をひく寸前だったたと言ってる――。そんなことは今はどうでもいいんだが、とにかく里子は記憶力がいいんだぞうだ。昔から一度見た物はなかなか忘れねえんだと。実に羨ましいかぎりだよな……。ああ、それに霊感も強いって言ってたな」

「霊感？」

「よく、デジャ・ビュやジャメ・ビュが起こるらしい。初めて見たのに、昔に見たことがあるような気がする、とかその逆の場合とか、だな。それに加えて里子の場合は、未来までも見える。予知夢だ」

「ふん」崇は鼻で笑う。「それらは大抵——」

「いや、それがな、大陸の事件当日も見たらしいぜ。頭を殴られて血の海に倒れている姿を、よ」

「それは何時頃のことなんだ？」

「水差しを持って寝室を訪ねた時だそうだ……。その時は、実際に大陸に水差しを手渡している。しかしその数時間後、全く同じ状況を再び目撃したってわけだ……。そう考えると、やはり霊感ってやつは、本当にあるのかも知れねえな」

「…………」

「まあ、それはともかくとして、ここで一つ問題が持ち上がった」

「何だ？」

「おお。静春たち三人は、全く別行動を取っていたもんで、お互いが何時に邸を出たかということには余り注意を払っていなかった……。この図で見る限り、邸を出たのは、静春―皓明―朱音の順番になってる」

確かに、と頷く奈々を見て、小松崎は言う。

「しかしな、里子の証言によると、静春―朱音―皓明の順番で出て行った、と言うんだ」

「え？」

「これについては、皓明にも確認した。すると皓明は、絶対に間違いない、十一時には邸を出たと言っている」

「と、いうことは――？」

「――さあな……。どっちかの勘違いじゃねえか、と岩築のおやじに尋ねたんだが、二人とも、自分の記憶に絶対間違いはないと言い張っていたそうだ」


――あっ！


奈々は、閃いた。

「ねえ、小松崎さん。真榊邸のセキュリティ・システムは、昼間は働いているんですか？」

「いや。夜だけだそうだ。昼の間は里子が出入りしたりするからな。邪魔になるもんで、切っているそうだ」

――と言うことは……。

「解りました！　つまりこういうことです」

え？　と尋ねる小松崎に向かって、奈々は勢い込んで言う。

「最初、邸を出たのは静春さん、皓明さん、朱音さん、の順番だった。でもその時、里子さんは、皓明さんの出て行くところは見ていなかった。そしてその後、皓明さんはこっそりと、もう一度戻って来る。そして玉美さんを殺害して、再び邸を出る。その姿を、里子さんは見たんです」

——なかなか我ながら筋が通っているわ。

奈々は心の中で自画自讃しながら続けた。

「だから、里子さんの目撃順と、三人の話が食い違っているんです。つまり——犯人は、皓明さんなんじゃないですか？」

おお、と小松崎は大きく目を開く。

そして崇は、パチ、パチ……と拍手を送った。

「奈々くんにしては上出来だ。君にそういう才能があったとは、俺の不明を恥じなければならないな——。しかし、君の話では四人の証言をうまく纏めることはできるけれど、肝心な点がクリアできない」

「肝心な点——って？」

「時間だ」

――時間？

今度は、奈々が眉を寄せる。

「朱音さんが出発したのは十一時二十分、これは確実としよう。とするとその後に皓明さんが再び戻って来て、玉美さんを殺害。確かに死亡時刻と合致する――。しかしその間ずっと、邸内には里子さんがいたんだ」

「あ……」

「彼女は、邸にいる間には誰も中に入って来た人物はいなかったと証言している。これは嘘ではないらしい、と先程熊つ崎も言った。となると、皓明さんは、いかなる方法で里子さんの目を誤魔化して邸内に入ったのか、という問題に直面することになるけれど――この点はどう説明する？」

「……簡単です。時計です！」

「時計？」

「時計の針を、少しずらすだけでいいんです。静春さんが出た後で少し早めれば、実際の時間よりも早く、朱音さんを邸から出発させることができます。そしてその後で、玉美さんを殺害――」

「どこの時計を進ませるんだ？」

「え？」

「邸内の時計は、一つだけじゃないだろう。熊つ崎の話だけでも、少なくとも食堂とキッチンと里子さんの部屋にはある。それに、朱音さんの目はうまく誤魔化せたとしても、どのみち里子さんは残っていたわけだ。しかもテレビドラマを見ながら。こちらの時間は変更できないよ」

「お正月だから特番で、放映時間が——」

「いや駄目だ、奈々ちゃん」小松崎も言う。「きちんとそれは裏を取ってある。正月とはいえ、もう五日だった。その番組は、時間通りに放映されていた」

「…………」

奈々は、渋々口をつぐんだ。

「なあ、それよりタタル。こういうのはどうだ——。皓明と里子が共犯だった。これなら上手く行くだろう」

その質問に、崇は首を横に振る。

「それならば、何故里子さんはわざわざ皓明さんの『自分は二番目に出た』という証言を引っくり返すようなことを言ったんだ？　黙っていれば、警察の目は自然に、最後まで邸に残っていた朱音さんに行くものを」

「そうか……」

奈々に続いて、小松崎もあえなく沈没した。

「わけのわからねえことが次から次へとよ……」

「何だか本当にこの邸は幽霊屋敷みてえだな」小松崎は大きく嘆息した。「わけのわからねえことが次から次へとよ……」

――本当にそう思う。

一見、何の変哲もない事件なのだ。

大陸殺害犯が玉美か里子か――、

玉美は自殺か、あるいは里子に殺された――と考えれば……。

しかし、それら全てを否定するとなると、

――論理的に決着がつかなくなる。

「なあ、熊つ崎」崇はふと思いついたように顔を上げた。「一つ知りたいことがあるんだが」

「何だ？」

「大陸さんが殺された日のことだ」

「ああ、それならば何でも訊いてくれ。この事件に関しては、多分俺が今、日本で一番詳しいだろう」

「それは頼もしい限りだ――。じゃあ尋ねるけれど、その日の夕食のメニューは一体何だったんだろう？」

「へ？」

「夕食だ。全員が食堂に集まって食べた物——」

「なんでそんなことを、いきなり。第一、それを知ってどうするんだよ？」

「何でも知っていると言ったんじゃないのか？」

「わ、わかった。ちょっと待て」

小松崎は、厚いメモ帳を片端からめくっていく。

大陸さんの司法解剖所見のところに書いてないのか、という崇の問いに、わかってるって、と小松崎はメモを右に左にめくる。

そしてついに、ページを太い人差し指でぎゅっと押さえた。

「あったぞ、これだ……。ええと、大陸氏は……と。ワインを飲んでいたな。アルコールの血中濃度も高かった。そう言えば頭が痛いとか何とか訴えていたというからな——」

「大陸氏は日頃から頭痛持ちじゃなかったのかな？」

「いや、違うな。里子の証言によると、あんなに痛がっていたのは珍しいことだった、とある。それで幻覚を見たのかも知れねえな」

「——食べ物は？」

「……こっちは詳しくは解らねえが……ええと、ああ、そう言えばチーズの盛り合わせがどうのこうの、と静春が言ってたそうだ」

「レバーは？」

「おお。それは朱音が何か言ってた」

「にしんは？　……それと、少し季節外れになるけれど、そら豆は？」

「？　さあな——いきなり何を言ってやがるんだ、お前は？」

「その献立は、里子さんが決めたのか？」

「そいつは本人に直接訊いてみなけりゃ解らねえな——。だが、それと今度の事件と、どこでどう繋がるってんだ？」

小松崎のその質問には答えず、崇は俯いて煙草をくわえた。

そしてそれ以降、小松崎が何を尋ねてもただ黙って煙草をふかすだけだった。

崇のその態度に諦めた小松崎は、両腕を頭の後ろに組むと一つ大きな欠伸をした。

奈々もつられて、小さな欠伸をする。

「はああ……完全に手詰まりかよ」小松崎はガックリと肩を落とす。「百人一首のダイイング・メッセージってのは、いい線を行ってると思ったんだがな」

それは、奈々も同じだ。

皓明と里子の証言。

どこで何が食い違っているんだろう。

時計が狂っていなかったとすれば、他にどんな理由が考えられるんだろう？

単なる皓明や里子の勘違いなのか？

しかし里子は、自分の記憶力には自信があると言っている。

とすれば、皓明の思い違いなのだろうか？

あと、先程の崇の質問は、どういう意味があるのだろう？

この事件と、当日の夕食と一体何の繋がりがあるというのだろうか？


しばしの間、沈黙が部屋を支配した。

奈々は所在なく、先程崇が床に置きっぱなしにした百人一首の本を取り上げて、ソファの脇にきちんと載せた。

その仕草を何気なく横目で見ていた崇は、

「そうだ。百人一首札だ！」

唐突に、パンと膝を打った。

「それを先に片付けなくてはならない。すっかり失念していた」

「あ？　何を先に、だと？」

「決まっているだろう、熊つ崎。この、百人一首札並べ、だ」

「何だと？」

「織田正吉さんたちが試みていた、例の歌並べだ。やってみよう」

「な、何をいきなり――」

「もう事件も山を越えたようだし、そうだ、そっちの方が大切だ」

崇の言葉に小松崎は、ぶっと吹き出した。

「ど、どこの事件が山を越えたんだよ！　何一つ解決しちゃいねえだろうがッ！」

「事実は全て出揃っているような気がする。あとはそれを上手く並べればいいだけだろう」

あのなあ、と小松崎は崇を睨みつけた。

「事実は、最初っから出揃ってるんだよ。並べるもくそもあるか！」

「何事にも、整理整頓は必要だぞ」

笑う崇に、小松崎の怒りは爆発する。

「お前は、一体何を考えて生きてやがるんだ？　俺たちが、こんなに真剣に悩んでるってのによ」

しかし崇は、楽しそうに笑いながら立ち上がった。そして、百人一首の本を取り上げると、再び開いた。そして、小松崎を見る。

「そう、いきむな。もう一杯、飲むか？」

《たまそちりける》

午前の患者がひけて、ホッと一息つきながら薬歴簿の整理をしていた奈々は、アシスタントの森江(もりえ)達子(たつこ)に「奈々さん。お電話でーす」と呼ばれた。

ついこの間までオーストラリアに遊びに行っていた達子は、ますますその茶髪に磨きをかけて帰って来たようだ。

奈々が受話器を受け取ると、電話の相手は小松崎だった。

「先日はどうも――」

と言いかけた挨拶(あいさつ)も終わらないうちに、小松崎は話し始める。

「おうおう、そいつはいいんだが、今話してても大丈夫か？」

「え、ええ。ちょうど患者さんもいませんし」

と言って、調剤室の外嶋(そとじま)を横目で見る。

外嶋は何も気にしない様子で、オペラの楽譜(スコア)を一心に読んでいた。

「そうか。いや、そこの番号をやっと電話帳で調べて、こうしてかけてるんだけどな——。実は、あの日以来、タタルと連絡が取れねえんだよ」

「え？　マンションにいないんですか？」

「わからねえんだが、何回かけても全く電話に出やがらない」

「…………」

あの日以来ということは、今日は土曜日だから、丸々一週間になる。

「タタルの勤め先の電話番号は知ってるんだが、前に一度電話したら無愛想にすぐ切られちまってな——。奈々ちゃんは、タタルのいる薬局の場所は知ってるか？」

「ええ。知っています。同じ地区内ですから」

「そうか。じゃあ悪いんだが、ちょっと覗いてみてくれねえかな。同業者だから訪ねやすいだろう」

「え！　私がですか！」

思わず大声を出してしまった奈々は、あわてて周りを見回した。

しかし外嶋は、相変わらず本を広げながら、ふんふんと人差し指を立てて指揮を取っていた。全くこちらを気にしていないらしい。

「悪いな。俺はちょっと今、社から抜けられねえんだ。カンヅメなんだよ。今もやっと時間を見付けて電話してるって状態なんだ」

「でも——」

「仕事の帰りにでもちょこっと寄って、タタルがいたら例の件——真榊の事件はどうなってる、って訊いてくれ。そして俺に電話を入れろってな。悪い悪い。また今度、必ず埋め合わせするから。じゃあ、よろしく！」

一方的に喋（しゃべ）ると小松崎は、頼む、と言って電話を切ってしまった。

「…………」

奈々は、手にした受話器をじっと眺める。

よくテレビドラマの中で見かける、あの無意味な仕草だ。

しかし今は、その気持ちがよく解った。

何ということだろうか。腹が立つ。

奈々は何も関係ないのに。

大体、そもそもの原因を作ったのは——外嶋だ。

奈々は外嶋を睨（にら）む。

が、あのモアイ像の男は相変わらず本を広げたままで、一心に指揮をしていた。

しかも目を閉じて頭まで振りながら……。

結局奈々は、店が終わってから——崇の勤めている漢方薬局を訪ねることになってしまった自分の運命を呪いつつ——ひたすら午後の街を歩いた。

土曜日なので仕事も早く終わり、時計を見ればまだ二時過ぎだった。

それに、幸い今日も何も予定が入っていなかったので、フラフラとウインドー・ショッピングを楽しみながら街並を歩いた。

時折冷たい北風に衿(えり)を立てたけれど、天気もいいし、まあこういう「非日常」も悪くはない——か。

確かに先週の日曜日以来、崇とも何の連絡も取っていなかった。

また、あの日はあの日で、小松崎が酔っ払ってしまって、話はあれ以上進まなかった。だから、じっくりとこの間の話の続きを聞いてみたい気もある。

それに、よく考えてみれば奈々は、崇の働いている姿を未だ一度も見たことがなかった。

相変わらずの仏頂面で接客しているのだろうか？

想像してみると——少し可笑(おか)しい。

バスを乗り継いでまたしばらく歩いて行くと、大通りから外れた閑静な住宅街の片隅に、古い店構えの薬局が姿を現した。

黒地に金文字で「萬治(まんじ)漢方」と書かれた古めかしい樫(かし)の木の看板が、一際(ひときわ)目につく。

わりとモダンな建て売り住宅が並ぶこの周辺に、その薬局の場所だけが大正時代にでもタイムスリップしているかのような店構えだった。しかしそれが却(かえ)って新鮮に見えなくもない。

わざとそういう造作にしたのか、それとも本当にそれほど古いのか奈々には解らなかったけれど、とりあえず磨りガラスの大きな扉を押して、ゆっくりと店の中に入った。

カラン、という銅の鈴の音が、しんとした店内に響き、生薬(しょうやく)の香りが鼻をくすぐった。

店に客は誰もいなかった。

全部で十坪ほどの店内は、正面に相談用の低いカウンターとその前にイスが三脚。

カウンターの左右には、それぞれ朝鮮人参(ちょうせんにんじん)とクコの実を漬け込んだ大きな標本瓶が飾られている。そしてそれに連なるように、鹿茸(ろくじょう)、地竜(じりゅう)、桂皮(けいひ)、沈香(じんこう)、白檀(びゃくだん)などが粛然と並んでいた。

また、カウンターの向こう右手奥には、大きなスズメバチの巣が、左手奥には水犀角(すいさいかく)が、まるでこの店の風神・雷神のように飾られていた。

左手の壁に設(しつら)えられたガラスケースの中には、飴色(あめいろ)に光る大きな亀の甲羅やら、柔毛に包まれた鹿の角やら、黒いイモリの薫製(くんせい)やら、蛙(かえる)の干物やら、蚯蚓(みみず)の……。

まるで、異世界だ。

ふと目を落とせば、足元に置かれた幾つもの鉢から真っすぐな葉を伸ばしているのは、麻(ま)

黄ではないか！

同業者、と小松崎は言ったけれど、奈々の薬局とここでは全く雰囲気からして違う。色で言えば、白と焦茶色。高層ビルとログハウス。御手洗潔と金田一耕助くらい違う。

「やあ、奈々くんか」

自分の頭ほどもありそうな熊の掌に見とれていた奈々の後ろで、声がした。

振り返ると、白衣姿の崇が、カウンターの向こうに立っていた。

あわてて奈々は体を変え、こんにちはと挨拶をする。

「今日はどうした？　瘀血か？　それとも気の流れが滞ったか？」

「い、いえ……違うんです。ちょっとお時間、よろしいですか？」

「ああ」崇は、壁の時計に目をやる。「あと二十分くらいで、今日の仕事は終わる。奈々くんがよければ、その後で話を聞こう。そこのイスに腰掛けて待っていてくれ。どくだみ茶でも飲むかい？」

いえ、結構です、と奈々は固辞して、カウンターの一番端のイスに腰を下ろした。

崇が店の奥、調剤室に姿を消してしまうと、奈々は再び店内をぐるりと見回した……。

一口に中国四千年の歴史と言うけれど、こんな草や葉——ましてやひき蛙——が特定の疾病に奏効するなどという知識を、昔の人は一体どうやって得たんだろうか？

現代の化学の力を以てしても、その効能理論は全て解明されているわけではないのだから、その当時の人々は何をか言わんやだ。明確な理論などありようはずもない。

いや、『傷寒論』や『金匱要略』などの漢方論が確立していた時代はまだいいとしても、問題はそれ以前の時代だ。その頃はせいぜい陰陽五行説のような、呪術にも似た理論を以て、薬を自らの口に入れていたのだ。

ということは、その草や葉や実を服用することによって、病を一層重くしてしまった人々も大勢いたはずだ。そういう無数の不運な人々が礎となって蓄積されたデータの上に、現在の漢方学がある。

言い換えれば、現在ある薬草によって一つの病気を治癒できるという確信は、それを発見し確定するために、何千、何万という人々が病を重くした。いや、おそらく高い確率で命をも落として来たという事象によって得られているということだ。

奈々はその深遠な歴史を慮ると、気が遠くなりそうになった。

——漢方薬は、人類史上、おそらく最大の帰納法に違いない……。

そんなことを考えながら、店頭に置かれている薬草の入った袋を一つ一つ眺めていると、奥で話し声が聞こえ、それではお先に失礼します、という声と共に崇が姿を現した。

「どうしたんだ？　突然に」

という崇の質問に、奈々は先程の小松崎からの電話の話を伝えた。
それを黙って聞いていた崇は、
「とりあえず、外に出よう」
と言って扉を開けて店を出た。
奈々もあわててその後に続く。
店の外では、相変わらず冷たい木枯らしが木々を揺らしていた。
奈々は、崇から半歩遅れて、その後を歩く。
崇の左後ろ側、斜め六十度の位置を、黙々と歩く。
どうして、私はこんな所を歩いているんだろう？
奈々は、ふと考えてしまう。
一体、どういう縁——。いや、崇のよく言う「因果応報」なのだろう。
第一、この変人・桑原崇と、自分のような常識人が「縁」で結ばれているはずもない。
でも——なぜか——なんとなく、興味があるのも事実だ。
どうして？　それは……。
状況分析を終わらない奈々に、崇はいきなり振り向いた。
そして、ぶっきらぼうに言う。
「時間があったら、俺の部屋に寄って行かないか。君に見せたいものがある」

＊

マンションに着くと、崇は鍵を開けてサッサと部屋に上がる。

その後から、失礼します、と玄関に立った奈々は驚いてしまった。

開け放たれたドアの向こうに、先日の部屋が見える。

しかし、あれほど乱雑にそこいらじゅうに置かれていた書籍はきちんと片付けられ、それどころかソファも部屋の隅に追いやられて、荷物置場と化している。つまり——部屋の中央には、可能な限りに広い空間が出来上がっていた。

けれど、奈々が目を見張ったのはそのことではない。

六畳のフローリングの床一面に並べられた、

——百人一首！

一瞬、床の模様替えでもしたのかと思ったほどだったけれど、よく見れば、百人一首カルタが所狭しとばかりに、無秩序に散らばっていたのだ。

しかも、上下左右バラバラに。

十枚ほどの組になってまとまっている札もあれば、一枚だけポツンと離れて置かれている札や、二、三枚の固まりとなって離れ小島を形成している札もあった。

崇は奈々のコートを受け取り、ハンガーに掛けながら言う。

「まあ、上がってくれ」

と言われても、足の踏み場もないとは、まさにこの部屋のことだ。

「ビールでも飲むか」

崇は台所からグラスとビールを下げて来て、奈々にグラスを一つ手渡した。奈々はそれを受け取ったものの——、
しかし、どこに腰を下ろせばいいんだろう？

キョロキョロと周りを見回して立ったままでいる奈々に、崇は顎でベッドを指した。

「ああ。その上にでも腰を下ろしていてくれ。いや、その本は駄目だ。テーブルは片付けてしまったから、そこらへんの本の上にグラスを置けばいい。右側の……そうそう、それ」

奈々はベッドの端に腰を下ろして、とりあえず二人は乾杯する。

何故いきなり乾杯なのか腑に落ちないまま、ビールに口をつけた。先週と同じ、ヱビスである。

「どうしたんですか？　これは——」

百人一首の海を見渡して尋ねる奈々に、崇は言う。

「見ての通りだよ。百人一首繫ぎの作業中だ」

「もしかして、先週からずっと——？」

「正確には日曜の朝からだから、今日で七日目だ。しかし……」崇にしては、珍しく力のない答えが返って来た。「未だに上手く繋がらない……。これは、久々に手強い相手にぶつかったようだよ。何か軸になるものが見つかればいいんだけれど、とにかく似た言葉が多すぎてね。林さんのように『ノイズだ』と一刀両断したくなる気持ちが心の底から解ったよ。平面では納まりきらないいんじゃないかと思い始めているほどなんだ。そこでテーブルもソファも電話も片付けた——。熊つ崎？　ああ、台所の雑誌の下でしつこく鳴っていたのは、あいつからの電話だったのか」

崇は煙草に火をつけて、一服する。

そこで、と言って崇は奈々を見た。

「これも何かの因縁だ。奈々くん、ちょっと手伝って行ってくれないか？」

「えっ！」奈々も驚いて、崇を見返す。「でも私は——」

「何か用事が？」

「い、いえ……別に——」

「それはよかった。行き詰まった時には、話を聞いてくれる友人が必要なんだ」

勝手に決めると、崇は床に残された隙間を上手に歩き、本棚から一冊のノートを取り出した。そして再び、ひょこひょこと戻り、奈々の隣に腰を下ろす。

ベッドに二人並んで腰掛けている格好となった。

まるで、恋人たちの図だ。

床に百人一首札さえ散らばっていなければ——。

「まず一番最初に俺がやったのは、句の同じ場所に置かれた同じ言葉を持つ二つの歌を探すことからだった。それがこれだ」

崇はノートを開いて読み上げる。

「まず、一句めに同じ言葉のある歌だ。

わたの原八十島（やそしま）かけて漕（こ）ぎ出でぬと　人には告げよあまの釣舟
わたの原漕ぎ出でてみれば久方の　雲居にまがふ沖つ白波

難波潟みじかき葦（あし）のふしの間も　逢（あ）はでこの世をすぐしてよとや
難波江の葦のかりねのひとよゆゑ　みをつくしてや恋ひわたるべき
朝ぼらけ有明の月と見るまでに　吉野の里に降れる白雪
朝ぼらけ宇治の川霧絶えだえに　あらはれわたる瀬々の網代木（あじろぎ）

世の中よ道こそなけれ思ひ入る　山の奥にも鹿ぞ鳴くなる
世の中はつねにもがもな渚(なぎさ)こぐ　あまの小舟の綱手(つなで)かなしも

契りきなかたみに袖をしぼりつつ　末の松山波こさじとは
契りおきしさせもが露を命にて　あはれ今年の秋もいぬめり

君がため春の野に出でて若菜つむ　わが衣手(ころもで)に雪は降りつつ
君がためをしからざりし命さへ　長くもがなと思ひけるかな

あと、少し変形しているけれど、

恨みわびほさぬ袖だにあるものを　恋にくちなむ名こそをしけれ
思ひわびさても命はあるものを　うきに堪へぬは涙なりけり

逢ひみてののちの心にくらぶれば　昔は物を思はざりけり
逢ふことの絶えてしなくはなかなかに　人をも身をもうらみざらまし

なげきつつひとり寝る夜の明くるまは　いかに久しきものとかは知る
嘆けとて月やは物を思はする　かこち顔なるわが涙かな

忘らるる身をば思はずちかひてし　人の命の惜しくもあるかな
忘れじの行末まではかたければ　けふをかぎりの命ともがな

……以上。

ちなみに『わたの原――』の歌は『漕ぎ出で――』も一緒だね。そして、『難波潟――』の歌では『葦』、『朝ぼらけ――』の歌では『白――代』も同じと考えていいだろう。また『恨みわび――』の歌では『あるものを』、『忘らるる――』の歌では『命』も同一語句だ。

次は、二句めに同じ言葉のある歌――。

人はいさ心も知らずふるさとは　花ぞ昔の香ににほひける
ながからむ心も知らず黒髪の　みだれて今朝は物をこそ思へ

次は、三句めに同じ言葉だ。

春過ぎて夏来にけらし白妙の　衣干すてふ天の香具山
田子（たご）の浦にうち出でてみれば白妙の　富士の高嶺に雪は降りつつ

恨みわびほさぬ袖だにあるものを　恋にくちなむ名こそをしけれ
思ひわびさても命はあるものを　うきに堪へぬは涙なりけり

やすらはで寝なましものを小夜ふけて　かたぶくまでの月を見しかな
み吉野の山の秋風小夜ふけて　ふるさと寒く衣うつなり

これは百人秀歌の源俊頼の歌だが、

山桜咲きそめしより久方の　雲居に見ゆる滝の白糸
わたの原漕ぎ出でてみれば久方の　雲居にまがふ沖つ白波

さびしさに宿を立ちいでて眺むれば　いづくも同じ秋の夕暮れ
ほととぎす鳴きつるかたをながむれば　ただ有明の月ぞ残れる

次は、四句めに同じ言葉。

秋の田のかりほの庵（いほ）の苫（とま）をあらみ　わが衣手は露に濡れつつ
君がため春の野に出でて若菜つむ　わが衣手に雪は降りつつ

小倉山峰のもみぢ葉心あらば　今ひとたびのみゆき待たなむ
あらざらむこの世のほかの思ひ出に　今ひとたびの逢ふこともがな

わびぬれば今はたおなじ難波（なには）なる　みをつくしても逢はむとぞ思ふ
難波江の葦（あし）のかりねのひとよゆゑ　みをつくしてや恋ひわたるべき

『わびぬれば――』の歌は『難波』も同じだね。
最後は、五句めだ。

あしひきの山鳥（やまどり）の尾のしだり尾の　ながながし夜をひとりかも寝む
きりぎりす鳴くや霜夜のさむしろに　衣かたしきひとりかも寝む

田子の浦にうち出でてみれば白妙の　富士の高嶺に雪は降りつつ
君がため春の野に出でて若菜つむ　わが衣手に雪は降りつつ

恨みわびほさぬ袖だにあるものを　恋にくちなむ名こそをしけれ
春の夜の夢ばかりなる手枕（たまくら）に　かひなくたたむ名こそをしけれ

わびぬれば今はたおなじ難波なる　みをつくしても逢はむとぞ思ふ
瀬をはやみ岩にせかるる滝川の　われても末に逢はむとぞ思ふ

御垣守衛士（みかきもりゑじ）のたく火の夜は燃え　昼は消えつつ物をこそ思へ
ながからむ心も知らず黒髪の　みだれて今朝は物をこそ思へ

さびしさに宿を立ちいでて眺むれば　いづくも同じ秋の夕暮れ
むら雨の露もまだ干ぬ槙（まき）の葉に　霧立ちのぼる秋の夕暮れ

めぐり逢ひて見しやそれともわかぬ間に　雲がくれにし夜半の月かな
心にもあらでうき世に長らへば　恋しかるべき夜半の月かな

以上だ」

崇は、ふうっと嘆息した。

奈々は横から、その二十六組の歌を見つめた。

二十六組ということは、五十二首だ。

つまり、百人一首には、五十二パーセントの確率で、全く同じ言葉が同じ場所に置かれている歌があるということだ。

これは、とてもじゃないけど偶然ではないだろう！

——明らかに、意図的に行なわれたことだ。

奈々は、確信した。

そんな奈々の隣で、崇は続ける。

「その他にも、歌に使用されている共通の言葉だけを拾っていけば——」崇は、また違うページを開いた。「地名ならば、吉野、奈良、宇治、龍田川、逢坂、などなど。そして、情景ならば、秋、紅葉、月、有明、風、雲、桜、夜、霜、天、橋、鹿、などなど。あとは、夢、恋、しのぶ、袖、舟、命、わが身、物思ふ、いたづらに、鳴く、心、高砂……と、いくらでも見つけることができる」

「それじゃ、やっぱり——！」

意気込む奈々に、しかし崇は冷静に答えた。

「一つの単語だけを取り出して、その単語の使用されている歌を拾えば、それこそ何ダースという単位で見つかるだろうけれど、全く偶然に同じ言葉を用いている歌も、当然あるだろう。偶然は、何回重なろうが、所詮偶然だ」

「でも、これほどまでに——」

だから、と崇は言う。

「確率論的に、偶然をできるだけ排除していると思われる形で——つまり、比較的長い言葉や固有名詞を拾って、文字鎖を作ってみると、こうなるんだ」

崇はベッドから飛び降りると、床の上の札を何枚か拾い集めた。

そして、奈々のすぐ足元で組み合わせる。

「これらなどは、どうだい？

わたの原八十島かけて漕ぎ出でぬと　人には告げよあまの釣舟
わたの原漕ぎ出でてみれば久方の　雲居にまがふ沖つ白波
山桜咲きそめしより久方の　雲居に見ゆる滝の白糸

これは『わたの原・漕ぎ出で』と『久方の雲居に』という言葉で三つの句が繋がっている

だろう。そして次は、

難波潟みじかき葦のふしの間も　逢はでこの世をすぐしてよとや
難波江の葦のかりねのひとよゆゑ　みをつくしてや恋ひわたるべき
わびぬれば今はたおなじ難波なる　みをつくしても逢はむとぞ思ふ
瀬をはやみ岩にせかるる滝川の　われても末に逢はむとぞ思ふ

『難波・葦』から『難波・みをつくして』に。そして次に『逢はむとぞ思ふ』だ」

あっ！

崇の言葉に奈々は、目を見張った。

「本当ですね！　確かに繋がって行きますね」

これは面白い。

奈々は興味をそそられて、ビールを片手に大きく頷いた。確かにここらへんは、分子結合表よりも単純で解りやすい。

「さて、次だ。一段階複雑になるぞ。


君がためをしからざりし命さへ　長くもがなと思ひけるかな

君がため春の野に出でて若菜つむ　わが衣手に雪は降りつつ
秋の田のかりほの庵の苫をあらみ　わが衣手は露に濡れつつ

――なんだけれど、ここで二首めの『君がため――』の歌は、

田子の浦にうち出でてみれば白妙の　富士の高嶺に雪は降りつつ
春過ぎて夏来にけらし白妙の　衣干すてふ天の香具山

の組に繋がっていくんだ」

崇は『君がため』で始まる、藤原義孝（ふじわらのよしたか）と光孝（こうこう）天皇の歌の札、そして光孝天皇の歌と『わが衣手』で繋がる天智天皇の歌の札を、横に三枚並べた。

そして続けて、光孝天皇の歌の下には『雪は降りつつ』で繋がる山部赤人（やまべのあかひと）の歌の書かれた札を置く。その隣――天智天皇の歌の下――には『白妙の』で赤人の歌と繋がる持統天皇の歌の札を並べて、組み合わせた。

「すると、こうなるんだ」

崇に促されて、奈々が五枚の札を上から覗き込むと、それらの札はお互いに組み合わさって、こういう形になっていた。

君がため
をしからざりし命さへ
長くもがなと
思ひけるかな

君がため
春の野に出でて若菜つむ
わが衣手に
雪は降りつつ

秋の田の
かりほの庵の苫をあらみ
わが衣手は
露に濡れつつ

田子の浦に
うち出でてみれば白妙の
富士の高嶺に
雪は降りつつ

春過ぎて
夏来にけらし白妙の
衣干すてふ
天の香具山

「見ての通り、----の部分はきちんと『衣』で繋がっている」

「まあ、綺麗！　とても面白いじゃないですか！」

「面白きこともなき世を面白く、だ」崇自身は、少しも面白くなさそうに言う。「次に行こう」

> 御垣守
> 衛士のたく火の夜は燃え
> 昼は消えつつ
> 物をこそ思へ

> ながからむ
> 心も知らず黒髪の
> みだれて今朝は
> 物をこそ思へ

人はいさ
心も知らずふるさとは
花ぞ昔の
香ににほひける

み吉野の
山の秋風小夜ふけて
ふるさと寒く
衣うつなり

朝ぼらけ
有明の月と見るまでに
吉野の里に
降れる白雪

やすらはで
寝なましものを小夜ふけて
かたぶくまでの
月を見しかな

ほととぎす
鳴きつるかたをながむれば
ただ有明の
月ぞ残れる

朝ぼらけ
宇治の川霧絶えだえに
あらはれわたる
瀬々の網代木

わが庵は
都のたつみしかぞすむ
世をうぢ山と
人は言ふなり

長らへば
またこのごろやしのばれむ
憂しと見し世ぞ
今は恋しき

さびしさに
宿を立ちいでて眺むれば
いづくも同じ
秋の夕暮れ

むら雨の
露もまだ干ぬ槙の葉に
霧立ちのぼる
秋の夕暮れ

「ここで『み吉野の――』の歌に繋がると思われるキーワードは『秋風』と『衣』だね。そして、その左の『朝ぼらけ――』の歌には『代（しろ）』――『白』という言葉が入っている。ということは先程の『君がため――』の集団と繋がる可能性が出て来るわけだ。『白』と『衣』の二つの語句でね」

「ああ……！」

奈々の驚嘆に全く気付かないように、崇は冷静に言う。

「次だ。今の最後の部分に重なって行く」

そして、再び札を手元に集めて来た。

朝ぼらけ
宇治の川霧絶えだえに
あらはれわたる
瀬々の網代木

わが庵は
都のたつみしかぞすむ
世をうぢ山と
人は言ふなり

長らへば
またこのごろやしのばれむ
憂しと見し世ぞ
今は恋しき

心にも
あらでうき世に長らへば
恋しかるべき
夜半の月かな

玉の緒よ
絶えなば絶えね長らへば
しのぶることの
よわりもぞする

めぐり逢ひて
見しやそれともわかぬ間に
雲がくれにし
夜半の月かな

夏の夜は
まだ宵ながら明けぬるを
雲のいづこに
月宿るらむ

秋風に
たなびく雲の絶え間より
もれいづる月の
影のさやけさ

——凄い！

ずいぶん繋がって来た。

「本当に、全部組み合わさって行くんですね！」

感嘆の声を上げる奈々に、崇はビールを一口飲むと首を横に振った。

「まだまだだ。ここまでで二十五首。百人秀歌も加えて、あと七十九首もある。それにまだ、肝心な定家の歌が出て来ていない」

定家——といえば……。

「これじゃ、やっぱり」奈々は納得した。「歌を書き残す時には、この間見せてもらったように、四行書きの色紙にしておかないと無理だったでしょうね。ごちゃごちゃになってしまいますよ、きっと」

「おそらくそれが、ああいう形式を取った、一番の理由だっただろうね。散らし書きなどにせずに……」崇は頷いて、次の札を取った。「さて、と。ここで、『玉の緒よ——』の式子内親王の歌に関連して行けば、こういう繋がりも考えられる。今度のテーマは、美しく『しのぶ恋』だよ」

玉の緒よ
絶えなば絶えね長らへば
しのぶることの
よわりもぞする

浅茅生（あさぢふ）の
小野の篠原しのぶれど
あまりてなどか
人の恋ひしき

しのぶれど
色に出でにけりわが恋は
物や思ふと
人の問ふまで

百敷（ももしき）や
古き軒端（のきば）のしのぶにも
なほあまりある
昔なりけり

みちのくの
しのぶもぢずり誰ゆゑに
みだれそめにし
我ならなくに

恋すてふ
わが名はまだき立ちにけり
人知れずこそ
思ひそめしか

「そして『しのぶれど――』の歌に繋がるのは、次の歌の群れになるだろう。今度は、『物思ふ』だ」

嘆けとて
月やは物を思はする
かこち顔なる
わが涙かな

なげきつつ
ひとり寝る夜の明くるまは
いかに久しき
ものとかは知る

夜もすがら
物思ふころは明けやらぬ
ねやのひまさへ
つれなかりけり

御垣守
衛士のたく火の夜は燃え
昼は消えつつ
物をこそ思へ

逢ひみての
のちの心にくらぶれば
昔は物を
思はざりけり

人もをし
人も恨めしあぢきなく
世を思ふゆゑに
物思ふ身は

風をいたみ
岩うつ波のおのれのみ
くだけて物を
思ふころかな

ながからむ
心も知らず黒髪の
みだれて今朝は
物をこそ思へ

逢ふことの
絶えてしなくはなかなかに
人をも身をも
うらみざらまし

「ここで『ながからむ——』と『逢ふことの——』の歌は、二番目に作った群れと繋がる」

「これで、半分近くまで来たじゃないですか！」

「ところが、だ——」

崇は、ボリボリと頭を掻いて嘆息をついた。

「こうして八割方は上手く繋がって行くんだけれど、最後の部分がどうしても繋がらなくなるんだよ。分子結合表を作っている方がずっと楽だね。何せこいつは、一本の句から六本も七本も手が出ている。それに比べれば酸素なんか二本、炭素だって四本、水素に至ってはたったの一本だからな。それが塩基のどこに結合するかなどは、小学生にだってすぐ解る」

「……じゃあ、タタルさんが前に言っていた本の人たちは、一体どうやって繋げて行ったんですか？」

「ああ——。あの人たちは、共通する言葉で繋ぐ、と言っても、反意語もよしとしているんだよ」

「反意語……」

「黒と白、長と短、朝と夜、などのね。しかし俺は、あくまでも句に使われている言葉同士で繋ぎたい。何故なら、反意語もよしとしてしまうならば、それこそあらゆる可能性が出て来てしまうだろう……。例えば奈々くん。『赤』の反対語は何だ？」

「白、でしょう」

「黒、とも考えられはしないか」

——あ……。

「青や緑だってあながち間違いとは言えないだろう……。だから俺としては、ここで実際に使われている語句にこだわりたい。しかしそうすると——こういう悲惨な状況に陥ってしまうんだ」

崇は、ビールをぐいと飲んだ。

奈々は頷きながら、床の上に撒かれた百人一首札を眺めた。

確かに一見、随分と作業が進んだように思えても、よく見れば、まだ殆どの札は散り桜のように床を覆っていた。

それらを一枚一枚、順番に眺めて行くと——、

「ねえ、タタルさん。あの札は何ですか？」

奈々は他の既製の札とは違う、厚紙で拵えられた数枚の札を指差して尋ねる。

「ああ。あれは俺の手作りだ。一条院皇后宮、権中納言国信、権中納言長方、源俊頼らの、百人秀歌にだけ載っている歌だ。とりあえず、この場に加えることにした。おそらく定家は百人一首と百人秀歌の二つの歌集を、同時に作ったんだろうと思う」

「こんなに複雑な大作をですか？」

「そうだ。司馬遼太郎さんが『竜馬がゆく』と『燃えよ剣』の両大作を、同時に書き進めて

行ったようなもんだろうね」

「…………」

　奈々は、カルタの群れを見回して嘆息をつく。

「パソコンでもあれば、簡単に整理できそうな気もしますけれどね」

「定家の時代には、そんな物は影も形もなかったんだ。あったのは紙と筆だけだよ。だから、やろうと思えば不可能じゃないはずだ。現に、織田さんたちが試みている。ただ俺は、その結果に満足がいかないだけなんだ。でも先程も言ったように、『風』や『月』『秋』『山』などのように、五本も六本も手が出ている歌もある。それを繋げて行くと、平面上では他の歌の手と必ず交差してしまうんだ」

「……でもタタルさんは、十×十の升目も気に入らないんでしょう」

「十×十が気に入らないわけじゃない……。しかし、百首並べるのに一番美しい形は、本当に十×十だろうか？」

「――そうだと思います」

「それでは、百一首では？」

　――百人秀歌、か……。

　奈々は首を捻る。

「じゃあ……、例えば林さんは、百一首をどうやって並べているんですか？」

「十×十だよ」

「え？　だって百人秀歌は百一首だって――」

「だから、法性寺入道前関白太政大臣の、

　　わたの原漕ぎ出でてみれば久方の
　　　雲居にまがふ沖つ白波

の歌を削ってる――。まあ、一応納得できる説明はなされているけれど、それならば定家は最初からこの歌を百人秀歌に撰ばなければよかっただろうね。後鳥羽上皇たちを外したように」

「そう言われれば……」

　頷く奈々に、崇は言う。

「十×十以外で、他に何かないだろうか？　……なんせ作者は――何度も言うように――あの藤原定家だ」崇は、自分のグラスにビールを注いだ。「膨大な、殆ど無数と言ってもいいほどの和歌の海原から、たった百枚の貝殻を拾い上げたんだ。百人秀歌を入れても、延べで二百一首――実質は百四首だ。こんな数は、定家にしてみれば、通常行なわれている歌合せ以下の数だ。かの後鳥羽上皇ですら、二千首の和歌を諳じていたといわれている。当然定家は、その何倍もの歌を暗唱できたに違いない。そして、何万という歌を知っているその男が、たった百首撰んだんだ。しかも、ライフワークとして、ね」

「…………」

「やはりこの作業を進めるに当たっては、定家の立場、定家の身になって考えなくちゃならないだろう」

「定家の身になる――？」

「少しでも、思いを馳せるんだ。藤原長綱という人物が定家・家隆の談話を聞き書きした『京極中納言相語』という書の中で、定家はこう言っている。

『恋の歌を詠むには、凡骨の身を捨てて、業平の振舞ひけんことを思ひ出でて、我が身を皆業平になして詠む。地形を詠むには、かかる柴垣のもとなどをば離れて、玉のみぎり、山川の景気などを観じて、よき歌は出で来るものなり――』

とね。特に定家は、二十代の半ばで既に勅撰集の編纂に立ち合って以来、先程の『新古今和歌集』を見るまでもなく、偏屈とも思えるほどに撰集に情熱を傾けている。本物の職人技だ。俺たちもそういう心情と歴史的背景までもふまえて、定家の身になって、この百人一首を見直さなくちゃならない」

「じゃあタタルさんは、この百人一首は単なる、和歌で作られたジグソー・パズルではないと言うんですね」

「多分ね」

「では、一体――」

「定家の生きていた時代は――前にも言ったように――ちっとも『平安』じゃなかった時代だ。『紅旗征戎』が『吾が事』だったからこそ、あえてそれを否定したんだ。そんな時代の中で、本当に一人、単なるジグソー・パズルに情熱を傾けていたと思うかい？　いや、それほど簡単に世の中に背を向けられたならば、わざわざ出家なんてしなかっただろう。これは、逆説だけれどもね」

じゃあ、と奈々は身を乗り出す。

「これ――百人一首は、何だというんですか？」

「それが解れば、問題は解決するよ」

崇は、ニコリともせずに言う。

奈々は、隣で黙り込む。

結局、その一点だ。となれば、奈々にはとうてい想像もつかない……。

そんなことを思っていると、崇は急に立ち上がった。

そして、奈々を向く。

「どうだい？　一緒に夕食でも」

＊

開店したての「カル・デ・サック」は、まだ客が一人もおらず、店内の空気がピンと張っていた。

相変わらず静かにジャズが流れ、スポットライトの中には緑が浮かび——今日はカウンターの花瓶には、薄桃色の小さな萩に似た花が飾られていた。それだけが先週と違うだけで——全く同じシチュエーションである。

二人は、カウンターに腰を下ろす。

崇はいつも通りにギムレットを、そして奈々は、ミモザを注文した。酒が用意されると一人は乾杯し、

「ケニー・バレルだな。心が落ち着く」

崇は目を閉じてBGMに耳を澄ませる。

一方奈々は、料理を注文して、ミモザを一口飲む。

シャンパンの泡が、フルートグラスの中で小さく弾けた。

世界で一番美味しいオレンジ・ジュース、とはよく言ったものだ。

しかもこの店のミモザは、生のオレンジを絞ってあるのだろう。余計な甘味が全くなかっ

た。季節はこれから冬に向かうというのに、ここだけ春の香りがする。カウンターの上に静かに置けば、スポットライトの中にまるで黄色い花が咲いたようだ。

　奈々は、少し幸せになる。

　一方崇は——、

　ぐい、とギムレットを飲み、そして口を開いた。

「この百人一首に関して——」

　まだ、定家の呪縛から逃れられないらしい……。

　奈々は呆（あき）れて、崇の横顔をじっと見つめた。

「——前にも言ったけれど、これらが六十四卦と三十六計を表しているという意見もある」

「……それも確かに面白そうですね」

　気のない返事を返す奈々に横顔を向けたままで、崇は言う。

「しかし、この考え方は——間違いではないかも知れないけれど——核心を突いていない」

「なぜ？」

「何故ならば、百人一首にしても百人秀歌にしても、定家が作成した時点では、歌の番号どころか順番すら決められていなかったからだ。これらの歌を後世の誰か——例えば為家らが——百首の歌を魔方陣を組むように並べたとか、卦に合わせて番号を振った、とかいう可能性はあるとしてもね」

「………」

「そしてそれこそが、百人一首や百人秀歌の歌人たちがきちんと年代順に並んでいないという理由なのかも知れない。しかしそれは、定家が望んだことじゃないだろう。あくまでも、子孫たちが勝手に行なったことだ。もしも、最初から定家が意図していたことならば、きちんと通し番号を打つなり、歌人の名を記して並べるなりしていただろうからね」

「そう――ですね……」奈々は渋々答えて、コメントを挟んだ。「じゃあ逆に言えば、定家は意識して、わざと歌に番号を打たなかったんでしょうか？」

「さあね」

奈々を振り向きもせずに、崇は残りのギムレットを一息に空けた。

そして正面を向いたまま、煙草に火をつける。

その後は――、
沈黙。

態度が刺々（とげとげ）しい……。

自分で食事に誘っておいて、
しかも、こうして美女が隣にいるというのに、

――それはないだろう。

せっかくの雰囲気も台無しだ。

奈々はふくれて、カウンターに頬杖をついた。

——もう誘われても二度と来ない……かも知れない！

その時、カウンターの向こうから、

「桑原さん。何かお作り致しましょうか？」

マスターが、絶妙のタイミングでにこやかに声をかけてきた。

「え？　……ああ、そうだな……」

「おや？　珍しく迷われて——」

「哀れな迷い子なんですよ、今の俺は」

マスターが微笑（ほほえ）みながら、ではこちらにお任せ下さいますか、と言うと崇は、そうします、と素直に頷いた。

——何が迷い子だ！

やがて崇の目の前に運ばれて来たのは、脚の高いグラスに入った二色のカクテルだった。

上半分が黄金色、下半分が緑色に綺麗に分かれている。

「どうぞ。当店のオリジナルです。少し強めのカクテルですが、桑原さんにはよろしいと思います」

崇はグラスを持ち上げて一口飲む。

すると、

「これは旨い！」

と、感嘆の声を上げた。

そのグラスを奈々にも渡して、飲んでごらん、と勧める。

奈々も口をつけると、口の中が燃えた。

しかし味は、とてもまろやかだった。ただし、鼻に抜ける香りはとてもくせがある。昔どこかで嗅いだ香り――、

「アブサン――ですか？」

「近いですが、違います」奈々の言葉に、マスターは微笑んだ。「今ではもう、本物のアブサンは手に入りませんから、うちでは扱っておりません」

「ゴッホもロートレックも、皆アブサンで脳をやられてしまったという噂もあるからね」崇が補足する。「これはペルノーだ」

その通りです、とマスターは頷いた。

「この中身は、ペルノーとシャルトルーズです。シャルトルーズの上に静かにペルノーを注ぎますと、こんなにも美しい色合いのカクテルが出来上がります。ペルノーもシャルトルーズも、単独で飲んでも非常に美味しくいただけますね。しかし、こうして二つ混ぜましても、また違った味が楽しめます」

「確かにそうだ……。そもそもカクテルは、二種類以上の酒をわざわざ混ぜ合わせて、全く

新しい味の世界を作り出そうというものなんだから」

崇は、じっとグラスを見つめる。

グラスの中では、もう二色の液体が混ざり合って、また違う色——濃い黄緑色に変わっていた。

「……二つで、一つの世界か……」

一人呟く崇をわざと無視して、奈々はマスターに尋ねる。

「あの……」

「はい？」

「今日のあのお花は、何という名前のお花ですか？」

奈々は、カウンターの端に飾られている薄桃色の可愛らしい花を指差した。

店に入って来た時から、気になっていたのだ。

「とても素敵なお花なので……」

はい、とマスターは微笑む。

「『駒繫（こまつなぎ）』と言います」

「こまつざき……？」

「いいえ」マスターは笑った。「駒、繫——です。駒——つまり馬を繫ぐことができるほどに根茎（こんけい）が丈夫なところから、この名前が付けられました。マメ科なので、萩の花に似ているでしょう？　茶席などですと、釣舟に活けて飾られます。この花は、別名を『金剛草』とも言います」

「まあ！　金剛草ですか」奈々も笑って隣の崇を振り返り、「やっぱり小松崎さんみたい——」

そこまで言いかけて息を飲んだ。

なぜなら崇が、

「金剛——」

と呟いたまま、顔をこわばらせてカウンターに目を落とし、そのままの姿で固く凍りついていたからだ。

「？」

それではごゆっくり、とマスターが奥に姿を消しても、崇は俯いたままでいた。

両腕をカウンターに投げ出し、しかも握り締めた拳はブルブルと小さく震えていた。

「タタルさん？　——どうかしましたか？」

奈々は崇を覗き込み、声をかける。

しかし、崇は微動だにせず、背中を丸めてじっと固まっていた。

「——タタルさん？」

具合いでも悪くなったのかと、心配した奈々が再び声をかけた時、
ビクン！

と、まるで狐憑きのように、崇はいきなり大きく跳ね起きた。
わっ、と奈々は後に倒れそうになる。
「タ、タタルさんっ！」
大きく目を開いて、崇の顔を見つめると、
その狐憑きの青年は——、
笑っていた。

「ど、どうしたんですか！」

尋ねる奈々に、ゆっくりと崇は向き直る。

そしていきなり両手で、奈々の手を、ぎゅっと握った。

「！　——な、何を——！」

頬を染めて思わず身を引く奈々に、崇は微笑みかけた。

「奈々くん。それだ！」

「な、何が——ですか！」

奈々は耳まで赤くして声を荒らげて尋ねる。

「二つの世界——だ」

「え？」

「百人一首と百人秀歌だ」

「だ、だって、二つあれば二つあるのは当然で、二つなければ二つあるとは——」

奈々は、固く手を握られたままの姿で、頭が混乱して——、

「そういう意味じゃない」

崇はやっと手を離し、カウンターの上のカクテルを一息に飲み干した。そして、ふうっ、と息をつく。

「——いいか。百人一首と百人秀歌は、別々に独立している。しかし二つ合わせることによって、また新たな一つの宇宙を作り上げることができるんだ。今、考えてみれば『百人一首』という名前も『百人で一首』、つまり一つの世界、という意味だったんだろう」

「新たな宇宙——ですか？」

「そうだ。二つ合わせて、宇宙の全てを表している物、と言えば——」

崇は、爽(さわ)やかに笑いかけた。

「曼陀羅だ。——百人一首と百人秀歌は、定家の創作した『歌曼陀羅』だったんだ！」

《みだれてけさは》

再び奈々の薬局に小松崎から連絡が入ったのは、丁度二週間後のことだった。

あの日――。

崇は食事もそこそこに家路についてしまい、奈々も中途半端に放り出された形となって帰宅した。

そしてそれ以来、崇からは何の連絡もなく、奈々はあんな自分勝手な男に付き合ってしまった自己嫌悪に苛まれながら、日々の業務をこなしていた。

余りの不機嫌さが表に出たのだろう、あの外嶋が珍しく黙々と閉店業務を手伝っていたほどだったから……。

昼休みにかかって来たその電話で小松崎は、

「実は次の日曜日に、岩築のおやじが真榊家の人間に、玉美は他殺だったことを告げるんだ」と言う。「そこでタタルをやっとこさつかまえて、そのことを言ったらな、ちょっとその前に俺たちに何か話したいって言いやがるんだよ」

「何の話……ですか？」

電話のこちら側の奈々は、醒めた目付きのままで尋ねる。

「わからないが、色々とあるらしい。そこで俺は、忙しいから駄目だと言ったんだが、どうしてもマンションに来いと言う」

「………」

「それでその時に、奈々ちゃんも呼んで来てくれ、とな」

「！　私を？」

「ああ」

――何で……？

「何かこの間、協力してもらったまんまでお礼もしてねえから、ぜひ呼んでくれ、ってな」

――え！

奈々の胸は、ドキンと波打った。

「――奴に、何かしてやったのか？」

「い、いえ。べ、別に、何も――」

「まあいい――。とにかくそういうわけだ。次の日曜日、朝一番でタタルの部屋だ。俺は少し遅れるが、先に行っていてくれ」

「わ、私一人で、ですか？」

「別にいいだろう。俺も後から行くし」

「え……ええ。いいですけれど……」

「よし、じゃあOKだな。面倒だが、一つ頼む」

「は、はい」

電話を切ると、鏡に向かって奈々は大きく深呼吸した。

——どうしよう？

やはり行くか……。

かと言って、行ってもまたこの間のように、不愉快な目に遭ったら嫌だ……でも……。

奈々はロッカーからバッグを取り出して、予定表を開いた。もしも何か予定が入っていれば、わざわざそれを取り消してまで行くつもりはない。

しかし——、
次の日曜日には、計ったように、何の予定も入っていなかった。

——そういえば、先日の「百人一首は曼陀羅だった」という話も尻切れとんぼのままだったわ。

奈々は、見事に納得できる理由を見付けた。

そして、

「仕方ない。今度だけは、行ってあげる」

声に出して、鏡の中の自分に言った。


次の日曜日は風もなく、空は抜けるように青く晴れ渡っていた。

奈々は、はやる気持ちを抑えながらも、小松崎に言われた通り、朝一番で崇のマンションを訪ねた。

「よう」

と言ってボサボサの頭のままでドアを開けた崇に、

「先日はどうも」

と少しそっけない挨拶をして部屋に入る。

部屋の中央の床には相変わらず広い空間ができていたが、ソファだけは元の位置に戻っていた。しかし書籍の群れは、依然として壁際に堆(うずたか)く積まれたままだった。

奈々がソファに腰を下ろすと崇は、

「先日は悪かった。先に帰ってしまって」

と、こちらも無愛想なままの顔でコーヒーを持って来た。

さすがに今日は、朝からビールではないらしい。

「昼頃に小松崎が来る。今日、岩築警部が真榊家に息子たちを集めて、玉美さんの事件を伝えるそうだ。その後で小松崎も顔を出して取材する、という許可を取ったらしい」

「――玉美さんの事件は、解決したんですか？」

尋ねる奈々に崇は、まだらしいけれどね、また最初から捜査を始めるんだろうな――と答えた。

奈々は、そうですか、と嘆息をつく。

「そこで、熊つ崎が来るまでの間に、奈々くんにぜひ見てもらいたい物がある」

崇は例によって百人一首の札と、ノートを一冊取り出した。

「――百人一首曼陀羅ですか？」奈々は思わず身を乗り出す。「ついに完成したんですね！」

「まだ完成したわけじゃない。しかし――」崇は笑った。「たっぷり百時間はかかって、殆ど全貌（ぜんぼう）はつかんだ。奈々くんのおかげだ。今日も協力してくれ」

「！　そんな。私は、何も――」

奈々はあわてて否定したけれど、ほんのちょっぴり耳が赤くなるのを自分でも感じた。

崇は奈々を見る。

「曼陀羅は知っているね」

「ええ。……でも、余り詳しくは――」

崇は、奈々と向き合うように床の上に胡坐（あぐら）をかいて、コーヒーを一口飲むと、それでは、と言って説明を始めた。

「すべての道はそこに通ず、とユングに言わしめた曼陀羅は、元々、サンスクリット語で『本質を有するもの』『完成されたもの』という意味の『マンダラ』の音を写したとも、また『本質』という意味の『マンダ』と『持つ・極めた』という意味の『ラ』を合わせて、『本質を極めたもの』と解釈するのだとも言われているんだ。日本には、空海によって初めてもたらされたんだけれど、その時空海は『密教の教えは奥深く、言語・文字で表現することはとても困難極まるので、仮に図面をもって密教の世界を、未だ識らぬ人に示す』と説明している……。

曼陀羅には奈々くんも知っている通り、胎蔵界・金剛界の二種類がある。しかしこれらは『金胎不二』といわれるように決して別々のものではなく、それぞれ独立していながら、なおかつ二つで一つの世界——宇宙を表しているとされている」

「一つの……世界」

呟く奈々に崇は、ああ、と頷いた。

「胎蔵界曼陀羅は『大日経』が基本とされていて、母親の胎内に眠る胎児のような人間の、本来持っている仏性の種子が仏の慈悲によって目覚め、育ち、花開き、そして悟るという過程が描かれている。その中央には中台八葉院があり、その周囲を遍智院・持明院・金剛部院・虚空蔵院・観音院・釈迦院などの十ものブロックが取り囲んでいる。そしてそれらのブロックには阿弥陀如来・文殊菩薩・観音菩薩・五大明王などが鎮座している。これらの仏や天などの配置は、大日如来がどのように変化して我々を救うのかということを示しているといわれている。つまり宇宙の物質的な側面である『理』を表しているとされている――」

「………」

「一方、金剛界曼陀羅は『金剛頂経』を基本にしていて、人間の心の動き――識――が仏へと届いて行く過程が描かれている。こちらの曼陀羅は、成身会から始まって時計回りに、三昧耶会・微細会・供養会・四印会・一印会・理趣会・降三世会・降三世三昧耶会という九つの部分に分かれて描かれているため、別名を『九会曼陀羅』とも呼ばれている。中央の成身会が基本であり、正方形の中の大きな円内に描かれている白円は、月輪と呼ばれ、釈迦が月を観想して悟ったという『五相成身観』を表している。またここには阿弥陀、不空成就などの四如来を始めとして、千六十一もの菩薩や天が描かれているんだ。こちらの金剛界は、胎蔵界が『理』だったのに対して、宇宙の精神である『智』を表しているとされる」

――そんな意味があったのか……。

感心する奈々の心中を知ってか知らずか、崇は煙草に火をつけて一服すると、再び話し始めた。

「そして曼陀羅と言えば、普通はこれらのように如来や菩薩の絵が描かれたものだけをすぐに思い浮かべるけれど、実際は多種多様なんだ。大きく分けても四種類ある――。大曼陀羅、三昧耶曼陀羅、法曼陀羅そして羯磨曼陀羅とね。大曼陀羅が、さっきも言った通りの仏や天の姿が、具体的に描かれている一般的な曼陀羅だ。そして三昧耶曼陀羅は、持物や法具——つまり金剛杵や鈴や縄、そして印相で描かれた曼陀羅だ。法曼陀羅は、文字——種字と言って梵字、つまりサンスクリット語で描かれている。また羯磨曼陀羅は、サンスクリット語で言うカルマ——つまり活動とか行為、という意味に基づいて、仏像を経典通りに実際に並べた立体的な曼陀羅のことだ。京都・東寺の講堂には『仁王経』に基づいた、この羯磨曼陀羅の仏像群が並んでいるし、インドネシア・ジャワ島のボロブドゥール寺院などは、遺蹟全体が曼陀羅だと言われている」

——遺蹟全体が！

それは凄い。

以前、東寺に行った時に、暗い講堂の中に沢山の仏像が並んでいたのを見たことを思い出した。

それですら、奈々を圧倒させる迫力があったのを覚えている。

それが遺蹟全体、とは——。

その労力と執念に、奈々は素直に感動を覚えた……。

だから、と崇は言う。

「定家の、和歌、つまり言霊で曼陀羅を作ろうという発想は、全く突拍子もないことじゃないはずだ。晩年定家は天台僧・慈円のもとで出家して『明静』という法名まで頂いているんだからね。慈円は、天台宗教学の復興につとめて、数々の書物を書き残した人物であると同時に著名な歌人でもあり、『拾玉集』なども認めた。この百人一首にも、

おほけなくうき世の民におほふかな
わが立つ杣に墨染めの袖

という歌で載っているね。

そして天台密教に必要欠くべからざる物は、と言えば――まさに曼陀羅だ」

――でも……。

「でも、タタルさん。百人一首が実際に曼陀羅の形で整えられるんですか？　今おっしゃったように、曼陀羅には、それこそ何百もの仏が描かれているんでしょう？」

「胎蔵界は、大きなところで四百九尊だ」

「じゃあ、全然歌が足りないじゃないですか」

「しかし奈々くん。金剛界曼陀羅には、大きな仏は何尊いると思う？」

「さあ……」

「百一だ」

「百一！」

「そうだ。まさに百人秀歌の歌の数と同じだ」

——まさか！

目をパチクリさせる奈々に、崇は続けた。

「もしも織田さんの言う通りに、百人一首が隠岐に流された後鳥羽上皇の怨念を鎮め、また式子内親王の魂を安んずるために制作された物だとしたならば、歌で編んだ曼陀羅ほど適切な役割を担うものは他にはないだろう。また、後鳥羽上皇は『後鳥羽院御口伝』の中でこんなことも言っている。

『俊頼堪能の者なり。歌の姿二様に詠めり。うるはしく、やさしき様も殊に多く見ゆ。——この一様、すなはち定家卿が庶幾する姿なり。——』

とね……。つまり、源俊頼の歌には二つのスタイルがあって、そしてそのうちの一つが定家が常々こうありたいと望んでいる姿である。というわけだ。そして源俊頼は、百人一首と百人秀歌で唯一人、二首選ばれている人物だ——。この上皇の言葉も、定家にとって一つのヒントになったのかも知れないな」

崇はベッドの脇から、一枚の模造紙を引っぱりだしてきて、奈々の目の前の床に広げる。

そこには仏や菩薩の位置を写した四角い枠が、カルタの大きさに合わせて描かれていた。

「これが、百人一首・百人秀歌の胎蔵・金剛界曼陀羅だ。今も言った通りに、金剛界曼陀羅は大きい如来たちの数は百一尊なので問題はなかったから、そのまま書き写した。しかし問題はこちらの胎蔵界曼陀羅だ。何しろ四百九尊描かれているからね。そこで一番外の外金剛部院と、二番目の文殊院や地蔵院を割愛した」

「――勝手に割愛しても、いいんですか？」

「駄目だったらまた考えればいいことだ。とりあえず、そうした。しかしまだ多い。そこで、上方の釈迦院にいる菩薩と、虚空蔵院にいる菩薩を数尊、割愛した。そしてシンメトリーに固執していた定家を念頭に置いて、並べ直した。するとこのように――」

崇は、掌で紙の上をなぞる。

「大日如来を中心として、その周りに弥勒や文殊菩薩・観自在菩薩らを始めとする中台八葉院。そして左右に金剛部院・蓮華部院など、見事に百尊が並んだんだ」

金剛界曼陀羅

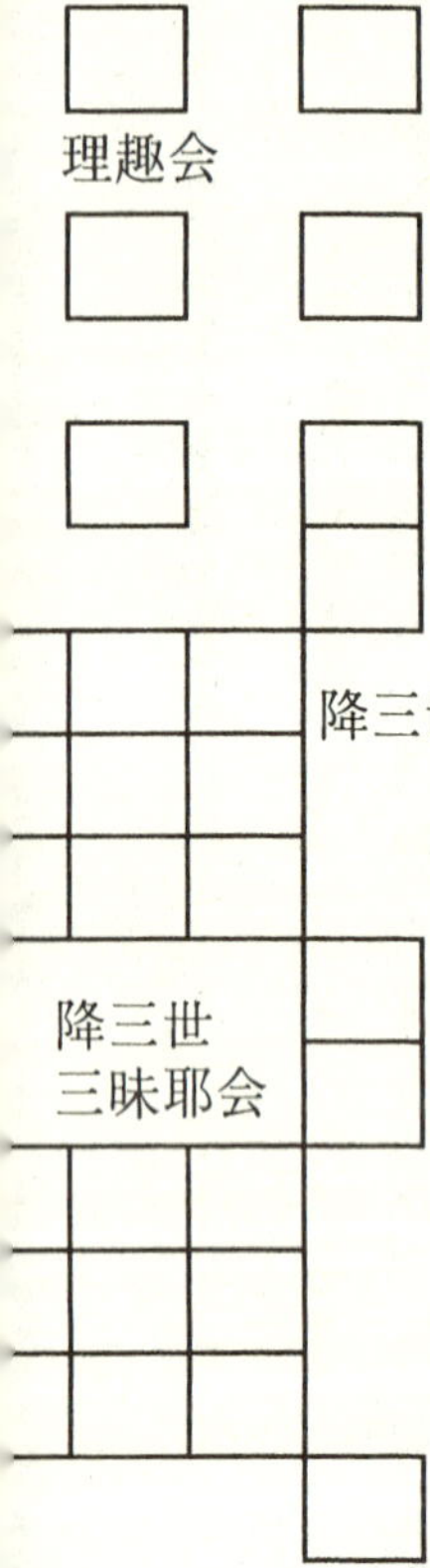

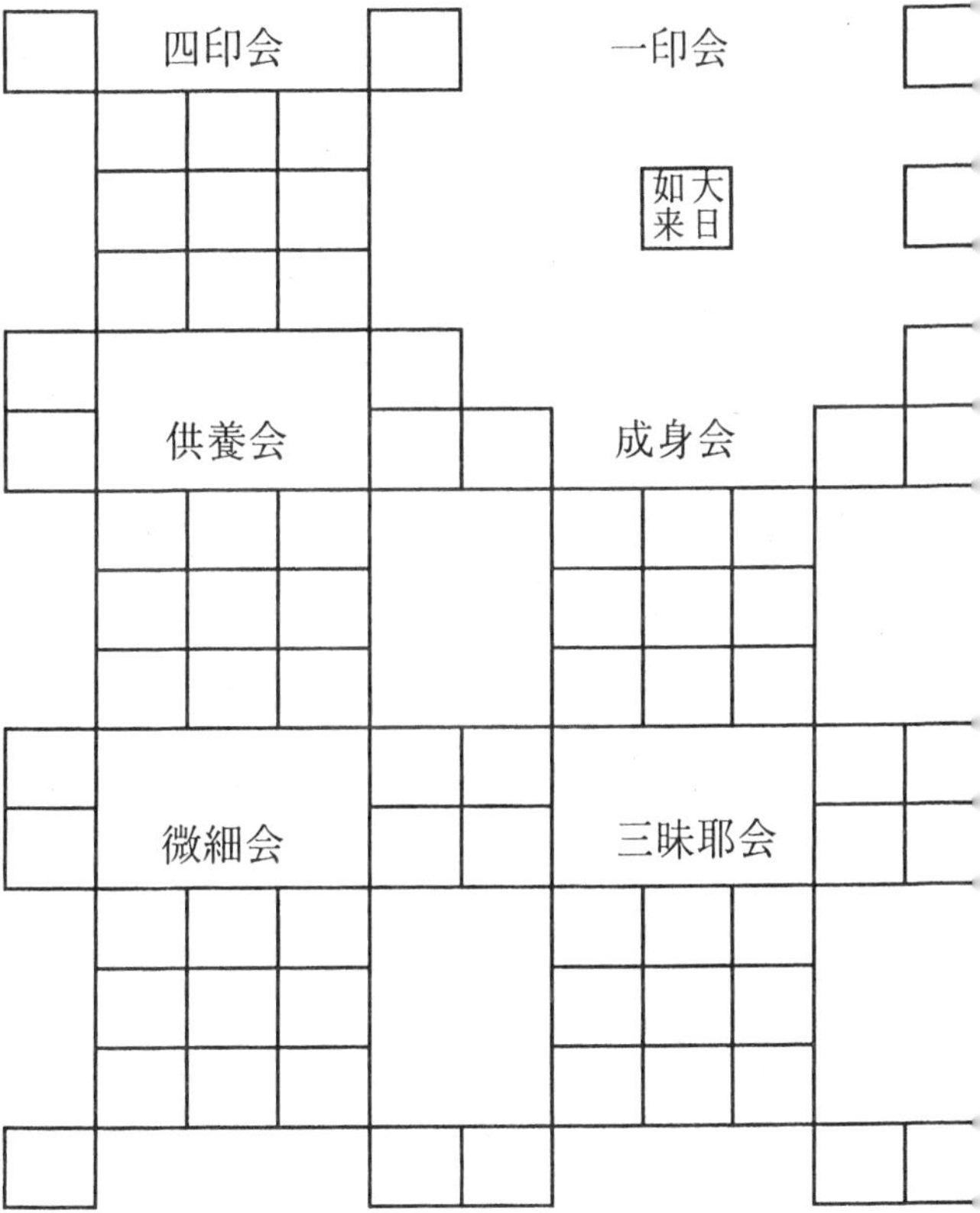
四印会
一印会
大日如来
供養会
成身会
微細会
三昧耶会

胎蔵界曼陀羅

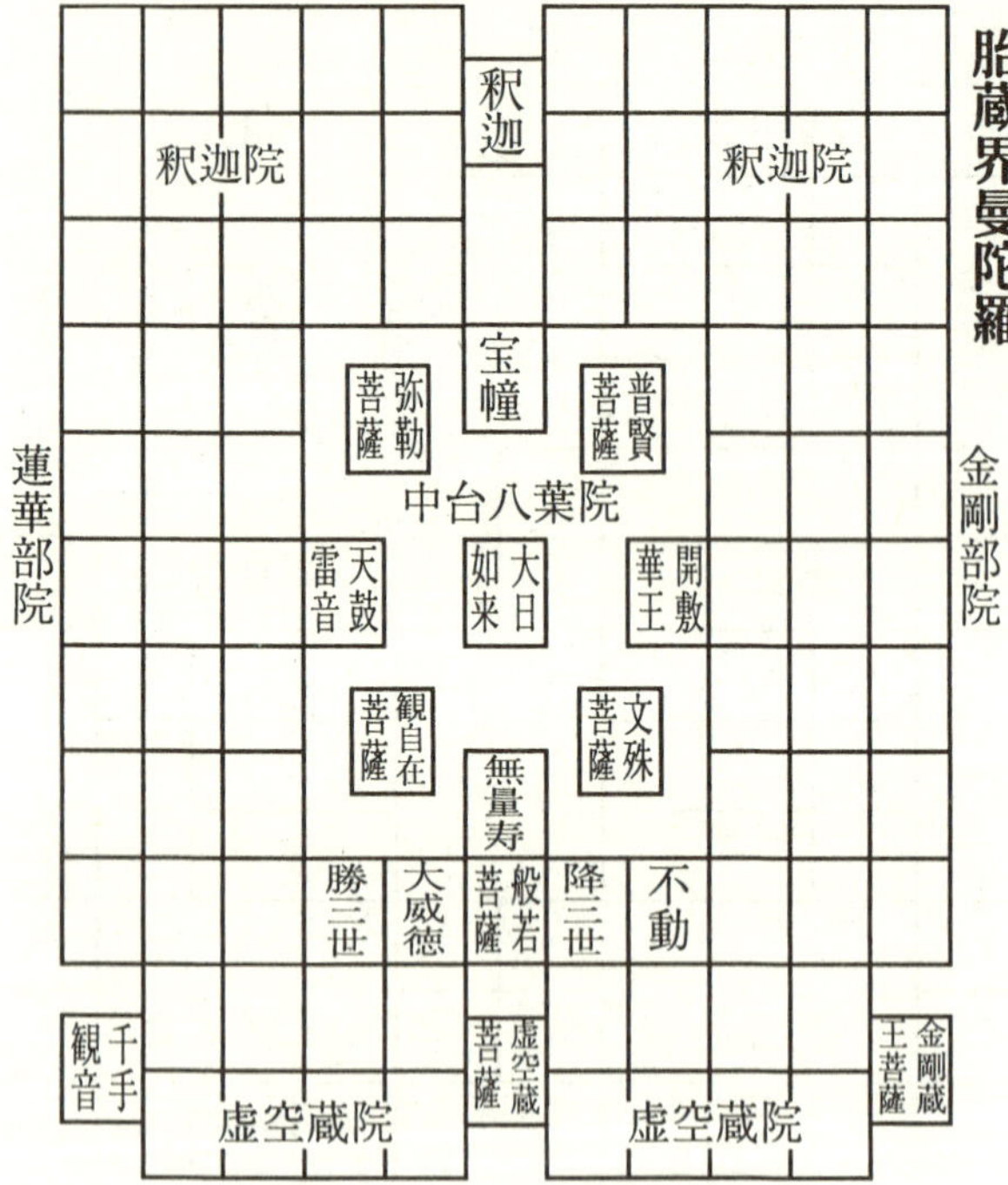
釈迦
釈迦院
釈迦院
宝幢
弥勒菩薩
普賢菩薩
蓮華部院
金剛部院
中台八葉院
天鼓雷音
大日如来
開敷華王
観自在菩薩
文殊菩薩
無量寿
勝三世
大威徳
般若菩薩
降三世
不動
千手観音
虚空蔵菩薩
金剛蔵王菩薩
虚空蔵院
虚空蔵院

——確かに……！

きちんとシンメトリーになっている。

「さて——」

崇は自分の傍らに、百人一首カルタを引き寄せた。

「どちらから行くか？　やはり百人一首——胎蔵界の方からがいいだろう」

コクリ、と奈々は無言で頷く。

「今説明した通りに、胎蔵界曼陀羅は女性を表している。とすれば、この中心に来るのは、当然の如く女性の歌だろう。定家が一番気に掛けていた女性といえば——」

「式子内親王——ですか」

「その通りだろうね」崇はニコリと微笑んだ。「それしか考えられない。定家と歌を仲介にして深い交際があり、定家が秘かに思いを寄せていたと言われている女性——。式子内親王が病に罹った時も、定家は彼にしては異常と思えるほどに足繁く見舞いに訪れている。その時の様子は『明月記』の中でも、非常に多く枚数を費やしている。定家三十九歳の時のことだ——。そして、そういう話が、後の世の謡曲にまでなっている」

「謡曲に？」

「世阿弥、もしくは禅竹が書いたといわれている『定家』という曲だ。内容は、式子内親王が亡くなった後、内親王を慕う定家の想いが蔦葛となって内親王の墓である石塔にまとわりつく、という話だ。これは『定家葛』という伝説を元に作られている。ということは、かなりの昔から、定家が式子内親王に愛情を寄せていたことが人々の口に上っていた、という証拠だね。……そして実際、定家は家集下巻の部類歌・恋の部に、こういう歌も残している。『新勅撰集』にも自撰している歌だ。

たれもこのあはれ短き玉の緒に
乱れて物を思はずもがな

――ただでさえ短い命であるのに、恋に心を乱し、悩むようなことはしたくはないものだ。というような意味だけれど、この歌の詞書きが『遠き所に行き別れにし人に』とある以上、当然、式子内親王とその『玉の緒よ――』の歌が定家の頭の中にあったことは否めないだろうね」

おそらく、その通りだろう。

奈々は納得する。

そしてそれを察知したかのように、崇はゆっくりと式子内親王の歌を、曼陀羅の中心に置いた。

玉の緒よ
絶えなば絶えね長らへば
しのぶることの
よわりもぞする

「そしてここから繋がるとすれば、当然そのキーワードは『玉＝命』『絶える』『しのぶ』『長らへば』だろう」

崇は札を何枚か手に取ると、トランプでも玩ぶようにして、その内から七枚を奈々の目の前に置いた。奈々は、真剣にそれを覗きこむ。

いよいよ、曼陀羅作成が始まる！

「まず、『玉』『命』だ。これらの組には、以前にも言った通りに、文屋朝康や藤原義孝や右近らの歌、七首がある」

白露に
風の吹きしく秋の野は
つらぬきとめぬ
玉ぞ散りける

君がため
をしからざりし命さへ
長くもがなと
思ひけるかな

契りおきし
させもが露を命にて
あはれ今年の
秋もいぬめり

忘らるる
身をば思はずちかひてし
人の命の
惜しくもあるかな

忘れじの
行末まではかたければ
けふをかぎりの
命ともがな

思ひわび
さても命はあるものを
うきに堪へぬは
涙なりけり

春の夜の
夢ばかりなる手枕に
かひなくたたむ
名こそをしけれ

「そして『絶える』だ。中納言朝忠や、曽禰好忠や、大納言公任らの歌、六首が並ぶことになる」


奈々は、じっと崇の手元を、そして顔を見つめる。

実は、未だに半信半疑なのだ。

単なる、崇の思いこみだけなのではないだろうか？

だって——なぜか、奈々の（全く関係のない）一言で、この曼陀羅作りが始まったのだから……。だから、この作業に関しては、奈々には何の責任もなかったけれど——でも——。

しかし崇は、奈々のそんな気持ちを知ってか知らずか、六枚の札をバサリと勢いよく目の前に並べた。

逢ふことの
絶えてしなくはなかなかに
人をも身をも
うらみざらまし

滝の音は
絶えて久しくなりぬれど
名こそながれて
なほ聞こえけれ

朝ぼらけ
宇治の川霧絶えだえに
あらはれわたる
瀬々の網代木

由良のとを
わたる舟人梶をたえ
ゆくへも知らぬ
恋の道かな

今はただ
思ひ絶えなむとばかりを
人づてならで
言ふよしもがな

秋風に
たなびく雲の絶え間より
もれいづる月の
影のさやけさ

「この『絶える』の部には、勿論、道因法師の『思ひわび——』の歌も入ってくるだろう。しかし、今は一応分けて並べておくことにしよう。そしてまた、後に再考すればいいだろう……。次は河原左大臣や、参議等や、平兼盛らの歌、『しのぶ』だ」

みちのく
しのぶもぢずり誰ゆゑに
みだれそめにし
我ならなくに

しのぶれど
色に出でにけりわが恋は
物や思ふと
人の問ふまで

浅茅生の
小野の篠原しのぶれど
あまりてなどか
人の恋ひしき

長らへば
またこのごろやしのばれむ
憂しと見し世ぞ
今は恋しき

百敷や
古き軒端のしのぶにも
なほあまりある
昔なりけり

「そして、『長らへば』の部だ」

心にも
あらでうき世に長らへば
恋しかるべき
夜半の月かな

「あと、当然『長らへば――』の歌もこの部に入る……。全部で十九首あるけれど、この中から中台八葉院に置くべき八枚を、選ばなくてはならないわけだね。とすると、やはり主要なテーマである『命』の部からまず選ぶべきだろうと思う」

　黙って頷く奈々に向かって、崇は続ける。

「但し『春の夜の――』の歌は『たま』という言葉こそ入ってはいるけれど、これは正確には『手枕』ということだから、一応ここでは保留ということにしておこう……。すると、あとは『しのぶ』と『長らへば』の両方の言葉を含んでいる、藤原清輔の『長らへば――』の歌が有力になってくる」

　崇は、七枚の札を手元に集めた。

「あと一枚は？」

　尋ねる奈々に崇は、すっ、と順徳院の『百敷や――』の歌を差し出した。

「後鳥羽上皇皇子の歌だ。選ばれる可能性は、非常に高いはずだ」

　そして崇は、それら八枚の歌をぐるりと並べる。

「問題は、どの歌を一番上、または一番下に置くか――ということだ」

　崇は、札に手を伸ばしては、また捨てる。

　奈々は、曼陀羅を覗き込む。

　周りの歌の群れに直接繋がっている場所は――。

　右側の開敷華王、中央下の無量寿、左側の天鼓雷音、の三ヵ所だ。

　そして直接ではないけれど、二枚の札にまたがっているのは、一番上の宝幢如来の一ヵ所である。

あとの弥勒、普賢、文殊、観自在菩薩の四ヵ所は、今までの四枚の札を繋ぐ位置にある。

やはり、と崇は言う。

「これらの中で、鍵になるとすれば——順徳院の歌のようだな」

崇は『百敷きや——』の札を、手で弄ぶ。

「これを、上の部分に置くか、それとも下に置くかなんだけれど……。とりあえず、下に置いてみようか。そして、他の歌がうまく繋がっていかないようだったら、また最初からやり直せばいいわけだからね」

「そうですね」奈々は頷く。「とにかく、一歩を踏み出さないと」

「そして、試行錯誤の人生が始まるんだな」

崇は苦笑いしながら、順徳院の歌を、中台八葉院の一番下に置いた。

そして、残りの七枚の札を、『玉の緒よ——』の歌を中心にして、まるで向日葵の花——いや、この場合は蓮の花か——のように、順番にぐるりと繋げていった。

忘らるる
身をば思はずちかひてし
人の命の惜しくもあるかな

君がため
をしからざりし命さへ
長くもがなと思ひけるかな

長らへば
またこのごろやしのばれむ
憂しと見し世ぞ今は恋しき

忘れじの
行末まではかたければ
けふをかぎりの命ともがな

玉の緒よ
絶えなば絶えね長らへば
しのぶることのよわりもぞする

百敷や
古き軒端のしのぶにも
なほあまりある昔なりけり

白露に
風の吹きしく秋の野は
つらぬきとめぬ玉ぞ散りける

契りおきし
させもが露を命にて
あはれ今年の秋もいぬめり

思ひわび
さても命はあるものを
うきに堪へぬは涙なりけり

さて、と言って崇は、再び札を集める。

「次にこれらに繫がって行くのは、当然次の歌の群れになる」

浅茅生の
小野の篠原しのぶれど
あまりてなどか
人の恋ひしき

みちのくの
しのぶもぢずり誰ゆゑに
みだれそめにし
我ならなくに

しのぶれど
色に出でにけりわが恋は
物や思ふと
人の問ふまで

「そして、ここで『物思ふ』といえば——」

——物思ふ……。

奈々も、このフレーズは何回も聞いたような——。

そうだ！

「後鳥羽上皇！」

その通り、と言って崇は微笑んだ。

「百人一首で八回も出て来るこの『物思ふ』を持つ歌の中で、定家が一番気に掛けていたであろう人物の、この歌だ」

人もをし
人も恨めしあぢきなく
世を思ふゆゑに
物思ふ身は

——人も恨めしあぢきなく……。

何か憂鬱（ゆううつ）で、とても内省的な歌だ。

崇の話から想像するような、後鳥羽上皇の豪放さが見られない歌だ。

「ここに」崇はまるで奈々の心中を見通したかのように付け加えた。

「とても後鳥羽院の代表作とは言えないであろう、この歌が来る」

崇は続ける。

「そして『しのぶ』と『物思ふ』を繋ぐ歌といえば、この平兼盛の、

しのぶれど
色に出でにけりわが恋は
物や思ふと
人の問ふまで

――だね。そして当然それに続いて、河原左大臣・源融（みなもとのとおる）の歌がくるだろう」

崇は、札を一枚取り上げる。

そして――何がそれほど楽しいのか――ニコニコと手にした札を奈々の目の前で、ヒラヒラと振って尋ねた。

みちのくの
しのぶもぢずり誰ゆゑに
みだれそめにし
我ならなくに

「この歌を詠んで、何か閃かないか？」

「え？」

急にそんなことを言われても……。

とまどっている奈々に、崇は笑いかけた。

「みちのく、と言えば？」

みちのく——。

陸奥——。

「道の奥——ですか……？」

「そうだ」崇は、ポンと膝を叩く。「道の、奥だ」

そして一枚の札を奈々に見せる。

世の中よ
道こそなけれ思ひ入る
山の奥にも
鹿ぞ鳴くなる

——まあ！　しかもこの歌は、

「『思ふ』に繋がっている！」

「その通りなんだ、奈々くん。その上この藤原俊成の歌は、後鳥羽上皇が承久の変を前にして住吉社歌合で詠んだ、

奥山のおどろが下も踏み分けて
道ある世ぞと人に知らせむ

を容易に連想させるだろう……。そして、ここまで綺麗に繋がる以上、やはりこの虚空蔵菩薩の場所——つまり図の中で中心軸の一番下に位置して、同時に四枚の歌に繋がる場所——は、後鳥羽上皇の歌で間違いはないだろう」

崇は順徳院の二つ下の空所に、後鳥羽上皇の歌を置く。

「ここまで来て、さっき順徳院を図の下に仮定したことが、おそらく正しかっただろうと確信できたわけだ」

崇は顔を上げて、奈々を見る。

「何故ならば、胎蔵界曼陀羅では、上方は東、下方は西になるからね」

「え？」

「つまり後鳥羽上皇と順徳院の二人は、西方極楽浄土にいる、というわけだ……。さて、ここで一つ想像力を働かせてみようか」

「はい……？」

「例えば、後鳥羽上皇と順徳院の二人の位置がここで決まると仮定すると、定家は自分の歌を一体どこに置くと思う？」

「さあ……」

「——後鳥羽上皇が隠岐に流されてから、京の町ではあらぬ噂が流布していた」

「あらぬ噂？」

「後鳥羽上皇の、生霊(いきりょう)だ」

「生霊！」

「隠岐は京都から見れば乾(いぬい)、つまり神門にあたるんだ。当時の京の人々は、こちらから吹く北西風――あなしの風――に乗って、後鳥羽上皇の怨念が都に運ばれて来るんじゃないかと非常に怖れていたんだよ。

そしてその怖れを具現するかの如く、天福元年（一二三三）には後堀河院の中宮の藻璧門院・竴子が亡くなった。そして翌年には、仲恭天皇が。続いて後堀河院も崩ぜられた。この三人は定家の主家である九条家と、義弟の西園寺家の血筋の人々だ。その上、翌年には『新勅撰和歌集』編纂の際に鎌倉幕府に憚り、後鳥羽・順徳両上皇の歌の削除を定家に命じた九条教実が、二十六歳という若さで亡くなってしまう」

「まあ……」

これでは、偶然とはいえ――。

眉を寄せる奈々に向かって、崇は続けた。

「これは都での噂と相伴って、さすがに定家の心胆を寒からしめた。きっと定家の目には、後鳥羽上皇の怨念が、ありありと映っていたに違いない――。天福元年と言えば、十月に定家が慈円のもとで出家して『明静』と名乗った年でもあるんだけれど……これらは、とても無縁とは思えないね」

「…………」

「――とすると、だ」崇は、再び百人一首に目を落とす。「当然、定家は自分の歌を、後鳥羽上皇から遠く離れた場所に置くに違いない、という可能性が出て来るわけだ」

——ということは……。

「ここですか？」

奈々は、図の一点を指差した。

そこは、虚空蔵菩薩——後鳥羽上皇——から真っ直ぐ上、ちょうど図の反対側に位置している……。

「そうだ。釈迦の場所だ。まだこれは、あくまでも仮定だけれどもね」

しかし、この構図は非常に美しかった。

崇の話によれば、後鳥羽・順徳両院は西方極楽浄土。

そして定家自身は東——此岸にいる、ということではないか！

崇は定家の歌を手に取ると、ためらわずに釈迦の場所に置いた。

「そしてまた、定家のこの『来ぬ人を——』の歌は、建保四年（一二一六）の歌合で、順徳院の、

　よる波もおよばぬ浦の玉松の
　ねにあらはれぬ色ぞつれなき

という歌と左右に番えられて、その時は定家の勝ちと判定された。定家執筆の判詞には

『およばぬ浦の玉松、およびがたくありがたくはべるよし、右方(定家)申しはべりしを、つねに耳なられはべらぬまつほの浦に勝の字をつけられはべりしに、なにゆゑとも見えはべらず』と遠慮してはいるけれどね――。いわくつきの歌だ」

そして崇は再び図の下に目をやると、

「順徳院真下の位置には、やはりこの歌だろうな」

と言いつつ、参議等(ひとし)の、

浅茅生の
小野の篠原しのぶれど
あまりてなどか
人の恋ひしき

の札を置いた。

「『しのぶ』と『あまり』の、二つの言葉で繋がっている。それに定家も、この歌を歌論書の多くに採用しているしね。とても重要な歌の一つだと思うよ……。さて、そうすると、この隣には――」

崇は、河原左大臣の、

みちのく
しのぶもぢずり誰ゆゑに
みだれそめにし
我ならなくに

を左側に置いた。

「さて、左右どちらから行くかな？　この際どちらからでも構わないけれど、とりあえず左に流れて行ってみようか。虚空蔵院から千手(せんじゅ)観音へと続く部分だ。こちらは、繋がって行くであろう歌が、すぐに沢山見つかる」

崇は札をガサリと集めた。

世の中よ
道こそなけれ思ひ入る
山の奥にも
鹿ぞ鳴くなる

わが庵は
都のたつみしかぞすむ
世をうぢ山と
人は言ふなり

吹くからに
秋の草木のしをるれば
むべ山風を
嵐といふらむ

奥山に
紅葉踏みわけ鳴く鹿の
声聞くときぞ
秋は悲しき

山川に
風のかけたるしがらみは
流れもあへぬ
紅葉なりけり

あらし吹く
三室の山のもみぢ葉は
龍田の川の
錦なりけり

このたびは
幣も取りあへず手向山
紅葉の錦
神のまにまに

小倉山
峰のもみぢ葉心あらば
今ひとたびの
みゆき待たなむ

ちはやぶる
神代もきかず龍田川
からくれなゐに
水くくるとは

あらざらむ
この世のほかの思ひ出に
今ひとたびの
逢ふこともがな

「そして『みちのくの――』の歌の中の、『みだれそめにし』の関連から、

おほけなく
うき世の民におほふかな
わが立つ杣に
墨染めの袖

を選んでおこう」

そう言うと崇は、札の山の中から、慈円の歌を取り出した。

「この歌には『染め』という共通語の他にも、『杣＝山』という言葉も入っているしね。そしてその他、藤原実方朝臣（ふじわらのさねかたあそん）、源宗于朝臣（みなもとのむねゆきあそん）の歌、二首――、

かくとだに
えやはいぶきのさしも草
さしも知らじな
燃ゆる思ひを

山里は
冬ぞ淋しさまさりける
人目も草も
かれぬと思へば

——これで埋めて行こうか」
崇は黙々と歌を繋いで行き、奈々は上からそれをじっと見守る。
やがて歌は、

世の中よ
道こそなけれ思ひ入る
山の奥にも
鹿ぞ鳴くなる

奥山に
紅葉踏みわけ鳴く鹿の
声聞くときぞ
秋は悲しき

かくとだに
えやはいぶきのさしも草
さしも知らじな
燃ゆる思ひを

山里は
冬ぞ淋しさまさりける
人目も草も
かれぬと思へば

山川に
風のかけたるしがらみは
流れもあへぬ
紅葉なりけり

吹くからに
秋の草木のしをるれば
むべ山風を
嵐といふらむ

ちはやぶる
神代もきかず龍田川
からくれなゐに
水くくるとは

あらし吹く
三室の山のもみぢ葉は
龍田の川の
錦なりけり

と繋がって行き、最後一番左端の、業平と能因法師の両方の歌にまたがる部分には、

「『からくれなゐ＝もみぢ葉＝紅葉』だから、この菅原道真の歌が入る。『神』も共通しているな」

と言って、崇は札を置いた。

ちはやぶる
神代もきかず龍田川
からくれなゐに
水くくるとは

あらし吹く
三室の山のもみぢ葉は
龍田の川の
錦なりけり

このたびは
幣も取りあへず手向山
紅葉の錦
神のまにまに

「さて、左側はとりあえずここまでにして、虚空蔵院の右側に移ってみよう」

崇は言い、札を集め始めた。

最初は半信半疑だった奈々も、ここにきて、やっと崇の話が冗談ではなかったことを確信した。

それどころか、

——面白い！

まさにこれは、絢爛豪華なジグソー・パズルだ！

しかも、ただのジグソー・パズルではない。

七百五十年も昔に、狷介孤高の老人が、ただ一人黙々と組み立てた絵巻だ。

おそらくは、誰にもその胸の内を明かさずに……。

その姿を想像した奈々の背中を、冷たいものが、ぞくりと走った。

分子結合表などの、無味乾燥な記号の羅列とは一味違うはずだ。

この歌曼陀羅には、定家の後鳥羽上皇に対する怨霊鎮めの願い——いや、執念が塗り込められている、と崇は言った。

奈々も、今ならば、その話を素直に受け入れられる気がした。

そして、それが本当に真実だとするならば。

これこそまさに、

——百人一首の呪だ。

一方崇は、真剣な表情で札を組み立てて行く。

めぐり逢ひて
見しやそれともわかぬ間に
雲がくれにし
夜半の月かな

心にも
あらでうき世に長らへば
恋しかるべき
夜半の月かな

夜もすがら
物思ふころは明けやらぬ
ねやのひまさへ
つれなかりけり

嘆けとて
月やは物を思はする
かこち顔なる
わが涙かな

しのぶれど
色に出でにけりわが恋は
物や思ふと
人の問ふまで

御垣守（みかきもり）
衛士（ゑじ）のたく火の夜は燃え
昼は消えつつ
物をこそ思へ

と、歌は繫がって行った。

そして、下段一番右端の金剛蔵王菩薩の所に、崇徳院の、

> 瀬をはやみ
> 岩にせかるる滝川の
> われても末に
> 逢はむとぞ思ふ

の札を置いた時、崇は、

「あっ！」

と叫んで上半身を起こした。

「どうしたんですか？」

奈々はその声に驚いて尋ねる。

しかし崇はその質問に答えず、

「それならば当然……」

などと言いつつ、紙の上を左右に目を走らせている。

そして、うう、とか、おお、などと意味不明の言葉を発して、ついには正座したまま腕を組んで黙ってしまった。

「――何か、あったんですか？　……」

「これは……」

「？」

「奈々くん、見てごらん。この配置を！」

崇は、曼陀羅を指差す。

「後鳥羽上皇、順徳院と、菅原道真、崇徳院だ」

奈々は、その四人を目で確かめる。

中央に後鳥羽院、一首飛ばした上に順徳院。

そして、左右に三×四首ずつを挟んで小さく独立している場所――左は千手観音、右は金剛蔵王菩薩の場所――にはそれぞれ道真、崇徳院の歌が入っていた。

崇は言う。

「この形は、まさに怨霊を怨霊で挟みこみ、人に害をなすのを防ぐ配置だよ。後鳥羽上皇と順徳院の霊を、日本の二大怨霊が封じてこめているんだ！」

「え――！」

「奈々くんも知っている通りに、菅原道真は、平安時代中期、藤原氏全盛の時代にありなが

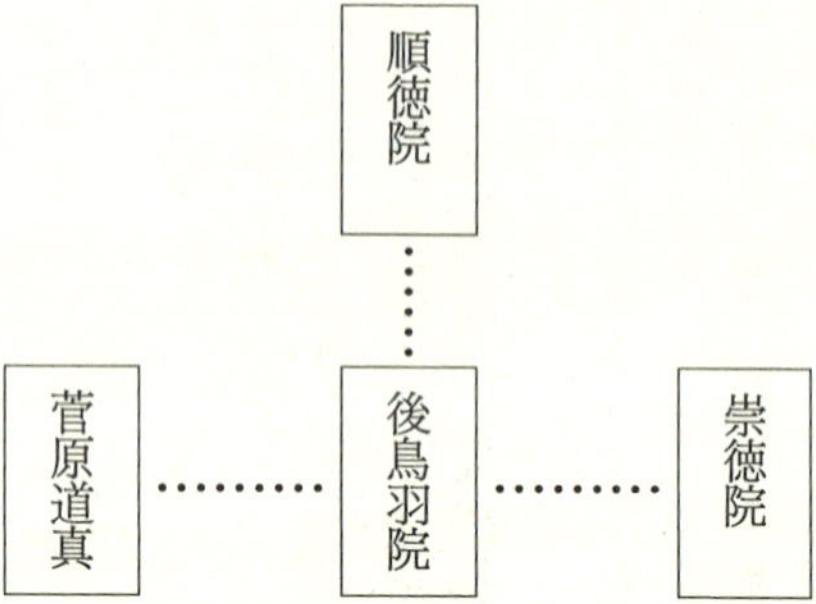

ら宇多(うだ)天皇の篤(あつ)い信頼を得て、次の醍醐(だいご)天皇の御世には右大臣の地位にまで登りつめた人物だ。しかし、この異例の出世を妬(ねた)み怖れた左大臣・藤原時平(ときひら)の讒言(ざんげん)によって、昌泰(しょうたい)四年（九〇一）に大宰権帥(だざいのごんのそち)という名目で九州に左遷されてしまう。表向きは総督という立場だったけれど、実際の生活は困窮の極みで、とても悲惨だったという。そして配所に到着してわずか二年後の、延喜三年二月二十五日に病没してしまった……。死後、都では道真の祟(たた)りと称される異変が相次いで起きる。雷雨が降り続き、内裏(だいり)中央の紫宸殿(ししんでん)に落雷したのを皮切りに、延喜八年には藤原菅根(すがね)が死亡する。菅根は、道真の配流が決定した時にそれを救おうとして内裏までやって来た宇多上皇を、その門を閉ざして中に一歩も入れなかった人物だ」

「まあ……」

「そしてその翌年には、道真左遷の張本人である時平(ときひら)も死去する。続いて時平の長男・保忠(やすただ)も物(もの)の怪(け)に取り憑(つ)かれて変死してしまう……。その後、祟りはいよいよ激しさを増し、京都を暴風雨が引っきりなしに襲ったりした。そして延長八年（九三〇）には、清涼殿――以前の紫宸殿の隣の建物――へ落雷し、大納言・藤原清貫を始めとする何人もの人々が死傷してしまった……。醍醐天皇は、この精神的なショックが元で病没したといわれているほどだ。『日本紀略』には、これらの出来事について『世をあげて云ふ。菅帥の霊魂宿忿のなす所なり』と書かれている――。ちなみに『雷』の語源は『神鳴り』、つまり神の怒りだといわれているからね」

「じゃあ……崇徳院は？」

「崇徳院こそ、日本史上、最大の怨霊だ――。崇徳院は鳥羽天皇第一皇子であり、第七十五代の天皇だ。母は待賢門院璋子だが、父は実は鳥羽天皇の祖父・白河上皇であると言われている」

「え？」

「ここらへんの詳しい歴史は省くけれど、これは史実なんだ……。崇徳院は、鳥羽院が没した後の保元元年（一一五六）に左大臣・藤原頼長と結んで挙兵したけれど、これに破れて讃岐に配流となった。その後、朝廷に恭順の意を表すために、三年もの年月を費やして、五部大乗経を写経した。そしてそれを後白河天皇の元に送ったんだが、時の関白・藤原忠通はその意図を怪しみ、全巻を崇徳院の元に送り返してしまった……。返された経の山を目の前にして、崇徳院の怒髪は天を突いた。その怒りの余り自分の舌を嚙み切り、その流れる血を以て、経に『我れ日本国の大魔縁となり、皇を取って民となし、民を皇となさん』と血書した。その後は、髪も爪も伸びるに任せて、まさに悪鬼――天狗――のような姿になったという……。そして八年後の長寛二年（一一六四）八月二十六日、その地で四十六歳の生涯を閉じた。海に身を投げたとも、暗殺されたとも伝えられている。しかも、火葬になったその烟は、京の都へと長くたなびいたといわれている……。また、晩年の平清盛を襲った高熱も、崇徳院の怨霊だったという伝説があるんだ。そして『太平記』巻二十七の『雲景未来記』には、南北朝の大騒乱は、崇徳院らを始めとする大天狗たちの仕業であると綴られている……。余談だけれど、『誹風柳多留』に、

　雷と天狗になりし御鬱憤

とある『雷』とは菅原道真、『天狗』とは崇徳院のことだ」

奈々は背筋が寒くなった。

そして今、この紙面上にその平安時代の――いや、日本国の二大怨霊を左右に従えて、その中央に後鳥羽院と順徳院が鎮座している！

長谷寺を始め、多くの寺では、大黒天が寺社の御霊を見張る場所に置かれていると、以前

に崇から聞いたことがあった。

それと同じ発想ではないか！

——何という……。

「次だ」崇は既に平静を取り戻して、言う。「中台八葉院の右側で、直接金剛部院と接している、藤原義孝（よしたか）の、

君がため
をしからざりし命さへ
長くもがなと
思ひけるかな

に繋がって行く歌の群れだ……。この歌は確実に、光孝天皇の、

君がため
春の野に出でて若菜つむ
わが衣手に
雪は降りつつ

に繋がる。そして同時に、以前奈々君にも言ったように、

田子の浦に
うち出でてみれば白妙の
富士の高嶺に
雪は降りつつ

秋の田の
かりほの庵の苫をあらみ
わが衣手は
露に濡れつつ

に繋がって行くはずだ……。すると当然、『衣』『白』の群れ、そしてそれらから派生して行く『夜』の群れにも連携していくはずだ」

ここで崇は、歌を小さな二、三枚のグループに分け始めた。

やすらはで
寝なましものを小夜（さよ）ふけて
かたぶくまでの
月を見しかな

み吉野の
山の秋風小夜ふけて
ふるさと寒く
衣うつなり

「ここの『ふる』『夜（よ）』というのも曲者（くせもの）だ」崇は言う。「定家五十六歳の時の『韻字四季歌（いんじしきか）』に、

想ひづる雪ふる年よ已れのみ
玉きはるよの憂きに堪へたる

という歌があるんだが、これなども『玉きはるよ』の『よ』は、『世』と『夜』とを掛けて作られている。ちなみに『ふる』は勿論『降る』と『古』。『年よ』は『年夜』とも読むことができるというわけだ……。さて、次は、

朝ぼらけ
有明の月と見るまでに
吉野の里に
降れる白雪

朝ぼらけ
宇治の川霧絶えだえに
あらはれわたる
瀬々の網代木

明けぬれば
暮るるものとは知りながら
なほうらめしき
朝ぼらけかな

きりぎりす
鳴くや霜夜のさむしろに
衣かたしき
ひとりかも寝む

なげきつつ
ひとり寝る夜の明くるまは
いかに久しき
ものとかは知る

かささぎの
渡せる橋に置く霜の
白きを見れば
夜ぞふけにける

あしひきの
山鳥の尾のしだり尾の
ながながし夜を
ひとりかも寝む

心あてに
折らばや折らむ初霜の
置きまどはせる
白菊の花

などだね。そして先程の、『白』で繋がる持統天皇の歌、

春過ぎて
夏来にけらし白妙の
衣干すてふ
天の香具山

ここから広がって行くであろう『天』に関連して行けば次のような歌の群れになるんだけれど……、勿論、『天』は『あま』、つまり『海女』という言葉も含むと考えていいだろう。小式部内侍や、安倍仲麿や、僧正遍昭らの歌から始まって、法性寺入道前関白太政大臣や、参議篁（たかむら）（小野篁）や、鎌倉右大臣（源実朝）らの歌だ」

大江山
いく野の道の遠ければ
まだふみもみず
天の橋立

天つ風
雲の通ひ路吹きとぢよ
乙女の姿
しばしとどめむ

わたの原
漕ぎ出でてみれば久方の
雲居にまがふ
沖つ白波

天の原
ふりさけ見れば春日なる
三笠の山に
出でし月かも

住の江の
岸による波よるさへや
夢の通ひ路
人目よくらむ

わたの原
八十島かけて漕ぎ出でぬと
人には告げよ
あまの釣舟

「これらが、胎蔵界曼陀羅の右側、金剛部院から上方の釈迦院の半分を占めることになるわけだ……。そしてまた、これらのグループに今度は『袖』を含む歌として、

見せばやな
雄島のあまの袖だにも
濡れにぞぬれし
色はかはらず

世の中は
つねにもがもな渚こぐ
あまの小舟の
綱手かなしも

音にきく
高師（たかし）の浜のあだ波は
かけじや袖の
濡れもこそすれ

わが袖は
潮干に見えぬ沖の石の
人こそ知らね
かわく間もなし

契りきな
かたみに袖をしぼりつつ
末の松山
波こさじとは

恨みわび
ほさぬ袖だにあるものを
恋にくちなむ
名こそをしけれ

などだね。但しここで、相模の『恨みわび――』の歌は、

春の夜の
夢ばかりなる手枕に
かひなくたたむ
名こそをしけれ

と繋がるだろうから、一応ここでは保留ということにしておこう」
「もう、四分の三まで来ましたね」

奈々は目を見張って、崇に声を掛けた。

実際こうして自分の目で確かめていなければ、いくら崇が「百人一首は、曼陀羅だ」などと言い張っていても、そう簡単に信用できるものではなかっただろう。

納得する奈々に向かって、しかし崇は言う。

「いや、この歌を繫ぐのは少し待とう。何故ならば、ここで一気に右半分を繫いでしまうと、あとの部分を残った歌で何とかして、無理矢理にでも完成させたくなってしまうのが人情だからね。いかに俺でも、その誘惑に勝てる自信はないよ……。勿論、逆の言葉——『白』と『黒』、『ある』と『なく』などを使って行けば、このまま全ての紙面を埋めるのは簡単な作業だろう。しかし、それは前にも言ったとおり避けたいしね。それに、全体の螺子を緩く締めておいて、最後に全てを絞るのは、物を組み立てる時の基本だ」

崇は頰を少し緩ませて、笑った。

「さて、そうすると、この左上のスペースだ。鍵は当然、定家の歌から繫がって行くだろう『松』『人』あたりだろうな。とすると、

誰をかも
知る人にせむ高砂の
松も昔の
友ならなくに

高砂の
尾上（おのへ）の桜咲きにけり
外山（とやま）の霞
立たずもあらなむ

由良（ゆら）のとを
わたる舟人梶をたえ
ゆくへも知らぬ
恋の道かな

あたりが来るだろう――。と言うことは、次に繋がって行くのは『桜＝花』の歌だ。

もろともに
あはれと思へ山桜
花よりほかに
知る人もなし

花の色は
うつりにけりないたづらに
わが身世にふる
ながめせしまに

花さそふ
嵐の庭の雪ならで
ふりゆくものは
わが身なりけり

人はいさ
心も知らずふるさとは
花ぞ昔の
香ににほひける

久方の
光のどけき春の日に
しづごころなく
花の散るらむ

いにしへの
奈良の都の八重桜
けふ九重に
にほひぬるかな

——などなど、だね。そして左中央を占めるであろう『秋』『月』の歌は、

秋風に
たなびく雲の絶え間より
もれいづる月の
影のさやけさ

むら雨の
露もまだ干ぬ槙の葉に
霧立ちのぼる
秋の夕暮れ

八重むぐら
しげれる宿のさびしきに
人こそ見えね
秋は来にけり

さびしさに
宿を立ちいでて眺むれば
いづくも同じ
秋の夕暮れ

月見れば
ちぢに物こそ悲しけれ
我が身ひとつの
秋にはあらねど

ほととぎす
鳴きつるかたをながむれば
ただ有明の
月ぞ残れる

有明の
つれなく見えし別れより
あかつきばかり
うきものはなし

こんなところだね……。さて、あとはこれらを組み上げれば、証明は全て終了するというわけだ」

崇は奈々の目の前で、その最終の作業に入った。

奈々は固唾を飲みながら、すっかり冷めてしまったコーヒーカップを握り締め、崇の指先を追った。

本当に、上手く完成するのだろうか？

そして出来上がった曼陀羅は、どんな風景をここに展開してくれるのだろうか？

ただ一つ言えるのは、この絵巻は今まで奈々が幾十となく完成させてきた、どんなジグソー・パズルとも比較にならないほど、格段に美しい景色を現すに違いないだろうということだ。それだけは——確信できた。

一方崇は、一つ、また一つと歌を繋げては崩し、また繋げて行く。

しかし、予想よりも手間取っている様子だった。

あと最後の残り二枚がはまらずに、その一角全てを再び崩したりもした。

そしてその度に、何度も腕組みをして嘆息をつく。

「こいつは、想像以上に難問だ」崇は素直に認める。「ここまで解っているんだから、あとは自然に埋まるはずなんだけれど——」

だが、困っている様子の割りには、気に入った歌や人物が出て来るとそれを取り上げて、いちいち奈々に解説をする。

「この平兼盛（たいらのかねもり）の、

しのぶれど色に出でにけりわが恋は

　物や思ふと人の問ふまで

という歌は、壬生忠見の、

　恋すてふわが名はまだき立ちにけり
　人知れずこそ思ひそめしか

の歌と『天徳四年内裏歌合』で右と左に番えられた有名な歌だよ。そしてその時は、どちらの優劣もつかないまま、ようやくのことで兼盛の『しのぶれど――』の歌が勝利を収めたんだ。忠見はその判定にショックを受け、『あわと思ひて、胸ふたがりて、不食の病にかかり』死んでしまった、といういわくつきの歌だ」

云々……。

　かと思えば、

「おう。小式部内侍か。

　大江山いく野の道の遠ければ
　まだふみもみず天の橋立

の歌は、ここにも出て来る、

朝ぼらけ宇治の川霧絶えだえに
　あらはれわたる瀬々の網代木

の藤原定頼がある日『内侍の歌は、母が代作しているのだ。今回の歌合でもそうだろう』と言って、そして実際に内侍の局にまで行き『歌合の歌は出来上がりましたか。早く母上のいらっしゃる丹後に、使者を使わした方がよろしいでしょう。それともお手紙はもう届きましたかな』と皮肉を言った時の返しだ。『いく野』と『生野』、『ふみもみず』と『文も見ず』を掛けて、きっぱりと返事を返した歌だ……。洒落た行為だな」

などとやっている。

これでは崇といえども、そう簡単にはかどりはしない……。

その時、奈々はふと閃いた。

「あの……タタルさん」

「ん？」

顔も上げずに聞く崇に、奈々は言う。

「この曼陀羅の一番下は、怨霊を怨霊で挟み込むという形を取っているんですよね――」

「そうだ」

「そうしたら、一番上の定家の所にも、何かそういった工夫が――」

崇は最後まで聞かずに、ガバッと身を起こした。そして、奈々を正面から見つめる。

「そうだ！　奈々くん！　その通りだ。素晴らしい」

「え――？」

崇は、殆ど埋まっていた釈迦院の札を、バサリと崩した。

そして、誰かの歌をガサガサと探し始めた。

「そうだ、実にその通りだ！　どうも上手く歌が収まらないと思っていたところなんだ。俺も内心、このままでは美しさに欠けると考えていたんだよ。――いや、素晴らしい発想だね！」

「…………」

何が崇に閃いたのだろう。

そんなに大きく感謝されるほどの言葉を言ったのか、自分でもよく理解できないまま、奈々はじっと崇の行動を見守る。

「これだ！　紀貫之と紀友則、そして凡河内躬恒たちだ」

「?」

「『古今和歌集』の撰者だ」

崇はそれらの歌を手に取り、そして何回も眺め口ずさみながら、曼陀羅の一番上の端に置いた。

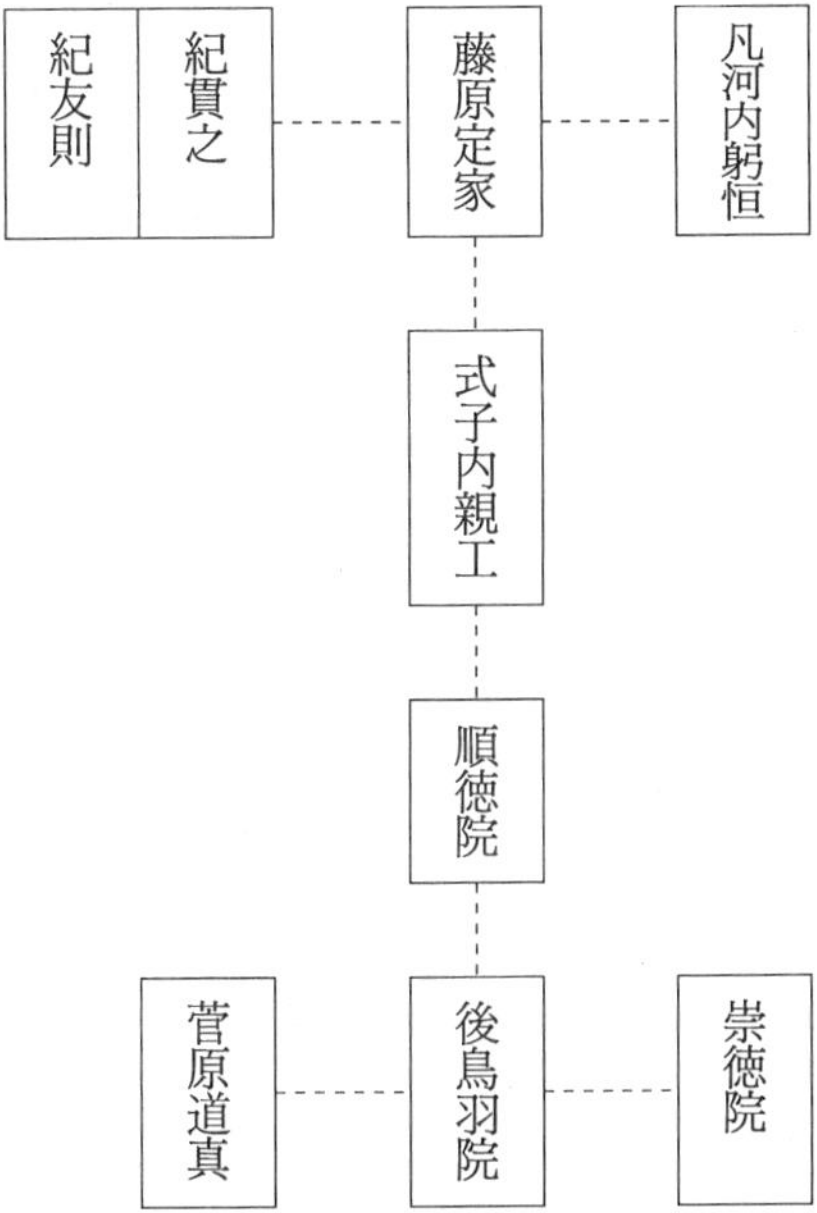

「後鳥羽上皇を日本の二大怨霊で挟みこんだように、定家は自分を『古今集』撰者であり、『古今集』を代表する歌人で挟みこんだんだ。曼陀羅の下の部分とは、全く対照的じゃないか！」

と言いながら、崇は道真・崇徳院を見た。

そして再び、あっ、と声を上げた。

「これは——」

「？」

「道真の上に置かれた、

　小倉山峰のもみぢ葉心あらば
　　今ひとたびのみゆき待たなむ

の歌の作者である、貞信公・小一条太政大臣は、左遷後の道真とも深い交流をし、道真死後、彼を神として祀ったという……。そして、崇徳院の隣、

　難波江の葦のかりねのひとよゆゑ
　　みをつくしてや恋ひわたるべき

の作者、皇嘉門院別当は、源俊隆の娘で、崇徳院皇后の皇嘉門院・聖子に女官長として勤めていた女性じゃないか！」

「え！」

ということは――、

後鳥羽上皇たちを封じている怨霊自体をも、それらの人々によって封じている！

それが本当ならば、何という定家の深謀遠慮なんだろう。余りに緻密な、歌曼陀羅絵図ではないか……。

啞然とする奈々の目の前で、

「鍵が解れば、あとはただ単純作業だ」

崇は深呼吸して言った。

その姿を眺めながら、奈々は再び、ふと閃く。

「あの……タタルさん」

「何？」

「胎蔵界曼陀羅がこれほど精緻に構成されている、ということは、もう一つの金剛界曼陀羅もやはり同じように、何か工夫が施されているんじゃないでしょうか？」

うん……、と崇は腕を組んだ。

「まだそこまで細かくは見ていないけれど、おそらく高い確率でそうだと言えるだろうね」

「私は——なんとなく——百人秀歌にしか載っていない人たちの歌が、鍵の一つになるような気がするんですけれど——」

「なるほど」長い睫の奥で、崇の瞳がキラリと光った。「その可能性は、大いにあり得るかも知れないな。いや——むしろ、そうでなければ、あの四首の存在価値が薄れてしまうだろうからね」

崇は、殆ど完成した胎蔵界曼陀羅を端に寄せて、今度は金剛界曼陀羅を取り出す。そして、新しい百人一首札の封を切った。

わざわざ札を、二組用意していたんだ。

呆れる奈々を気に留めもせずに、崇は後鳥羽上皇と順徳院の歌を抜き取ると、自らの手製の、一条院皇后宮、権中納言国信、権中納言長方の三枚の札を加える。

「こちらも、やはり中心から決めなくてはならないけれど、女性を表す胎蔵界曼陀羅の中心が、式子内親王である以上、男性を表す金剛界曼陀羅の中心は——」

「定家、ですね」

「おそらくは。理論的に言ってその通りだろう……。とすると、この大日如来の場所には誰の歌が来ると思う?」

・胎蔵界曼陀羅

藤原定家 - - - 式子内親王

・金剛界曼陀羅

式子内親王 - - - 藤原定家

「式子内親王、ですか……」

「その通りだね。そうすると、二つの曼陀羅は、こう重なり合う」

　崇は実際に札を置いて、奈々にその位置の確認をさせた。

　奈々が覗きこむと、二つの曼陀羅は、綺麗な対称形を作っていた。

「どうだい。定家と式子内親王は、胎蔵界・金剛界曼陀羅で、上下こそ入れ違っているものの、ぴったりと重なり合うだろう。いや、むしろわざと互いに場所を入れ替えているんだろうな。そして、奈々くんの助言通りに一条院らの三人と、そして百人秀歌では違う歌に入れ替わっている源俊頼の歌は、金剛界曼陀羅では、どこかキーポイントに置かれているはずだ」

　崇は胡坐をかいて、煙草に火をつけた。

「あとは時間との勝負だな。試行錯誤の繰り返しだ……。これら二つの曼陀羅で、つまり定家は——」

と言い掛けた時、
ドアのチャイムが鳴った。

そして、

「おう、俺だ。小松崎だ」

という大きな声が、廊下に響いた。

崇は立ち上がり、遅かったな、と言いながら小松崎を迎え入れた。

「よう、奈々ちゃん。早いな——。ありゃ、何だこれ？　朝から二人でカルタ取りか？」

そこで崇は、

「つまり——」

と言って、今までの経過を小松崎に向かって、延々と説明した。

それを呆れ返ったような顔で聞いていた小松崎は、

「だから」一つ嘆息した。「なんなんだ？」

だから——、と今度は崇が、イライラと答えた。

「百人一首と百人秀歌は、実は定家の考え出した、歌曼陀羅だったと言っているんだよ」

「いや、それはよく分かった」小松崎は、眉を寄せた。「俺が聞きたいのは、その曼陀羅がどうかしたのか、ってことだ」

「曼陀羅は、曼陀羅だ」崇は、憮然として答える。「胎蔵界・金剛界という、二つの世界のことだ」

そんなことは知ってる！　小松崎は吠えた。

「そうじゃなくてな——」

「いや、熊つ崎。それを定家は、たった百四首の歌で作り上げたんだよ」

全く会話がかみ合わないまま、しかし崇は、平然とした顔で続けた。

「なぜ、定家がそんなことをしたのかと言えば、彼は後鳥羽上皇の怨霊を非常に怖れていたからだ。そこで彼は、自らの周りに『歌曼陀羅』という結界を張り巡らそうとしたんだ」

「そりゃあ、ご苦労なことだ」小松崎は、苦笑いする。「歌でね」

ああ、と崇は答えた。

「歌というものは、『鬼神をも泣かしめる』ほどの力を持っていると考えられていたわけだからね。特に百人一首などは——」

突然、崇の説明が途切れた。

視線が宙を浮いたまま、完全に止まっている。

「お、おい、どうした。タタル？」

小松崎は、火をつけようとしていた煙草をくわえたままで、崇を見つめて尋ねた。

しかし崇からは、何の返答もない。

完全に固まったままである。

——また狐憑きだ！

「タタルさん！」

奈々は、あわてて崇の側に駆け寄ろうとした。

その瞬間、崇は、

ガバッ！


と立ち上がった。

そして
「熊つ崎！　事件のメモを見せろ！」

「お——おお……。ここにあるけどな——」

小松崎は、上着の内ポケットから、ぶ厚い手帳を一冊取り出した。

すると崇は、それを破れんばかりの勢いでひったくると、瞬きもせず右に左にページをめくり始めた。

奈々と小松崎は、あっけに取られたまま、ソファの上からその様子を眺めていた。

やがて崇は、床の上に再び胡坐をかいた。

そして軽く目を閉じて、何やらブツブツと呟いては、手帳をめくる。

しかし、不思議なのは、右手の動きだ。

何もないのに——手元にカードでもあるかのように——床の上に置いた手を、上下左右に動かしている。まさに、棋譜を読みながら一人で将棋を指している棋士のようだった。

こうなっては、おそらく誰が声をかけてもダメだろう。

その証拠に、小松崎ですら、無言のままその崇の仕草を眺めながら、あきらめ顔で煙草をぷかりとふかした。

そして奈々は、冷たいコーヒーを、ごくりと一口飲んだ。


やがて——。

さすがに我慢できなくなって、ついに奈々が、

「タタルさん……」

と、声を掛けようとしたその時、

「やはりそうか……」

崇は呟き、手帳をポンと小松崎に投げ返した。

「どうしたんだよ、タタル？」額に大きくしわを寄せて、小松崎は尋ねる。「お前、少しおかしいんじゃねえか？　一体、何が——」

手帳を大事そうにポケットに仕舞いながら尋ねる小松崎を向いて、崇は言った。

「なあ、熊つ崎。今日、これから俺も真榊家に行ってもいいかな？」

「あ？　そいつは岩築のおやじに聞かなきゃあわからねえが、一般人は、多分無理だろうな」

「岩築さんも知らない仲じゃない。お前から頼んでくれないか」

「うーん……。でも一体、何故だ？」

不審顔の小松崎に、崇は笑いかける。

「真榊大陸殺害犯が解った」

「何だとお！」

今度飛び上がったのは、小松崎だった。

奈々も、コーヒーカップを取り落としそうになる。

「本当か！」

ああ、と崇は頷いた。

「多分、間違いはないだろう。ただ、一つ二つ確かめたいことがまだ残っているんだ」

「し、しかし、何だってお前、また急に——」

「真榊氏が見たという幽霊の件に関しては、前もって薄々解ってはいたけれど……、手に握っていた札の意味が、たった今、解った」

「——！」

「それについては熊つ崎、お前の言っていた通り、やっぱりダイイング・メッセージだったようだよ」

「なにい——！」

勢い込む小松崎に、崇は静かに頷き、そして床の上の百人一首を指差した。


——百人一首？　それが一体……。


「全ての札は繋がっているんだ」

「どういう風に？」

「名前だ」

「名前——？　名前はこの間、全部調べたじゃねえか。その結果お前は、あの札がダイイング・メッセージとすると、家族全員が犯人になっちまうと言って却下したんじゃねえのか？」

「――いや、そういう意味じゃない」

「じゃあ、どういう意味だ？」

小松崎のその質問には答えずに、崇は時計を見上げた。

「なあ、熊つ崎。岩築さんに会いたいんだが――」

「お、おう、おう！　ちょっと待て。今、連絡を入れてみる！」

小松崎はあわてて携帯電話を取り出すと、プッシュボタンを押した。

「おい、たのむぞタタル。あとからやっぱり私の勘違いでしたじゃすまねえんだぞ」

と疑いの眼差しを投げかける小松崎の隣で、崇は、じっと百人一首札を眺めていた。

そして奈々は――、
再び途方にくれた。

《つきやどるらむ》

奈々たち三人は近くの喫茶店で軽い昼食をとり、そのまま小松崎の運転する車で真榊家に向かうことにした。

先程の電話では岩築警部は、やはり一般人の同席は困るという返事だった。

しかしそこは、小松崎が無理矢理ねじ込んだ結果、まあ崇とは知らない間柄ではないし、家族の事情聴取の前ならば少し時間を作ろう、ということになった。

やはり岩築も、崇の「犯人が解りました」という言葉に心が動いたことは事実だったろう。

——でも、本当に解ったのかしら？

バックシートに二人で並んで座りながら、奈々は不安を隠せずに、じっと崇の横顔を見つめる。

一方崇は、じっと目を閉じたまま身じろぎもせずに、深々とシートに体を沈めていた。

小松崎は時折バックミラーで二人の様子をチラチラと眺めていたが、一言も言葉を発しない崇の様子に、珍しく無駄口も叩かずにハンドルを握っている。

奈々は、崇の横顔と、窓の外を流れる景色を交互に見つめる。そして、不安と好奇心で高鳴る胸の鼓動を抑えながら、口を閉ざしたまま車に揺られていた。


やがて車は白山通りを左に折れ、大きな和風の邸の前で停まった。

話には聞いていたけれど、想像していたよりもはるかに立派な邸だった。確かに小松崎の言うとおり、和風旅館と見まごうばかりである。

車を降りると小松崎は、インターホンを通して名前を告げる。

やがて中から私服の刑事が姿を現し、小松崎と挨拶を交わした。次にその男は、奈々たちに向かって、

「堂本です」

と名乗った。

その態度からみて、彼は小松崎と知り合いらしかった。一見して、生真面目そうな刑事である。

奈々たちは、堂本の後について邸の中に入る。

綺麗に敷き詰められた丹波石を踏み、ようやく辿り着いた広い玄関を上がると、一間廊下が真直ぐに伸びていた。すぐ左手には、二十畳ほどの開け放たれた応接間が見える。

応接間の窓からは、日本庭園が覗け、よく手入れの行き届いた柘植や松が、緩やかな風にそよいでいた。

応接間の向かい側、右手の部屋がキッチンになるのだろう。手伝いの柿崎里子のテリトリーだ。

キッチンの隣、向こう側には幅一間の階段が二階へと続いている。階段に隠れて見えないけれどその奥の部屋が、秘書たちが泊まる時に使用する部屋に違いない。年に一回だけ使用するために、わざわざ作られているのだ。

階段の真向い、廊下左側の部屋が食堂である。廊下側の壁が、大きな磨りガラスの窓になっている。

この食堂のイスが全部埋まる——つまり家族全員と秘書二人が揃う——のも、年にたった一回だと言っていた……。

廊下の突き当たりには嵌め殺しのガラス窓が見え、その先には芝生の庭が広がっていた。夏になれば、きっと青々とした光がこの廊下に差し込むに違いない。

実にゆったりとした造りである。

　奈々たちは一番手前の応接間に通された。

　入るなり、

「おお……」

　と声を上げたのは、崇だった。

「これも光琳のカルタだ！」

　崇は、壁に顔を近付ける。

　部屋にはまだ誰もいないのをいいことに、小松崎はいきなりソファにドカリと腰を下ろした。そして、

「またタタルの趣味が始まりやがった」

　と呟いて煙草に火をつけて一服する。

　堂本は、今警部をお呼びして来ます、と言って姿を消した。しかし崇はそれにも気付かない様子で、壁の絵に見入っている。

「これは俊成本歌仙絵だ！　現在のところ十一種しか見つかっていないものだ」崇は小さく叫ぶ。「勿論コピーには違いないだろうが、一体どこで……。しかも、その隣は狩野探幽じゃないか。そして……おお、こっちは菱川師宣じゃないか！『百人一首像讃抄』だ。さすが、彫線も美しい上に明快な画だ。素晴らしい」

　もじもじしている奈々に小松崎は、タタルは放っておいて、まあ座れ、と声をかけた。

崇は周りが全く目に入らなくなっているのか、これは西川祐信だ、とか、長谷川光信だとか、奈々の全く聞いたこともない人名をぶつぶつと呟きながら、部屋を一周している……。

そうこうしているうちに堂本が再び姿を現し、その後から大きな体格の男がスポーツ刈りの頭をボリボリと掻きながら、ぬっと姿を見せた。

彼が岩築警部なのだろう。その名の通り、日に焼けた岩のような顔つきをしている。

奈々たちはソファから立ち上がり、ペコリと頭を下げて挨拶をする。

「無理を言いまして申し訳ありません」

と言う崇に岩築は、

「久しぶりだな、元気だったのか？」

と笑いかけた。

人懐こい笑顔だった。

「この家の連中が全員集まるまで、まだ少し時間がある。その間に、君の話を聞こうじゃねえか」岩築はソファに腰を下ろすと、ハイライトに火をつけた。「それで、なんだって？」

「ええ」崇は答えた「しかしその前に、少しこの家の中を見学させていただいてもよろしいでしょうか」

「おい、タタル！」小松崎は崇を睨む。「絵の見物は、話の後にしろ。俺たちは忙しいんだぜ！」

「馬鹿。忙しいのは俺と堂本だ。良平、お前じゃねえ」岩築はソファに寄りかかったままで言った。「——あんまりうろちょろされちゃ迷惑だが、手伝いの里子さんがいる。ちょっくら聞いてみよう。その間に俺も、この堂本と打ち合せを済ませるか」

「ぜひ、お願いします」

崇は仏頂面のままで最敬礼をした。

結局、岩築の取り計らいで、二人が最終の打ち合せをしている時間、崇たち三人は里子の案内で邸の中を一回りすることを許可された。

小松崎の話の通りに、真榊邸は階段の壁にも二階の廊下にも、ずらりと百人一首札が飾られている。それは絵だけにとどまらず、奈々の全く読解不能な文字の並んだ色紙まで無数にあった。

奈々は啞然としたまま、皆の後ろをついて歩いた。

これではまるで、小学生に返って美術館見学にでもやって来たようだ。

一方崇は、一枚一枚に足を止めて、ほうとか、へえとか感嘆の声を上げて見入っていた。

やがて二階の廊下まで上がって来た時に、崇はふと里子を向いた。

「真榊氏は確かに百人一首に関して、かなり造詣が深かったようですね」

「ええ……」と里子は微笑む。

可愛らしい笑顔だ、と奈々は思った。

素直に歳を取っていった、という感じの笑顔だ。

「百人一首は、旦那様の唯一の御趣味でしたから……。お分かりになりますか？」

「ええ」崇は頷く。「珍しい、というかマニアックな札や色紙を集められていたということは勿論ですが、この飾り方がきちんと系統立っている」

「？」

「例えば一階からこの階段までは、天智天皇の『秋の田の――』の歌から始まって、猿丸人夫の『奥山に紅葉踏みわけ――』、業平の『ちはやぶる――』など、全て秋の歌で飾られている。そして踊り場は、文屋康秀と春道列樹の、

吹くからに秋の草木のしをるれば　むべ山風を嵐といふらむ

山川に風のかけたるしがらみは　流れもあへぬ紅葉なりけり

の二首で繫ぎ、踊り場からは大納言経信や、能因法師、参議雅経らの『風』の歌へと移っている」

「まあ！」里子は目を大きく見開いた。「私、全く知りませんでしたわ！」

「――但し、完璧に構成されているとは言い難いが……」崇は言った。「二階の廊下は、

『夜』と『白』がテーマになっていますね。『ながからむ心も知らず黒髪の――』という待賢門院堀河(たいけんもんいんほりかわ)の歌や、『あしひきの山鳥の尾のしだり尾の――』の柿本人麿(かきのもとのひとまろ)の歌。『御垣守(みかきもり)衛士のたく火の夜は燃え――』の大中臣能宣朝臣(おおなかとみのよしのぶあそん)。『春過ぎて夏来にけらし白妙の――』という持統天皇の歌。その他、沢山の歌がこの廊下を飾り、そしてこの坂上是則(さかのうえのこれのり)の、

朝ぼらけ有明の月と見るまでに　吉野の里に降れる白雪

の歌で繋いで、おそらく三階は『月』を中心とした歌が飾られているんでしょう」

「――！　そう、なんですか……私、今までちっとも気付きませんで――お恥ずかしい」

里子は頬を赤く染めた。

しかし、小松崎も目を丸くして崇の話を聞いているし、奈々に至っては――何度も言うように――まず、その文字が読めない。

崇は、ずいぶんと大陸の寝室まで覗いた。

そこは――と止める里子に、いえ、中には入りませんからと言ってぐるりと見回し、ほう！　と大きな感嘆の声を何度も上げた。

中でも寝室の入り口の上に掛かっている、大陸自筆の額に一番注意を引かれたようだった。

「まさにこの邸は百人一首によって彩られている。いや、百人一首という結界の中に存在していると言っても過言ではないほどだ……。それよりも、あなたにお尋ねしたいんですが」

崇は階段を降りながら、里子を見る。「先程からあなたは、しばしば時間を気になさっているようですが、何か？」

「あ。……すみません」里子は、そそくさと腕時計を隠した。「癖なんです。幼い頃からの。別にこれと言って、深い意味は全くないんですけれど——」

「しかしよ。そのおかげで、大陸氏の事件も玉美さんの事件も、詳しい時刻が分かったんだぜ。そうでしょう、里子さん」

庇うように言う小松崎に、里子は、そんな……、と言って恥ずかしそうに俯いた。

応接間に戻ると、岩築と堂本は二人でお茶をすすりながら一服していた。もう打ち合せは済んだのだろう。

「どうだった、美術館見学は？」

と笑いかける岩築に崇は、

「非常に有意義な時間でした」

と真顔で一礼した。変な奴だぜ、と小松崎は誰に言うともなく呟いた。

「あの……」里子がもじもじとエプロンの裾を両手でつかみながら尋ねた。「ところで警部さん——」

「何ですかな？」

「……今日は、皆さんお集まりで、一体どんなお話なんでしょうか？」

岩築と堂本は互いに目配せをする。やがて岩築が顎で堂本に合図を送ると、堂本は、ゴホンと一つ咳払いをして里子を、そして奈々たち三人をぐるりと見回した。

そしておもむろに口を開く。

「実は……玉美さんの件で」

「玉美お嬢様？」

「そうです——。何と言うか、その——いずれ後程、皆さんお集まりの時に話すつもりでおったんですが」

「——何か？」

「玉美さんは、実のところ——自殺ではなかったんですよ」

「え？」

「殺されていたんです」

「——！」

里子はぐらり、とよろめく。

目を見開いて、口をパクパクと開けたが、しかし言葉は一言も発せられなかった。

「そうなんです、里子さん」一方岩築は、そっけなく言う。「我々の勝手な事情で、十ヵ月も伏せさせてもらいましたがね、しかしそろそろ発表しなくちゃならねえ。そこで今日、これから家族の皆さんにそいつを伝える、ってわけです」

「——そんな……信じられません……」里子の瞳が潤んだ。「それじゃ……玉美お嬢様は……一体、誰に？——」

「そいつが解れば——」

と岩築が言い掛けた時、いきなり横から割り込んだのは崇だった。

「犯人は解っています」


——な！

奈々は唖然として崇の横顔を見る。

しかし崇は涼しい顔で、鼻の頭を掻いていた。

周りを見れば、岩築も堂本も小松崎も、そして里子も、全員が腑抜けたような顔つきで崇を見つめていた。

「殺害に至る動機は、これから岩築警部が調べてくれることでしょう。しかし、犯人は誰いるのか——」

「ち、ちょっと待ちなさい、君」堂本はあわてて崇の言葉を遮る。「君は自分で何を言って
か、ということならば解っているし、物理的にもその人物以外ありえない」

「解っていますよ、勿論」

崇の返答に、部屋は緘黙した。

しばらくして、ようやく重い口を開いたのは岩築だった。

「——まだ静春君たちが集まるまで、時間はある」時計を見上げながら言う。「それまでの間で、崇君の話を聞こうじゃねえか……。里子さんは一度下がってもらうか」

「いえ」崇は手を挙げてそれを制した。「よろしければ一緒にいていただきたい」

ビクリ、と里子は背筋を伸ばして顔を上げた。

岩築は、眉根を寄せて腕を組んだ。

堂本は、不安気に岩築の顔を覗き込む。

小松崎が、ゴクリと唾を飲み込む音が聞こえた。

奈々は——、

岩築の考えていることは解る。

運よく崇の推理が当たっていて、めでたく犯人検挙に繋がれば何の問題もないが、まずい

のは、もしも全く見当外れだった場合だ。内輪の話ならばうまくフォローもできるだろうが、里子という第三者、あるいは当事者がいてしまえば、そのフォローも効かなくなってしまう……。

シュボッ、

と岩築の百円ライターの音がして、口にくわえたハイライトから青い煙が上がる。

「わかった」岩築は、吐き出すように言った。「崇君の好きにしろ——。但し、里子さん、ここであんたが耳にしたことは、まだオフレコにしてもらいたい。もしも、それができねえ場合は、今すぐにここから出て行ってもらいてえが、どうだ？」

里子は、わかりました、と言って何度も頷いた。

「それでは」と岩築は言い、堂本は手帳とペンを取り出した。「とりあえず、全員座って」という岩築の指示通りにテーブルを囲んで皆は腰を下ろす。

奥のソファには岩築と堂本が二人並び、その正面には奈々、崇、小松崎が三人並んで座った。里子は岩築と奈々の側に、丸イスを持って来て腰を下ろした。堂本は手帳を開き、早くも何かサラサラと書き付けている。部屋の空気が張り詰め、奈々は大きく深呼吸した……。

「では——」

崇がゆっくりと口を開いた。

「今回の大陸さんと玉美さんの二つの事件のポイントは、言うまでもなく『時間』です。大陸さんの場合は、最後に里子さんがその姿を見た十時二十五分以降、誰も寝室を訪れていないという里子さん自身の証言にもかかわらず、何者かがまるで幽霊のように現れて、大陸さんを殺害した。そして玉美さんの場合も、この邸の中にただ一人残っていた里子さんの目を掠めて、犯人は自由に出入りして彼女を殺害した——。これらのできごとに関しては、いくつかの仮説が立てられますが、その中でも一番有力なのは、里子さんが両事件の単独犯だった、という説でしょう」

里子はビクリと背筋を伸ばし、目を見開いた。

そして、私は——と言いかけたが、崇の言葉がそれを遮った。

「もしも里子さんが犯人であるならば、大陸さん殺害時刻に、里子さんの部屋の前を他の人物が誰も通らなかったという証言と矛盾しませんし、何と言っても玉美さん殺害時に邸の中にいた唯一の人物ですからね……。ただ、この説に対する有力な反論は——岩築警部の行なったポリグラフ検査の結果も踏まえて——里子さんが両事件ともに第一発見者となっている、という点です。玉美さん殺害はどのみちタイムラグがありますが、大陸さん殺害に至っては、自分以外疑われる人間がいない状況を、自らの証言で作ってしまっている。大陸さんの寝室で物音がした、と言って部屋を飛び出した行動——これは本当の殺害犯ならば、全く不必要な行動です。わざわざ全員を呼びに出ることはない。部屋に戻って、物音には気付きませんでしたと言って、朝まで寝ていればいいんですからね。そうすれば、たとえ翌朝、大陸氏の死体を発見するのが自分であったとしても、殺害時刻を限定されるのを大幅に防ぐことができたでしょう。もしかしたなら、夜中に家族の誰かが大陸氏を訪ねて来るという可能性も残っていますしね。それとも、敢えて家族の全員を呼び起こさなくてはならない理由でもあったのでしょうか？　これも今のところ考えにくい。実際にそうしたおかげで、自分が一番疑われる状況に陥っているわけなんですから」

「だって、わ、私は、旦那様を殺してなど――」

震える声で訴える里子に向かって、

「そうでしょうね」

崇は冷静に答えた。

そんな二人をじろりと見て、岩築はぷかりと煙草をふかした。

「しかし崇君。そう断定もできねえだろう。里子さんの証言を全て鵜呑みにしちまうと、袋小路に迷い込んじまう」

――確かに、里子が犯人と考えた方が事は単純だ。

それに岩築の言う通り、里子の証言を正しいと仮定すると……。

「ではここで一応、里子さんは犯人ではなく、また嘘もついていないとすると、この状況はどう解釈したらいいでしょうか？」

尋ねる崇に、岩築は顎を捻りながら答える。

「まあ、里子さんの勘違い、って線だな」

「その通りです」崇は頷いた。「里子さんの記憶違い」

「私、記憶力には自信があります――」

小声で反論する里子に顔を向けて、崇は言った。

「実にそれこそが、この事件の問題点なのです」


奈々は、崇の言う意味が理解できなかった。

しかしそれは小松崎も同じと見えて、口を開けたまま崇を見つめていた。そして眉根を寄せて崇に尋ねる。

「一体、それのどこが問題なんだ？」

「里子さんの記憶力は定評があるらしい。学生時代などは、暗記科目では素晴らしい成績を残した、と聞きましたが」

「え、ええ――」

いきなり面と向かって誉められ、里子は、少しはにかみながら頷いた。

「しかしあなたは、大学までは進まれなかった」

「はい。色々と事情がありまして――」

「家庭の事情ですか？　それとも他に？」

——そこまで訊く必要があるのか⁉

奈々は呆れて、崇の横顔を睨む。

しかし崇は、涼しい顔で里子を見つめていた。

「い、いえ。そうではなくて——」

「——解りました。一応それはおいておきましょう……。では何故、里子さんはそれほど暗記力が優れていたのか？」

「何故って、タタル。そりゃあ天性のものだろうが」小松崎は憮然として答える。「うらやましいかぎりだ」

「里子さん、申し訳ないんですが——」

崇は小松崎を無視して言った。

「はい？」

「一つ二つ、クイズを出してよろしいですか？」

「え？」

里子は戸惑い、岩築と崇の顔を交互に見上げる。

「おい、崇君」岩築はその視線に応えて、助け船を出した。「それは今回の事件解明に必要なことなのか？」

「はい。核心、と言えるでしょう」

「…………」

岩築は腕組みをして、しばらく顎をひねっていたが、やがて、

「里子さん。ここは一つ、彼に協力して頂きたい」

と言った。

里子は小声で、はい、と答えたものの、その顔には緊張の色が走っていた。両手はテーブルの下で、エプロンの端をぎゅっ、と固く握り締めている。

「では——」

と崇は言い、いつの間に用意していたのか、ノートを一冊取り出すと、真っ白なページを里子の前に広げた。

「よろしいでしょうか、里子さん。これから俺が、ここに何桁(けた)かの数字を書きます。それをあなたに数秒間見せますから、その間に覚えて下さい。そしてその後、俺はその数字を隠します。次に、あなたに今覚えた数字を答えてもらう、という単純な暗記力テストです」

それを聞いた里子は、いくらか安心した様子で、ホッと肩の力を抜いた。この分野は本当に自信があるのだろう。

しかし今更、わざわざ時間を費やして、こんなテストをする必要があるのだろうか？

実際に、里子の暗記力を確かめようという実験なのだろうか。

それとも——何か他のことを？

そんな奈々の気持ちを知ってか知らずか、崇はノートにランダムに数字を並べた。

5696381
そして数秒後、里子の目からは見えないようにノートを立てた。

「どうぞ」

里子を促す。

里子はもじもじしながら、

「五六九六三八一」

と答える。

次に崇は、
74281056
と書く。

「七四二八一〇五六」

再び里子は正解する。

それを三、四度繰り返し、里子が全て正解すると、崇は言った。

「素晴らしい。一般的に、人間が一瞬で覚えることができる数字の羅列（られつ）は、七桁程度と言われている。しかし里子さんは、最終的には十二桁まで一瞬のうちに暗記されました——。しかし、実のところ問題はここからなのです」やや上気した顔の里子に向かって崇は言う。「非常に重要な部分です。心の準備はよろしいですか、里子さん」

「——はい」

里子は上目遣いに崇を見て答えた。

心なしか青ざめて見えるのは、一瞬、気を緩めた所に追い打ちをかけられ、再び緊張の波が襲いかかったからだろう。

「これからのあなたの答えによって、人一人の運命が大きく左右されます。慎重の上にも慎重を期して答えて下さい」

「——はい」

里子はまたもや大きなプレッシャーを担ってしまった様子で、膝の上の両手が再びぎゅっ、と握り締められた。

「これから俺がいくつかの言葉を小さな紙に書きますから、今度はそれを覚えて下さい」

と言って崇はノートを破り、およそ五センチ四方ほどの小片を五枚作った。そしてそれに一枚ずつ何か言葉を書き込む。やがてその作業が終わると、崇はまず一枚の紙を里子の前に置いた。

そこには、

『白』

と書かれてあった。

崇はすぐにその紙を引っ込める。

「何と書かれていましたか？」

「白――ですけれど」

「よろしい。次です」

次の紙には、

『夜』

とあった。崇は再び同じ動作を繰り返し、里子は「夜」と答える。

そして順番に、

『月』『風』『桜』

と続いた。

里子が全て正解した後、崇は今度は五枚全部の紙を里子の前にバサリと投げ出して言った。

「では里子さん。今まで出てきた言葉を、左から順番にここに並べて下さい」

「――！」

里子の顔面に動揺が走り、テーブルの上に出しかけた手が小さく震えた。紙を取ろうとしても、その手はただ震えるばかりで、虚しく宙を右に左に往復するだけだった。

そしてついに——、
一枚も手にすることはできなかった。

「里子さん」崇は言う。「ではこうしましょう。今度は三枚でやってみましょう」

そして同じ試みを繰り返す。

今回は『桜』『白』『風』の順だった。

しかし里子は、再び一枚も手にすることができなかった。

崇が三度同じ試みを行なおうとした時、

「わ、私……私は——」

里子は涙声で崇に訴えた。

崇は黙って頷くと、テーブルの上の紙をくしゃりと丸めた。

そして、

「大変失礼しました、里子さん。俺はただ、あなたの心を傷つけるためにこのようなテストを行なったわけじゃない、ということは理解していただきたい」

深々と頭を下げた。

「こいつは一体どういうこった！」

顎をひねりながら、岩築は崇に尋ねる。

その隣の堂本は、目を大きく開いたままで、手に持つペンが止まっていた。

そして奈々と小松崎は、じっと崇の説明を待つ。

「つまり、里子さんは暗記力——記憶力は人一倍優れているけれども」

崇は嘆息をつく。

「順番を組み立てられないのです」


——え！

奈々は唖然として崇の顔を見る。

その言葉は冗談ではなかったのだろう。見れば里子は耳まで赤くして、じっと俯いたままだった。

「そんな——」小松崎は言う。「しかしさっき、数字は判ったじゃねえか」

「それは里子さんの——無意識の内の、テクニックだろう。例えば569638１という数字ならば、五百六十九万六千三百八十一という一塊りとして覚えてしまう。そうすれば、全く順番を気にする必要はない。ただこれは里子さんのために一言弁明しておきますが、この、順番を組み立てられないという現象は、一般に言う知能の問題というよりは、むしろ一種の脳の病なのです。強いてあげれば、サヴァン症候群に近いと言えるでしょう」

――サヴァン症候群！

「奈々くんも一度くらいは耳にしたことがあると思うけれど、これは余りにも集中力が一点に集約されすぎるために、他の事柄が全く疎かになってしまう、という脳の病気だ。里子さんが実際にこのサヴァン症候群なのかどうかは医師の診断を待たなくてはならないけれど、これは別に珍しい病気じゃない。似たような症状ならば、いくらでも見かけることができる。芸術家や作曲家や作家などにね。ある人は美しい風景に出会うと時間の観念が全くなくなってしまうだろうし、またある人は歩きながら数学の問題を考え始めてしまったために、気が付いたら見知らぬ場所にいたとか、その例は枚挙に暇がないほどだ……。勿論、その症状が重くなれば、入院して薬物治療ということになるけれど、しかし彼らは、ただ単にボーッとしていたわけじゃない。ある一点に意識が集中しすぎたんだ……。そして里子さんの場合は『記憶する』ということに全ての集中力が向かいすぎてしまう結果として、起こる。ただこれは、もしかしたならば、里子さんは元々、上手く順番を組み立てることが不得手だったのかも知れない。そしてそれを補う形で、記憶力が人の倍ほども優れるようになった、とも考えられるけれど、それは脳神経科医の分野になる」

——順番が解らない……。

「元々、我々の記憶などは当てにならないものなんです」

茫然としたままの奈々たちをぐるりと見回して、崇は続ける。

どこかで聞いた科白だ。

そうだ、

外嶋も同じことを言っていた！

「所詮記憶などは、脳の中、側頭葉の下部に位置する海馬で起きる電子のパルスにすぎないんだから。刹那とはよく言ったもので、そんな脆弱な基盤の上に、我々の記憶というものが成り立っている……。『自分が死んだら世界は終わる』という昔から言い古されて来ているシニカルな命題どころか、物理的に現実問題として我々は日々死んでいるんです。『我思う故に——』と言ったところで、その『我』は一体いつの時点の『我』なのかも解らない。ただ、ここから先は末那識・阿頼耶識といった仏教の領域に踏み込んで行かざるを得ないので、今この場では止めておきましょう……。とにかく——。

我々の体細胞の数は六十兆個。そして新陳代謝によって、脳細胞以外の細胞の大半はわずか二十八日周期で新しく入れ替わります。ちなみに筋肉細胞は十ヵ月、骨細胞ですら約二年です。つまり、現在の我々の体はわずか二年後には、全く新しい肉体に変わっているということです。そんな中、いくら脳細胞だけは入れ替わらないと言われていても、全ての入れ物が変わってしまっている以上、有機的に繋がっている中の物体にだって何らかの変化は起こっているはずだ。ということは、つまり当然、記憶も変化しているだろう、ということです」

「し、しかしよ——」小松崎が口を開く。「本当にそんな、順番が解らねえ、なんてことが誰にでも起こりうるのか？」

「じゃあ訊くが、熊つ崎。二週間前に俺たちは、神宮前に行ったよな」

「お、おう。行った」

「店の名前は？」

「カル・デ・サック」

「何を注文した？」

「黒ビール」

「料理は？」

「プレーンオムレツと野菜スティックと……チーズクラッカー」

「その通りだ。よく覚えているな。では、その料理の出てきた順番は？」

「へ？」

「その三品を、出てきた順番に並べてみろ」

「そ、そんな――昔のことは覚えちゃいねえよ」

「じゃあ、ついさっきのことだ。俺とお前と奈々くんと里子さんでこの邸を見学した。そして戻って来てこの部屋に入ったんだけれど、四人の入った順番は？」

「は？」

「どうした？　その場面は覚えてはいるだろうけれど、順番までは解らないだろうが。それと同じだ。そしてその時、例えば部屋に早く入ろうとして意識がそちらに集中しすぎるあまりに、自分の隣に誰がいたのか覚えてもいない、というような症状が、一種のサヴァン症候群だ」

「…………」

「里子さんもまさに、一つ一つの事柄はきちんと、いや一般の人以上に記憶している。ただその順番が混乱してしまうんだ。おそらく俺が思うに、個々の記憶と記憶を繋ぐ回線が上手く作動せずに起きる症状だろう――。里子さん」

　いきなり名前を呼ばれて里子は、はい、と答えて背筋を伸ばした。

「確かあなたは、しばしばデジャ・ビュやジャメ・ビュに襲われる、とおっしゃっていたそうですが」

「え、ええ……」

「それも、このことと関係があると思うんです。初めて見たはずの風景なのに、以前に一度見たことがあるような気になる——これなどは、明らかに脳の中の誤った情報処理の結果として起こる現象にすぎないんですが、里子さんの場合は、また少し違った原因があると思います」

「と、言いますと——?」

「それは、里子さんの頭の中で、体験した風景を順番に組み立てられないことから来るものなのではないでしょうか。景色が、頭の中で混線してしまうんでしょう。ほんのついさっき見た風景を、まるで何年も前に見たことのある風景と錯覚してしまうからです。ただ、この症状はいつも起こるというわけではない。頻繁に起こっていたならば、あなたの日常生活が立ち行かない。だから、この特異な症状は、里子さんが酷く緊張した時に現れると考えていいんじゃないでしょうか。そして事件の当日、錯乱している大陸氏の姿を目にする、という非日常に遭遇した里子さんの神経は、当然——緊張していたと考えられます」

——あっ! ……それでタタルさんは先程、里子さんにしつこいくらいにプレッシャーをかけたのか……。

奈々は心の中で納得した。

崇は言う。

「そのために、里子さんは人より優れた暗記能力を持ちながらも、学生時代の定期試験や、あるいは入学試験では思うような成績を残せなかったのでしょう――違いますか？」

「……はい」

里子は目を伏せて頷き、ふっ、と嘆息をついた。

まるで今までずっと気付かないふりをして背負っていた重い荷物を、一気にドサリと前に投げ出したように。

「大事な試験になると、いつもそうでした。単純に覚えている答えを書き込む問題は、難なく正解できたんですが――」

「特に理数系は辛かったでしょう」

「はい……。それで私としては正解を書き込んだつもりなのに、不正解になることが多々ありました……。自分自身途方にくれてしまって……実はそれが理由で大学進学を諦めたんです……」

里子は膝の上に載せた両手を眺めながら、誰に言うともなく呟いた。

奈々は思う。

きっとそれは――特に思春期の里子にとっては――堪え難いような出来事だったに違いない。

自分の物でありながら、自分の思う通りに動かない脳――。

やはり里子の場合はもともと、側頭葉のどこかの部分に障害があったのだろう。そのためにそれを補うべく、記憶力が発達したのだ。

里子の過ごした不安な日々を思うと、奈々は切なくなった。

そして今でこそ病名がつき、一種の病気として認識できるが、その当時はもしかしたならわけの解らない、いや病気とさえ認識できない、
まるで、狐に誑かされたような……。

――！

いつか祟が言っていた。

名前があるから、病気が存在する。

名前がなければ、病気は存在しない……。


「しかしお前、いつそれに気付いた？」

という小松崎の問いに、祟は答える。

「里子さんが、細かく時間を覚えすぎていた」

「？」

「何故それほど細かく時間を覚えている――細かく時計を見ているのか？　それは習い性というやつだ。そうでもしなければ、自分の一日を組み立てられなくなってしまうのではないかという恐怖心があるからだろう、と思った」

「——なるほど。すると問題は、その里子さんの病気が、今回の事件とどう関わり合っているのかっていう点だな」

小松崎はドサリとその体をソファに投げ出した。

「まさにその点だ」

崇は再びノートを開く。

そして、ページを一枚破り取ると、それをさらに、幅十センチほどの長方形の短冊の形に破った。

一体、何をしているのだろう？

訝しむ奈々の隣で、崇はそれらの紙、一枚一枚に文字を書き込んでいく。

そして、いちいち確認しては、印を付けたり付けなかったり……。

周りの誰もは——あの、小松崎でさえ——一言も口をきかずに、崇のその作業をただ見守っていた。

やがて、全ての短冊に文字を書き込み終えると、今度は崇は、それらをテーブルの上に、一枚一枚丁寧に並べた。

奈々を始め、全員はあわててそれを覗き込む。

1、大陸に呼ばれる。

2、水を取りに一階に向かう。

3、皓明の上がって来る姿を見る。

4、皓明の帰る後ろ姿を見る。

★

5、大陸に水を渡す。

6、自分の部屋に向かう。

7、物音を聞く。（大陸殺害）

8、自室を飛び出す。　★

9、玉美の姿を見る。　★

10、全員を呼びに行く。　★

これらが、と崇は口を開いた。

「里子さんの視点で構成した、大陸氏殺害当日、午後十時二十分以降の出来事です。この証言の結果として、里子さんが大陸氏に水を手渡してから以降、誰一人として氏の寝室を訪れていないのにもかかわらず大陸氏が撲殺される、という不可能犯罪の素地が出来上がってしまったのです」

「——おい、タタル」右から順に並んだ紙を覗き込んで、小松崎が不思議そうに尋ねる。

「この★印は一体何だ？」

「これは里子さんが大陸氏の死体を見ている、という印だ」

「しかし途中の、この四枚目にもついているぞ」

「里子さんは『見た』と言っている」

——あっ！

それは、

「里子さんが、予知夢だと思った、という証言の部分ですね！」

奈々は叫び、崇は、そうだ、と頷く。

「おい、崇君」岩築は、もう我慢できないという様子で、テーブルの上に大きな体を乗り出した。「では君は、それは予知夢ではなく、里子さんは本当に死体を見た、と——」

「そう考えていいでしょう」

崇は岩築を正面から見据えた。

なにい、と岩築は唸る。

「本当に見た、だと？」

「そうです。本当に、見た」

「そりゃあ……」岩築は、ポリポリと胡麻塩頭を掻いた。「どういうことだ？」

そのままです、と崇は冷静に答えた。

「この時点で、里子さんは、大陸氏の死体を目撃していたんです」

「――ってことは……」

そうです、と崇は頷いた。

「ここで、記憶の入れ違いが起こっていた、と考えられます」

「するってえと……どうなる？」

「当然、四番の紙は、八番以降に繰り下がるはずです」

と言って、崇は紙を手に取ると、テーブルの上を滑らせた。

「ここの場所ですね――。大陸さんが殺害された後、そして里子さんが自分の部屋を出た後へと」

そして、八番と九番の間に差し入れた。

1、大陸に呼ばれる。

2、水を取りに一階に向かう。

3、皓明の上がって来る姿を見る。

5、大陸に水を渡す。

6、自分の部屋に向かう。

7、物音を聞く。（大陸殺害）

8、自室を飛び出す。★

4、皓明の帰る後ろ姿を見る。★

9、玉美の姿を見る。★

10、全員を呼びに行く。★

「しかしここで、もう一ヵ所、おかしな点が出て来ます。それは、三・五・六番の繋がりです。もしもこの順番の通りならば、里子さんは皓明さんと廊下のどこかですれ違うはずなんですが——里子さん。その記憶はありますか?」

「いいえ——」

と首を横に振る里子を見て、崇はぶっきらぼうに言った。

「二、三番の繋がりは分かります。里子さんが、一階に下りて行く途中で、二階に上がって来る皓明さんとすれ違った、ということですから……。しかし大陸氏に水を手渡して以降、皓明さんと廊下ですれ違った記憶はないが、暫くたって——大陸氏の部屋の物音を聞いて自室を飛び出してから——何故か里子さんは、皓明さんが三階に上がって行く、その後ろ姿を見ている」

「そうだな」小松崎も大きく頷いた。「この通りだとすると、里子さんが大陸氏に水を渡してる間、皓明氏は幽霊みてえにどこかに消えちまってることになる。そして大陸氏が死んだあとに、また再び廊下に姿を現して、三階に上がって行ったってことになっちまうな。こりゃあ、本当にお化けだ」

小松崎の言葉を無視して、崇は続けた。

「しかし、もしもここで、記憶の入れ違いがもう一ヵ所あったとしたならばどうでしょうか?」

　——え？

「記憶が一度バラバラな断片に分断されて、再び新しい記憶として構成し直されたと考えれば、決してありえないことではない」

　突然、奈々の脳裏に、崇の部屋に散らばっていた百人一首の札が浮かび上がった。

　もともと、一つに繋がっていたものが、わざと——あるいは、何らかの拍子に散乱してしまう。するともうその時点では、元あった姿は、影も形もなくなってしまって……。

　無理に繋げようとする我々の目の前には、全く新しい繋がりを持ったモノが、その姿を現すのだ——。

　そんな奈々の思惑をよそに、崇は言った。

「これが正解でしょう。こう考えれば、全ての出来事が、午後十時二十分から午前零時の間にきちんと納まる。そしてもちろん、幽霊も出てこない」

　崇は三番の紙を、六番と七番の間に差し入れた。

1、大陸に呼ばれる。

2、水を取りに一階に向かう。

5、大陸に水を渡す。

6、自分の部屋に向かう。

3、皓明の上がって来る姿を見る。

7、物音を聞く。（大陸殺害）

8、自室を飛び出す。★

4、皓明の帰る後ろ姿を見る。★

9、玉美の姿を見る。★

10、全員を呼びに行く。★

岩築は、全ての紙を順に指で追いながら呟いた。

「——ということは！」

「犯人の可能性として、玉美さんの他に皓明さんも浮上してきたということです」崇は答える。「この順序ならば、無理なく彼は大陸氏の寝室に入ることができます。里子さんが皓明さんの二階に上がって来る姿を見たのは、大陸氏に水を渡して自室に戻る時。そして皓明さんの後ろ姿を見たのは、物音がして自分の部屋を飛び出した時——。こう考えれば辻褄（つじつま）が合います」

「つまり、皓明にも大陸氏殺害の時間的な可能性が充分にあるというわけか！」

岩築は唸り声を上げ、頭をかきむしりながらソファに大きくのけぞった。

その隣の堂本は、テーブルの上のその紙に集中しすぎた余り、ペンを取り落とした。そしてあわてて拾い上げ、メモに急いで書き写し始めた。

小松崎は先程から難しい顔のまま腕を組み、ぐうう……と鼻の奥を鳴らしている。

崇は一人冷静に、そんな観客を見回して言った。

「——そういうことです。こう考えればむしろ玉美さんよりも、皓明さんにその機会は多くあったと言えるでしょう」

「なるほどな」岩築は相変わらずボリボリと頭を掻きながら、崇に言った。「確かに——里子さんの記憶が混線していたと考えりゃ——崇君の意見は正しいかも知れんな……。じゃあ、もう一つ。玉美さんの事件についてはどう考える？」

「やはりここでも、里子さんの記憶の順序が混線したのでしょう」

「――ってことは？」

「邸の中にいた時間です」


「ちょっと待てタタル」小松崎が口を挟む。「お前が、邸を出た人間の順番を言ってるんなら――確か里子さんは、皓明が一番最後まで残っていたと証言した。しかし皓明は、自分は二番目で朱音が最後のはずだ、と言った……。この点はどうだ？」

「いや。この場合は静春・皓明・朱音さんの三人がどういう順序で邸を出ようと、それはさほど重要な問題じゃない。ただ、ここでも里子さんの記憶が入れ違っていたという弱い証明にはなるけれどもね」

「何で重要じゃねえんだ？」

「何故ならば、犯人は一度邸を出た後で、また再び戻って来ればいいだけのことだからだ」

「――戻って来れば、と言っても、里子さんは二時までの間、ずっと邸の中にいたんじゃねえのか？」

　小松崎のその言葉を無視して、崇は里子に話しかける。

「里子さん。あなたは確か『ゆっくりとテレビドラマを見た』とおっしゃった」

「——はい」

「二階の自分の部屋で？」

「はい」

「それは、一時から二時の間ですね」

「そうです。正確には、一時五十五分——」

「ところがその後、雨が降っていたので、急いで洗濯物を取り込みにアパートに帰った、と言う……。では、あなたは、いつ雨が降って来たことに気付かれたのですか？」

「え？　……ああ……そう言われれば——」

「当日の雨は、昼過ぎから降り出したという話でした。そしてやがて土砂降りになったという——。あなたが雨に気付いた時間を覚えていますか？　少なくとも、テレビが始まる前ではないですね。もしもそうだとしたならば、とても『ゆっくりと』落ち着いてドラマを見ている時ではなかったでしょう。何しろ、洗濯物を干したままだったのですから——。では、ドラマを見終わって、買物に出掛けようと邸を出た時でしょうか？」

「……そう、かも知れません……」里子はゆっくりと何度か頷きながら、記憶をたぐり寄せているようだった。「でも、あいにくとその時は時間の確認は……」

「だが、タタル」小松崎が口を尖らせながら割って入った。「当然、二時過ぎに決まってるだろうが」

「しかしそれならば、その時すでに外は土砂降りだったはずだ。里子さんが言うように『風邪をひきそうになった』ほど濡れるはずはない」

「どうして？」

「何故なら、傘を持って出掛ければいいだけのことなんだから」

「――！」

――そうだ！

確か、里子は冷たい雨にすっかり濡れてしまった、と言っていたはずだ。

邸を出る時にすでに雨が降っていたとしたなら、傘も手にしないで出掛けるとは思えない。何しろ季節は真冬だったのだから！

「ということは――」岩築は三度身を乗り出し、「一体どういうこった？」

と三度同じ質問をする。崇は答えた。

「この場合、唯一論理的な解答としては、里子さんが買物に出掛けた途中で雨が降り出した、ということでしょう」

「つまり――？」

「つまり、またもやここで順番が狂ってしまったんです。里子さんは、テレビドラマを見終わってから出掛けたのではなくて、出掛けて戻って来てからテレビドラマを見た」

——！

「これならば、全ての辻褄が合います……。おそらく里子さんは、十二時過ぎに邸を出たんでしょう。玉美さんに昼食を摂る習慣がないならば、彼女の食事の心配をする必要もない。そして、買物途中で雨に降られた。勿論傘を持っていない。そしてその時、自分のアパートの洗濯物を干したままだったのを思い出した。そこであわててアパートに向かい、洗濯物を取り込む」崇は、ゆっくりと全員の顔を見回す。「それにアパートに行けば傘がある。帰りは傘をさして邸に戻り、洗濯物も取り込んだということで『ゆっくりと』落ち着いて、テレビドラマを見ることができた」

「何てこった！」大声を上げたのは堂本だった。「ということは、里子さんが邸を留守にしていた時間帯は二時〜三時ではなく、十二時〜一時の間だったたってことですかぁ！」

「そうでしょうね」

「ああっ……そうだったのか。私なんか、一所懸命に表を作って、線を引いた図を描いて、どうもおかしいと悩みっぱなしだったのに、そういうことだったんですかぁ」

堂本は鼻から気の抜けたような声を出した。

それを見て里子は、すみません……、と申し訳なさそうに頭を下げた。岩築は、

「まあまあ」と堂本の肩を叩く。「よくあるこった」

しかしこれは「よくある」ことではないだろう。

「つまり」崇は再び口を開く。「十二時過ぎに再び邸に戻って来さえすれば、静春・皓明・朱音さんの三人のうち誰にでも、玉美さんを殺害する機会はあったということです」

「一体、誰が？」

という堂本の問いには答えず、崇は里子に尋ねた。

「里子さん」

「はい――」

「俺は、あなたの記憶力を信用している。だからぜひ、思い出してもらいたい」

「はい――」

「玉美さん殺害の当日、あなたは誰かに頼まれて買物に行ったのではありませんか？」

「――！」

里子は俯いた。

つまり『誰が』里子を邸の外に追い出したかったのかということだ。

両肩が震えているところを見ると、

――里子さんは覚えている！

奈々は思った。そして岩築たちもそう確信しただろう。

「里子さん？」崇は静かに尋ねる。「覚えているはずです。やはり、あなたは誰かに買物を頼まれたのでしょう」

「そいつは誰だ！」

岩築は、思わず里子ににじり寄る。

しかし里子は、

「――覚えて、いません……」

と答えた。

「それは」崇は冷たく言う。「嘘、ですね」

「違います！　嘘ではありません」

「嘘です。あなたは今回初めて嘘を言った」

「本当です！」

里子は上目遣いに崇を見た、が瞬きが多い。

これはポリグラフにかけるまでもなく、嘘をついている証拠だ。

里子は、犯人を知っている。

いや、今初めて知った、というべきか。

「おい！　そいつは誰だ！」

岩築が吠えた。

しかし里子はコートの衿を閉じてしまった旅人のように、じっと俯いたまま震えていた。

里子さん、と岩築は言う。

「あんたがこの家の人間を庇(かば)いたいという気持ちは解るし、自ら告発者になるのは嫌だという思いも解る。しかしここは我々に協力して、覚えているなら、今ここで言ってくれねえかな」

里子は、沈黙——。

テーブルの端から身を乗り出して、ぜひ教えてくれ！　としゃしゃり出る小松崎に岩築は、うるせえ、お前は黙ってろ！　と怒鳴る。しかし、叔父さん。叔父さんも叔母さんもあるかッ。ここは俺たちの仕事だ。

岩築の言葉に堂本も頷きながら、小松崎をじっと睨みつけた。

小松崎は大きな体で貧乏揺すりしながら、鼻を鳴らしてソファに身を沈めた。

里子はますます沈黙——。

崇が言ったように、順番を構成する能力はともかく、記憶力には確かなものがあるのだろうから、一年近く前のこととはいえ、忘れたはずもあるまい。それとも、その時の自分の記憶に自信がないのか？

——違う。

と奈々は感じた。

里子はその人物を、つまり犯人を覚えている。

それならば奈々だって、ぜひ知りたい。

しかし里子は固まったままの姿勢を崩さず、ただじっと俯いて膝の上に載せた自分の握りこぶしを見つめていた。

口を開くつもりはないらしい。

岩築と堂本の苛つきが奈々にも伝わってきた。

しかし崇は、抑揚のない声で言った。

「まあ、いいでしょう。いずれ解ることだ」

——いずれ、解る？

奈々が崇の顔を見上げれば、岩築たちも体は里子を向いたままで、顔だけは崇を振り返っていた。

ということは、まだ話は続くのか。

全員の視線を集めたまま、ゆっくりと崇は口を開いた。

「さて、いよいよ核心に移りましょう」

——核心？

首を捻る奈々たちを前にして、崇は言う。

「大陸氏の見た、幽霊の話です」

——ここに来て、幽霊！

何をいきなり言い出すのだろう！

奈々はまるで自分のことのようにどぎまぎした。

思わず手のひらに汗がにじむ。

しかし崇は、唖然とする五つの顔に向かって話し出す。

「亡くなられた日、大陸氏は二階の廊下で幽霊を見た、とあなたに言われたそうですね、里子さん？」

「……はい」

今回は里子も素直に頷いた。しかし、

「おい、タタル！」黙っていないのは小松崎だ。苛々とした声を投げかけた。「そりゃあ、大陸氏の目の錯覚ってことで片がついてるんじゃねえのか」

その言葉が聞こえないかのように、崇は奈々を向いて言う。

「以前、俺が君たちに『幽霊が見えるための要因』を説明したのを覚えているかな？」

はい、と奈々は頷く。

崇は、ニッコリと微笑んだ。

「覚えていたら、ここで簡単に岩築さんたちに説明して差しあげてくれ。どうせ熊つ崎もとっくに忘れているだろうから、ちょうどいい機会だろう」

そこで奈々は――もじもじとしながら――岩築たちに向かって話し始めた。

幽霊が見える、ということはまず第一に――。

そして、第二に――。

…………

「よく覚えていたね。奈々君の記憶力も捨てたものじゃないな」崇は奈々を見てニコリと微笑んだ。「さて、ここで大陸氏の場合は一体どうだったんでしょうか？　幽霊が本当にいた、となるとこれはもう我々の手には負えませんから、それは一時置いて、他に可能性がないかどうかを探ることにしましょう」

「そう言われても、私たちはもう充分に探したよ」

冷ややかな目で答える堂本に、崇は言う。

「二階の廊下を？」

「そうだ」

「では、大陸氏の頭の中は？」

「頭――の中？」

ということは、やはり、

「錯覚だったということですか？」

尋ねる奈々に、崇はシニカルに笑った。

「奈々くん。全く君らしくもない、実にあいまいすぎる表現だな」

「では一体——」

「以前にも言った通り、物が見えるということは、その物体から出た光が、角膜、水晶体、硝子体と抜けて、黄斑部で結ばれた像の情報が脳へと入り、その情報が神経線維、後頭葉視覚領、中枢の下部側頭葉皮質、頭頂葉連合野へと伝達されるということです。そこで初めて物体の最終確認が行なわれるんです。しかし、この後頭葉における映像処理は非常に複雑で、例えば脳幹を走っている神経線維が冒された結果として起こる『MLF症候群』や、『多発性硬化症』『フィッシャー症候群』など、挙げていけばきりがありません」

あのな、と口を挟んだ小松崎を無視して、崇は続けた。

「特に、神経伝達物質のほんのわずかなバランスの狂いによって、全く機能を失ってしまうような場合も起こるのです。特に有名なのは『サリン』による中毒でしょう。サリンの毒性は有機リン製剤によるものと同様に、コリンエステラーゼ阻害作用による副交感神経の興奮症状です。コリンエステラーゼというのは、神経伝達物質であるアセチルコリンを分解する酵素です。このアセチルコリンが分解されないことによって副交感神経が亢進し、頭痛・昏睡・気管支痙攣・嘔吐・下痢、そして縮瞳などの症状が現れたんです……。つまりサリンほど強力な毒性を持つ薬物でなくとも、コリンエステラーゼを阻害する抗コリン薬を大量に服用してしまったならば、視神経に何らかの障害が起きることは確実です」

崇は一息ついて、五人を見回す。

奈々には既知の事実だったけれど、堂本などはしきりにペンをこねくりまわして、崇の話をまとめようと苦心惨憺の状態のようだった。

「しかし、これらの副作用を持つ薬も、上手に利用しさえすれば、実に多くの病を治療することができます」崇は言う。「その最も有名な病が『鬱病』と呼ばれるものです。この鬱病の原因は、未だ正確に解明されてはいませんが、モノアミン再取り込み阻害薬や、ノルアドレナリン放出促進薬が抗鬱作用を示すことは既に臨床上で実証されています。ただ、今言った通りに副作用も強く、改良型の三環系・四環系抗鬱薬ですら、多量に服用したなら死に至るのは勿論、常用量をはるかにオーバーした場合には、神経系の症状として、散瞳、意識レベルの極端な低下、全身痙攣などをもたらします。改良型ですらこうですから、第一世代の抗鬱薬・ＭＡＯ阻害薬に至ってはなおさらです。過量投与による中枢神経症状として、視力低下・色覚異常・歩行失調・眩暈、そして抗コリン作用によって譫妄・瞳孔調節障害などに陥るのです」

「つまり――」岩築はハイライトに火をつけ、崇に尋ねる。「あの日の大陸氏の状態がそれだった、と君は言うのか。しかし一体、何を根拠に――」

「それだけではありません」

崇は問いかけた岩築ではなく、里子をじっと見つめて言う。

「このMAO阻害薬に限って言えば、この薬はある種の食物と組み合わせることによって、副作用の度合いを更に増します」

「――？」

「里子さん。MAO阻害、というのはモノアミン酸化酵素阻害という意味ですから、この薬を服用中の人間に、モノアミンを多く含有する食物を与えたならば、当然その副作用は倍加するんです。その人間の脳の中は、モノアミンで一杯に溢れかえってしまうわけですからね」

――あっ！

奈々は、崇が小松崎に「先日の夕食のメニューは何だった？」という質問をしていたのを思い出した。

崇はこのことを確認していたんだ！

「モノアミン、ですか？」里子は首を捻った。「……それを多く含む食物と言いますと？」

「チーズ、レバー、バナナ、鰊、そら豆、ビール、そしてワインなどです」

「――！」

「何だと！」岩築は腰を浮かした。「そいつはあの日、夕宴に出ていたという食物がほとんどじゃねえか！　朱音たちの証言にも出て来ていたはずだ」

「そうです」崇は冷静に言う。「そしてこれら、今まで説明したことは有名な話ですから、少し薬の知識のある人間ならば、誰でも知っているような日常的なことなんです」

振り向く崇に、奈々はコクリと頷いた。

過去に外国で、MAO阻害薬服用中の患者に原因不明の頭痛が何件も起こるという事件が持ち上がった。そこで医師たちがその患者全員の食生活を調べたところ、皆、チーズを多量に食べていたことがわかったのである。そこであわてた医師たちがチーズを分析にかけた結果、チーズには多量のモノアミンが含まれていたことが判明したという話がある——。

「ですから、ここでもしも大陸さんが日頃からMAO阻害薬等を常用していたと仮定した場合、彼は決してこのような食物は口にしないでしょう。当然担当のドクター、あるいは投薬を受ける薬剤師から注意されているはずですから……。つまりあの日、大陸さんがMAO阻害薬等を服用していたとすると、それは本人の知らぬ間に飲まされた、としか考えようがない——。もっとも大陸さんが日頃からそのような薬を常用していたかどうかは、後で秘書二人に尋ねればすぐにでも解ることですけれどもね」

「——ってことは」岩築は唸る。「大陸氏は、誰かに秘かに飲まされていたその何とかって薬と、恣意的に出されたワインやチーズでもって、あの時は脳神経をやられてたと君は言うのか！」

「そうです。激しい頭痛を訴えていたというのも、その一つの証明でしょう。まさに中枢神経と視神経に異常が起きていたんです」

「それで？」

「その結果として大陸さんは――」

一呼吸置いて崇は言う。

「文字と絵の区別がつかなくなってしまった」


「何だと！」

今度は岩築ばかりではない。堂本も小松崎も、そして奈々までもが体を浮かせた。

「そりゃあ、どういうこった？」

「そのままです。文字と絵の区別がつかない――」

「だからよ、タタル」小松崎は叫ぶ。「そいつはどういう意味だって訊いてるんだよ！」

「つまり、大陸さんの頭の中で、視神経の回路が混線したんだ」崇は、表情一つ変えずに言ってのけた。「自分の目に映っている物が何だか解らなくなる……。実際に脳内の視神経が混乱してしまった有名な話で『自分の妻と帽子の区別がつかなくなった』という男性もいた。その男性は、必死に自分の妻を頭にかぶろうとした、という。また、目の前の風景が細切れになってしまったという女性や、見ている物とその物の名前が結びつかなくなってしまったという人も実在する。彼女たちも、やはり中枢のどこかに、ほんのわずかな傷を負っただけなんだけれどもね――。そして大陸氏の場合は、目の前にある文字が、脳の中で映像として結ばれてしまっていたんだろう」

「――んな、馬鹿な！　それが幽霊の正体か？」

「そうだ。薬の副作用の結果として、大陸氏の目の前に現れたんだ」

「し、しかし……文字と言っても、何の――」

「この邸の壁中に飾られている――」


――百人一首！

「――芸術品だ。我々はそれらの歌を読んで、美しい情景を想像するのみだけれど、大陸氏の場合は、ストレートにそのままその風景が頭の中で像を結んでしまった、ということだろう。まるで自分が今、その場にいるようにね」


「信じられねえな……」

呟く小松崎に、崇は言う。

「そうかな？　これは別段不思議な話じゃない。非常にあり得ることだよ、熊つ崎。我々が漫画を読んでいる状態を思い起こせばいいんだ。主人公が笑い、泣き、走る。素晴らしい絵ならば、まさにページから浮き上がって感じることもできるだろう。それにボールを投げる、それを打つなどは一連の動作として捉えることができるじゃないか。しかしこれらの漫画もつきつめれば、ただのインクの線の束で構成されているだけにすぎない。それを我々の脳の視覚野下部の形態認識細胞が、人の顔や動物の形や、美しい風景として勝手に再構成するわけだ。本を読んでいても、同じことが言える。特に、象形文字などは、具体的に物の形を模写したものだ。元々は絵だったんだから、その原理は大差ない」

「そうは言ってもな――」

　鼻白む小松崎を無視して、崇は続けた。

「そして例えば『赤い炎が燃えている』という言葉を見て、お前はまさか深海魚の青黒い背中を想像しないだろうし、『枯れ枝にカラスがとまっている』という文から、サバンナを行く象の群れを思い浮かべたりもしないだろう。想像力が逞しい人間ならば尚更だ――。特に大陸氏のように、歌に思い入れの強い人間ならば、たとえ真夏でも『雪降り止まぬ』という言葉一つで、自分の周りに一面の雪野原の存在を感じることができただろう」

「――ということは」岩築は顎を捻る。「この場合、大陸氏が見た幽霊というのは、全部自分の眼に入って来た『文字』だったということか？」

「その通りです」

「では、長い黒髪は？」

「先程、二階の廊下で確認して来ました。それは、待賢門院堀河の『ながからむ心も知らず黒髪の——』の歌でしょう」

「夜空に浮かぶ火の玉は？」

「大中臣能宣朝臣の『御垣守衛士のたく火の夜は燃え——』」

「ふわふわ浮かんだ白い着物は？」

「持統天皇の『白妙の衣干すてふ——』」

「——！　何てこった！」

「本当かよ、おい、タタル！」

叫ぶ小松崎に、崇はニコリと笑う。

「これが幽霊の正体だ——。そして同時に、大陸氏のダイイング・メッセージに繋がる」

——そうだ！

ダイイング・メッセージの札！


白露に風の吹きしく秋の野は　つらぬきとめぬ玉ぞ散りける

——その意味は？

「大陸氏は、里子さんに頼んだ水で何を飲むつもりだったのでしょうか？」

崇は尋ね、

「いつも常用している、睡眠薬だったと思います」

里子は相変わらず伏し目がちに答えた。

「おそらく、そうでしょうね。頭痛や眩暈が酷く、しかも里子さんの、医者を呼んだほうがいいのではという忠告を断った大陸氏は、とにかく一晩眠ることを考えたでしょうから。ところがこれがまた逆効果になった」

「──と、おっしゃいますと？」

「ある種の睡眠薬は、これらの副作用を増強してしまうことがあるんです」

「！」

「そうなると、大陸氏は眠るどころではなかったでしょう。おそらく、酷い酩酊と二日酔いを合わせたような状態だったのではないか。そして目を開けば、氏の寝室に飾られている沢山の百人一首の文字が、あらゆる色彩・風景となって飛び込んで来る──。ここからは想像の域を出ませんけれど、まるで、ダリやムンクやゴーギャンの絵の中に迷い込んでしまったような状態だったでしょうね……。このような状態の中に大陸氏がいたとしたならば──」

崇は全員の顔を見る。

「彼が最期に手にした百人一首札も、一つの絵として認識されていたと考えるのが妥当でしょう。その札は、皆さんもご存じの通りの読み札であり、そこには上の句だけが書かれていました。それがキーワードとなるのです。つまり、あのメッセージは、その札の最初の文字――『しらつゆ』の『白』に該当する人物を指していたのです」

――白？

――白に該当する人物？

「しかし、その話に移る前に、里子さんに一つ訊いておかなくてはならない点があります」

里子は、もう驚く気力すら失ってしまったのか、はい、とだけ頷いて崇を見上げた。

「あの日の夕宴のメニューは、MAO阻害薬の副作用を最大限に引き出すために用意された、と言っても良いほどでした……。あの献立は、あなたが考えられたのですか？」

「――！」

「それとも、誰かに指示された？」

「い、いえ！」里子はビクリと体を震わせて、大きく首を振る。「き、きっと――そう、偶然でした――」

崇は、じっと里子の瞳を覗き込む。

そして小さくかぶりを振って、嘆息をつくように言った。

「やはり、誰かの指示だったのですね」

「………」

「おい、里子さん！」岩築が口を挟んだ。「正直に言いなさい。あんた、その誰かってのを覚えているんだな」

「………」

「いや、覚えてるはずだ。あんたは、記憶力がいいんだからな」

「………」

「また、忘れましたってのはなしにしようぜ」

「いえ、いえ！」里子は、さっ、と顔を上げて何度も首を横に振って訴える。「覚えているも何も――」

「嘘をつくな！」今度は堂本が怒鳴る。「今回の事件では、ずっとあんたに振り回されてきてるんだ！　その上ここまで来て、あんたは嘘をつくのかッ！」

「嘘じゃありません！　ですから、偶然だった、と――」

「だから。何が偶然だったんだ！」

「そ、それは――」

「偶然か偶然じゃなかったかは、こっちが決めることだ。だから早く言いなさい！」

「い、いいえ。私で、判断できます」

「なにぃ！」

思わず身を乗り出す堂本の肩を岩築は、ぐっ、と押さえた。

そして里子を見据えて言う。

「しかし、里子さん。あなたに今ここで正直に話してもらえねえとなると、改めて署まで同行を願うことになるが……」

「――!」

里子の肩は、可哀相なほどに震えていた。

きっと、誰かを庇うので精一杯なのだ。

今の祟の質問も、先程の祟の質問も、きっと同じ誰かを里子に思い出させたのだ。

その、誰かとは――、

「もう、いいよ。里子さん」

突然、応接間の入り口で声がした。

その声に全員が振り向く。

いつのまにそこにいたのだろう、一人の男の姿があった。

「少し早く到着したので――話は全部聞かせていただきました」

力のない声で、弱々しく微笑んだその男は、
真榊皓明だった。

皓明は、つかつかと皆のテーブルに近付くと、すでに涙ぐんでいる里子の肩にそっと手を置いた。

里子は蒼白な顔のまま、訴えかけるように、じっと皓明を見上げる。

皓明は、警部さんお久しぶりです、と挨拶した。

岩築と堂本は、無言のまま頭を軽く下げる。そして、

「まあ皓明さん、お座り下さい」

と言って席を作ろうとしたが、里子があわてて立ち上がり、イスを一脚持って来た。そして、そのイスを今まで自分のいた場所に置くと、皓明を腰掛けさせる。自分は丸イスごとその後ろ斜めの位置に移動して、まるで狛犬（こまいぬ）のように畏（かしこ）まって腰を下ろした。

岩築は、崇たち三人のことを、ジャーナリストで自分の甥（おい）とその関係の人たちです、と皓明に紹介する。お互いに、初めまして、と挨拶を交わした。

——利発そうな人だ。

奈々は皓明を見て、そう感じた。

広い額と角張った顎が、意志の強さを表している。眼鏡の奥の眼光はきっといつもは鋭く、若手の大学教授のような覇気があるのだろう。しかし今は、やや伏し目がちにじっとテーブルの上を見つめていた。頬が少し痩（こ）けているのはもともとなのか、それともこの十ヵ月ほどでそうなったのか……。

「皓明さん」崇が静かに言う。「あなたが、今回の事件全ての犯人だったんですね」

皓明は崇を、そして全員を見渡して、

「そうです——」

とだけ言った。


「し、しかし——何故⁉」

岩築は動揺する。

隣の堂本に至っては尚更で、思わずテーブルをガタリと動かしてしまい、あわてて元に戻す。小松崎は——幽霊にでも出逢ったような顔で——じっと皓明を注視していた。

「父は東京に出て来る以前に、恋人がいました——」

両肘をテーブルについたまま両手を組み合わせて一つ大きな嘆息をつくと、皓明は伏し目がちにゆっくりと話し出した。

「まだ島根に住んでいた頃のことです。その相手は高校の時の同級生で、二人は結婚の約束までしていましたが、父は東京に出て来ると同時に——よくある話の通りに——その女性をあっさりと捨ててしまったのです。それは父が、東京で出会った和美さんの魅力に虜になってしまったからでした。洗練された都会の雰囲気を持った和美さんに、すっかりまいってしまったのでしょう」

——和美さん？

自分の母ではないのか？

そんな言い方ではまるで——、

「しかし、その女性はそれからも父を諦めきれずに、何度も何度も手紙を送りました。けれど、既に父の目にはもう和美さんしか入っていませんでした。やがて父と和美さんの結婚話がまとまった時には、既に和美さんのお腹には静春兄さんがいたのです……。そしてその話を告げに島根に戻った時、こともあろうに父とその女性は最後の関係を持ちました。父にしてみれば別れの挨拶で、その女性にしてみれば……何だったのでしょうか。今となっては想像もつきません。しかし、その女性は妊娠しました……。その時の子供が——」皓明は自嘲する。「僕なのです」

——！

「そしてその女性——僕の母は、父親のいないまま僕を産んでから、三年後にノイローゼにかかり、自殺しました。やはりその当時は過去の男の子供と二人で暮らしていくには、田舎は住みづらかったのでしょう。しかも、母が自殺してから間もなくして、ただ一人残っていた祖母も心労から亡くなってしまいました」

皓明は、相変わらず懺悔をするクリスチャンのような姿勢のまま、微動だにせず淡々と語った。

「……ところが、祖母は亡くなる寸前に父と連絡を取り、僕を引き取ってくれるよう頼んでいたのです。父の本心はどうだったのか、僕には分かりようもありませんけれど、でも和美さんは快くその提案を受け入れてくれたのです。そこで僕は、次の日から真榊家の人間となったというわけです。幸いこちらの家に来てからは、静春兄さんとも仲良く暮らすことができましたし、和美さんは本当の母親のように別け隔てなく僕に接してくれました――。しかしその一方で、傲慢で我儘な父に対する憎悪がますます募っていったのも事実です。父には、家族に対する思いやりなど一かけらもなかった。ただひたすら自分のことだけしか頭の中になかった……。そして実際、父は実にあくどい仕事でも平然とこなして行きました。何人の人間が泣こうが路頭に迷おうが、そんなものは父にとって、お茶の残りかすのようなもので、軽く洗えばすっかり忘れてしまえる程度のものだったのです」皓明は頬を醜く歪める。「しかし、そのおかげで僕たちは、世間の人並み以上の生活を送ってこられたわけなんですがね」

「君の過去については」頷きながら岩築は言った。「戸籍を調べさせてもらった。どうやら、その通りらしいな……。ところで、以前に君は、矢野廣君の父親も、真榊に殺されたようなものだ、と言っていたが――」

「そうです。墨田は全てを知っているはずです。彼から聞いていませんか?」

ああ、と岩築は頷いた。

「彼は話してくれた——。なぜ皓明さん、あなたも知っているのかな？」

「僕の勤めている製薬会社に、加瀬さんの遠い親戚にあたる男がいました。昔、その彼に聞いたんです。矢野さんは、父が裏切ったことによって事業が行き詰まり、そして自殺したんだ、と」

「加瀬——というと？」

「そうです、朱音の実家です。その頃、加瀬さんは矢野さんの会社の下請けをやっていたんです。だから矢野さんの倒産の波は、当然、加瀬さんにも及びました。当時、小さな町工場を経営していた加瀬さんは、あっという間に資金繰りに行き詰まり、おそらく放火自殺したのではないか——と。……いえ、勿論これに関しては証拠はありませんが……」

何ということだろう！

真榊大陸の周辺で、これほど多くの人間が自ら命を断っていたとは。

皓明の母。

矢野の父。

朱音の両親。

しかも全員が、おそらくは真榊を恨んで——。

「……勿論これらの理由が、父の殺害を正当化できるなどとは思っていません」皓明は言った。「しかし、僕は当初、父を殺害するつもりは毛頭なかった」

「どういう意味だ？」岩築は尋ねる。「その――何とかって薬を大陸氏に飲ませたのは、あんたじゃねえのか？」

「それは確かに、僕です。夕宴前に、彼が指摘した通りにＭＡＯ阻害薬を粉砕して、こっそりと父の湯呑みに入れて飲ませました。そして里子さんに、旨いチーズとレバーがあるから、それらを今夜のメニューにのせてくれと頼んだ。その上、ワインの極上の物を五本用意して、自ら持って来ました」

「じゃあ、何でそんなことをした？」

「年に一回くらい――」皓明は、皮肉な笑顔を見せた。「――自分のせいで死んでいった人々の苦しみを知ったほうがいいでしょう。供養だ」

「おい！　ただそれだけの理由でか？」

「それに父は玉美に、まるで人体実験にも等しいと思われるほど大量の薬を飲ませていた」

「脳味噌の――か？」

「そうです。玉美の異常さは元来、脳の器質に由来するもので、薬を飲ませて快方に向かうというようなものではないことは僕の目には明らかだった。それなのに父は、自分が治してやるなどという妄想を抱いて、毎日毎日十七種類もの薬を勝手に飲ませていた。その件についても、僕は父と口論になったことがある。そんなことをして、副作用や相互作用が出ないほうがおかしい、と。しかし父は僕の意見に全く耳を貸さずに、金だけで動く怪しい医者を主治医に呼んで来て、二人で結託して薬を飲ませ続けた。おかげで、玉美は良くなるどころか、明らかに副作用と思われる症状で毎日苦しんでいたらしい——。父は、完全に狂っていた」

「……そいつは、確かにひでえ話だが——」

「僕は心底、玉美が心配だった。何故ならば——」皓明は自分の両手の中に顔を埋めて呟いた。「僕は玉美を愛していたから」

——愛して？

「兄妹ではなく、一人の女性として玉美を愛していた」皓明の声は、震えていた。「父さえいなくなれば、この邸でも今の僕のマンションでもいい、二人だけで暮らしたかった」

「しかし、いくら愛している、と言ったところで」堂本は言う。「それは最初から無理というものでしょう。大体からして玉美さんはあの状態だ。誰が見ても少し——」

「何を言っている！」

皓明はいきなり顔を上げ、堂本を一喝した。

堂本は思わず怯(ひる)む。

「馬鹿を言うんじゃない！　僕に任せておけば、玉美は必ず良くなる。僕ならば、責任を持って完治させてやれた。それに大体、あなたには玉美の魅力が解らないだろうが！」

「そりゃあ、まあ……」堂本は怯んでしまった照れ隠しに、鼻の頭を掻きながら答えた。

「解りませんがね」

「そうだろう。そうだろうとも――。玉美には君たちには想像もできないだろう、素晴らしい魅力があったんだ」

「――？」

「彼女は生まれて今まで、一度も嘘をついたことがないんだ」

「…………」

「それは何故か？　玉美の心が本当に純粋だったからだ！　自分の父親を呪うといった行動も、その純粋さの一つの証明になる」

「――逆じゃないのか？」

「いや、違う。呪いというものは本来、清冽な闇だけが持つことのできる力だ。世俗にまみれた人間が近付けるものではないんだ！」

いきり立つ皓明に堂本は、そんなもんですかねぇ、と横目でぶつぶつ呟いた。

「それが理由であなたは大陸氏を殺害したと言うのですかな？」

堂本に代わって尋ねる岩槳に、皓明は向き直った。

「……それも原因の一つではありますけれど――ただ先程も言ったように、僕は最初から父を殺害するつもりはなかった。しかし父はあの日、確かに精神に変調をきたしていたのでしょう。決して口にしてはならない言葉を、僕の耳元で囁いたのです」

「――それは？」

「お前の母親は馬鹿な女だった。わしは、最初からあいつとは結婚するつもりはなかったのだ、と――。そう言って笑った。三十年めにして初めて父の本音を聞きました。あの憎々しい笑い顔を、僕は一生忘れることはないでしょう……。その瞬間、僕は確実に殺意を抱きました。そして頭痛と手足の痙攣を訴えて食堂を出た父の後、しばらくしてから二階に上がり、父の寝室を訪ねました。そして先程の言葉を撤回するように求めた。しかし父は既に朦朧としており、僕を見分けるのがやっとの状態でした。そこで僕は父との会話を諦め、あんたは最低の父親だと吐き捨てて後ろを振り返った時に、父はこう言ったのです。――皓明。お前だって本当にわしの子供かどうかは分からんよ、と」

「な――」

「その言葉を聞くや否や、僕は体中の血液が逆流するのを感じました」皓明は、思い出したように自分の両手を開いて、じっと見つめた。「比喩ではなく、僕の両手は本当に震えました。あんたは生きている価値がない！　そう怒鳴るつもりで再び振り返ろうとした時に――サイドボードの上の壺が目に入ったんです。僕の右手はごく自然にその壺に伸び、振り返ると父を無理矢理ベッドから引きずり起こし、そしてその後頭部を思い切り――殴っていたんです」

　皓明は、岩築を見上げて淋しそうに微笑んだ。

目に、うっすらと涙さえ浮かべて……。

その微笑みの意味は、奈々には解らない。

自嘲か？

悔恨か？

まさか、喜悦か？

奈々には解らない。

しかし皓明のその瞳は――、
自分の世界しか見えない、少年のような瞳だった。

じゃあ、と岩築は尋ねる。

「あんたは別に遺産だけが目当てで殺した、というわけじゃねえんだな」

「その瞬間は少なくともそうではありませんでした……。しかし後から気付けば、確かに父の遺産は魅力的でした。僕らの手に入る具体的な金額は解らないにしろ、確実に玉美の治療には役立つだろうし、二人で暮らしていくにはきっと充分な額だろうと思いました。この事実は僕の行ないの正しさをはっきりと裏付けしてくれたように思ったものです。その証拠には、あの日はかなり僕も酔っていましたし、全く無計画だったにもかかわらず、次の日になってみると、いつの間にか僕にアリバイができていて、父の死は不可能犯罪のようになっていたんですから……。そして皆の話を聞いてみた結果、どうやら里子さんが僕を庇ってくれているらしいと勝手に想像したんだけれど——真相は違ったようですね」

皓明は引きつったような笑顔で後ろの里子を振り返り、里子は、すみません、と泣きそうな顔で頭を下げた。

「だからあなたは」崇が口を挟む。「玉美さんを殺害した時の里子さんの証言——あなたが当日、この邸に最後まで残っていたという証言——これは単に里子さんの記憶が、入れ違っていただけだったんですけれど——に対して当惑し、つい本気で反論してしまったのですね。わざわざ二番目に邸を出たのにもかかわらず、自分を庇ってくれていると思っていた里子さんが、今度はまるで、自分が一番犯人の可能性が高いと思われるような証言をしたから」

「——その通りです。あれには実際驚いてしまった。そして、里子さんの考えていることが解らなくなった」

里子は俯いたまま皓明の方に、すみません、と再び頭を下げた。

皓明は、あなたに責任はない、と笑った。

「では」岩築は大きく息を吸い込んで言った。「そろそろ、その玉美さん殺害について話してもらえますかね……。大体、何故あなたは玉美さんを殺す必要があったんだ？」

「今、言ったでしょう」皓明は全員を眺める。「僕は玉美を愛していた、と」

「それじゃ理屈が通らねえな」

「何故ですか？」

「愛してるから殺す、ってのか。三文恋愛小説じゃねえんだ。人を殺すには、それなりの理由ってもんがあるだろうよ」

「本当です。あれ以上、玉美の心が傷つくのを見ていられなかったんだ――」

「それはおかしい」崇が二人の間に割って入る。「大陸氏が既に死んでいる以上、誰が玉美さんを傷つけるというのですか?」

「警察の人や、この事件を面白可笑しく取り上げるであろうマスコミの人たちです」

じろりと岩築や小松崎を見渡す皓明に、

「なるほどね――」崇は鼻の頭を掻いて言った。「しかし、あなたの本心は――また別の所にあったんではないですか?」

「――」

皓明は、ゆっくりと顔を崇に向けた。

それは彼がこの部屋に入って来て、初めて奈々が目にする陰湿な視線だった。まるで爬虫類を想像させるような――。

「皓明さん」しかし崇は、そんな視線を一向に気にする様子もなく続けた。「あなたが玉美さんを愛していたのは事実かも知れない。しかしこの場合は、むしろあなたが玉美さんを怖れていた、というのが本音なのではないですか?」

――怖れていた? 何故?

奈々はその意味が解らず、崇の顔を見上げる。

崇の視線は皓明を正面から——しかし全く力むこともなく——見つめていた。

「里子さんの証言を正しく整理すると、あなたが大陸氏を殺害して氏の寝室から飛び出した時、玉美さんは廊下にいたことになる。とすれば、当然あなたはその姿を玉美さんに見られていた可能性が高いんですが——」

そうだ！

物音がして里子が部屋から出た時には、既に玉美は廊下に立っていたんだ。

すると、その直前に大陸氏の寝室から走り出た皓明の姿を、玉美は廊下の端から見ていたということは充分に考えられる。

「そして皓明さん。いみじくも先ほどあなたが言っていたように、玉美さんは決して『嘘はつかない』のでしょう」

「…………」

「だから、もしも警察の人たちが、うまく玉美さんからあの夜の情景を引き出すことができたならば、彼女は正直に、大陸氏の寝室から飛び出して来たあなたの姿を見た、と証言するでしょうからね……。実際のところ、あなたは、内心ではびくびくしていたのではないですか？　いつ玉美さんがあなたのことを喋るか、と……。幸い——その理由は定かではないにしろ——里子さんは、自分を庇（かば）ってくれているらしい。しかし玉美さんは、どうなんだろう。その心が今一つ解らない。警察に尋ねられたならば、全てを正直に話してしまう可能性もある……。しかも彼女には、どんな口止めも効きそうにはないですからね」

　なるほどな、と腕組みをして頷く岩築と堂本に、

「そ、それも、あります！」皓明は急にヒステリックに訴えた。「しかし僕は本当に玉美を愛していた。だ、だから、玉美を警察の手に渡したくなかったのも本心なんだ。世間の好奇の目にさらされながら、玉美を留置所に何日も閉じこめて置くくらいならば、いっそのこと僕のこの手で――そう思った。これは本当だ！」

　髪の毛に両手を突っ込んで取り乱す皓明に向かって、岩築は冷ややかに尋ねた。

「それほどまでに、玉美さんを助けたい、と言うんなら、それならあなたが自首しさえすればすむことだろうが」

「ば、馬鹿を言うな！　僕が警察に捕まってしまったら、この先一体(いったい)誰が玉美を護(まも)ってやれるというんだ。この僕以外に！」

　――狂っている。

　完全に論理が破綻している。

　それともこれが、皓明なりの論理なのか。

　しばしの間、部屋を沈黙が支配して、やがてその空気を押し破るように、岩築がゆっくりと口を開いた。

「――では、自分の父親はどうなんだ？　こちらは憎しみの余り殺したってことか？」

「そうだ！」皓明は叫ぶ。「父は憎かった。ずっと幼い頃から憎悪していた。自分のために何人もの人間が死んで行ったというのに、全く平気な顔で暮らしていられるその神経が、ますます憎らしかった。子供たちを外に追い出し――これは僕にとっては幸いだったにしても――自分ばかりが豪邸に玉美と暮らし、しかも湯水のように金を注ぎこんで、邸中を下らぬ百人一首の札で飾り散らかして――」

「皓明さん」崇は静かに皓明の言葉を遮った。「あなたは未だ、大陸氏があなた方を邸から外に出して、それぞれ別のマンションに住まわせたことの本当の意味がお解りになっていないんですね」

「え――？」

「何故、わざわざ手間と大枚を支払って、あなた方にマンションを買い与えたのか、というその意味です。そしてそれは、この邸中を百人一首で飾ったこととも無関係ではない、と思う。もっともこちらは、俺の想像にしかすぎませんがね」

「……そ、それは、どういう事だ――？」

「安倍晴明という名前を聞いたことがありますか」

「あ、安倍……晴明？」

「そうです」

——？

皓明は、岩築を堂本を小松崎を、そして奈々を……。

全員の顔を順繰りに眺めたが、皆、一様にポカンとした顔を広げていた。

「おい、それがどうした、タタル。知ってはいるが——」誰も口を開かないので、仕方なく小松崎が代表して答える形になった。「晴明——といえば平安時代の陰陽師で、式神を自在に駆使して術を使い、蘆屋道満と争ったという……」

「そうだ。その晴明だ。母親は信田の森の狐・葛葉姫といわれている。一条戻橋に居を構え、人の命をも司る泰山府君の秘術も会得していたと伝えられる。また陰陽道で使用される暦である『具注暦』作成にも晴明が携わっていたといわれている」

「その晴明が、どうしたってんだよ」

「晴明は『占事略決』において、こう語ってる——。『常ニ月将ヲ以ツテ占時ニ加ヘ、日辰陰陽ヲ視ン』と……。これはやがて陰陽道における根本理念になった。そして彼はやがて、自ら『晴明』と名乗ったのだ」

「？　それが？」

「晴明の『晴』の字にも『明』の字にも、きちんと『月将』の『月』、そして『日辰』の『日』が入っているじゃないか。これだけを見ても、晴明の強い意志と自負心が感じられはしないか」

「——確かに！　しかし、それとこれとは——」

「また織田正吉さんも指摘している通りに、定家の法名『明静』、そして彼の日記『明月記』——明・静・月——全てに『月』という文字が含まれている。これは定家が晩年出家した時に感得した『月』——つまり、天台宗でいうところの『悟り』を表しているのだと俺は思う……。人の名前というのは実に興味深いもんだ」

「だから！」小松崎は自分の太股をバシリと叩いて崇を睨んだ。「一体お前は、何を言いたいんだよ！」

それを横目で眺め、崇は涼しい顔で言う。

「そしてこの真榊家の家族のうち、玉美さんを除く五人の名前にも、共通する点があるんだが——」

それは——以前にも聞いた。

確かに一度、小松崎に向かって崇が言っていた。

奈々は頭の中で反芻する。

静春……皓明……朱音……。

——あっ！

奈々は閃いた。

「色――ですか！」

「そうだ」崇は奈々を振り向いて、ニコリと笑った。そして岩築たちを見て言う。「全員の名前には『色』が含まれているんです。静春さんの静には『青』が、皓明さんの皓には『白』が、朱音さんは『朱』――これは『赤』としても良いでしょう――。矢野廣さんの廣には『黄』が、墨田さんの墨には『黒』が――。五人で一色ずつ全部で五色です。そして、青・赤・黄・白・黒、の五色といえば――」

「陰陽五行説！」


「素晴らしいね、奈々くん。その通りだ」

「？　……何だって？」岩築は首を捻る。「何だ、その引用勤行説、ってのは？」

「陰陽五行説、です」

崇は律儀に訂正する。

そして、ゆっくりと全員を見回した。

「この世の森羅万象、全ての現象は『木・火・土・金・水』の五行に還元できる、という中国思想です。この思想は天の五星、歳星である木星、熒惑星の火星、鎮星の土星、太白星の金星・辰星の水星とも結びつき、やがて地理・数学・医学・科学・政治、そして宗教・占いにまで多岐の分野に亘って浸透して行ったんです——。

この木・火・土・金・水は、方角で言えばそれぞれ、東・南・中央・西・北にあたります。そして季節では、春・夏・土用・秋・冬となります。また漢方医学的には各々『肝・胆』『心・小腸』『脾・胃』『肺・大腸』『腎・膀胱』を、味覚では酸・苦・甘・辛・鹹を——。そして『色』は、それぞれ青・赤・黄・白・黒を司っているとされています。ちなみにこの色は、七夕の時に飾られる『五色の短冊』の色です。そして真榊家で言えば——静春さん・朱音さん・矢野廣さん・皓明さん・墨田さん、の五人ということになります……。

つまり大陸氏にとって『白』を表す人物こそが——」

崇は、つと皓明を見た。

「あなただった、というわけなのです」

「——そんな……そんなこと……僕は今まで、父から何も聞いていない……」

「これは偶然だったのでしょうか？　それとも大陸氏が意図したことだったんでしょうか。俺には想像するしかありませんが——」

「あっ！」皓明は、瞳を大きく開いて叫んだ。「偶然じゃない！」

「え？」

「父だ！　父が考え出したんだ……。そうだ、僕と朱音は昔、改名させられた！」

「！」

「僕の戸籍上の名前は『浩明』だ。それを真榊家に入る時に『皓明』に改名させられた。朱音もだ！　あの娘は十八年前までは『茜』だったんだ！　それを、やはりこの家に入る時に、父によって改名させられたんだ！」

「……そう、ですか」崇は目を細めて言う。「では、やはり大陸さんは確信犯だったわけですね」

「何故、父はそんなことを……」

それは――、と崇は言う。

「結界を張るためです」

「結界――？」

「平安京、は皆さんご存じですね」

崇は全員を見回す。

今度は誰もが頷いた。

「延暦十三年（七九四）十月二十二日、桓武天皇によって遷都されましたが、この平安京は四神相応の都と呼ばれているのもご存じですね」

再び皆は頷く。

これは、奈々も聞いたことがあった。

以前に京都に旅行した時に、タクシーの運転手が説明してくれた。京都の街は、四体の神に護られている。東には確か龍がいて……。

「平安京は」崇は続ける。「東には鴨川、西には山陽・山陰道、南には——今はありませんが、当時は——巨椋池があり、そして北には船岡山があります。これら全てを充たした地形には、必ず『良い気』が集まる、というわけです。そしてその四方を護る神獣は、東に青龍、西に白虎、南に朱雀、北に玄武となります。ちなみにこれらは少陽・少陰・老陽・老陰という気の流れを表しているとも言われています——。そしてこれらを色で表すならば、東が青、西が白、南が朱、北が黒、となるのです」

崇は一息ついて、岩築を向いた。

「さて、ここで昔の真榊家の見取り図を思い出して頂きたいのですが——」

え？　と答えて岩築は隣の堂本を小突いた。

堂本はあわててガサガサと、資料を詰め込んだ上着の内ポケットを探り、何枚目かにやっと改築以前の真榊家の見取り図を引っ張り出した。

どうぞ、とテーブルの上に図を広げる堂本に、崇はありがとう、と答えて皆を見回した。

「皓明さん。この部屋割りは、あなたがこの邸に来られた時からずっとこうでしたか？」

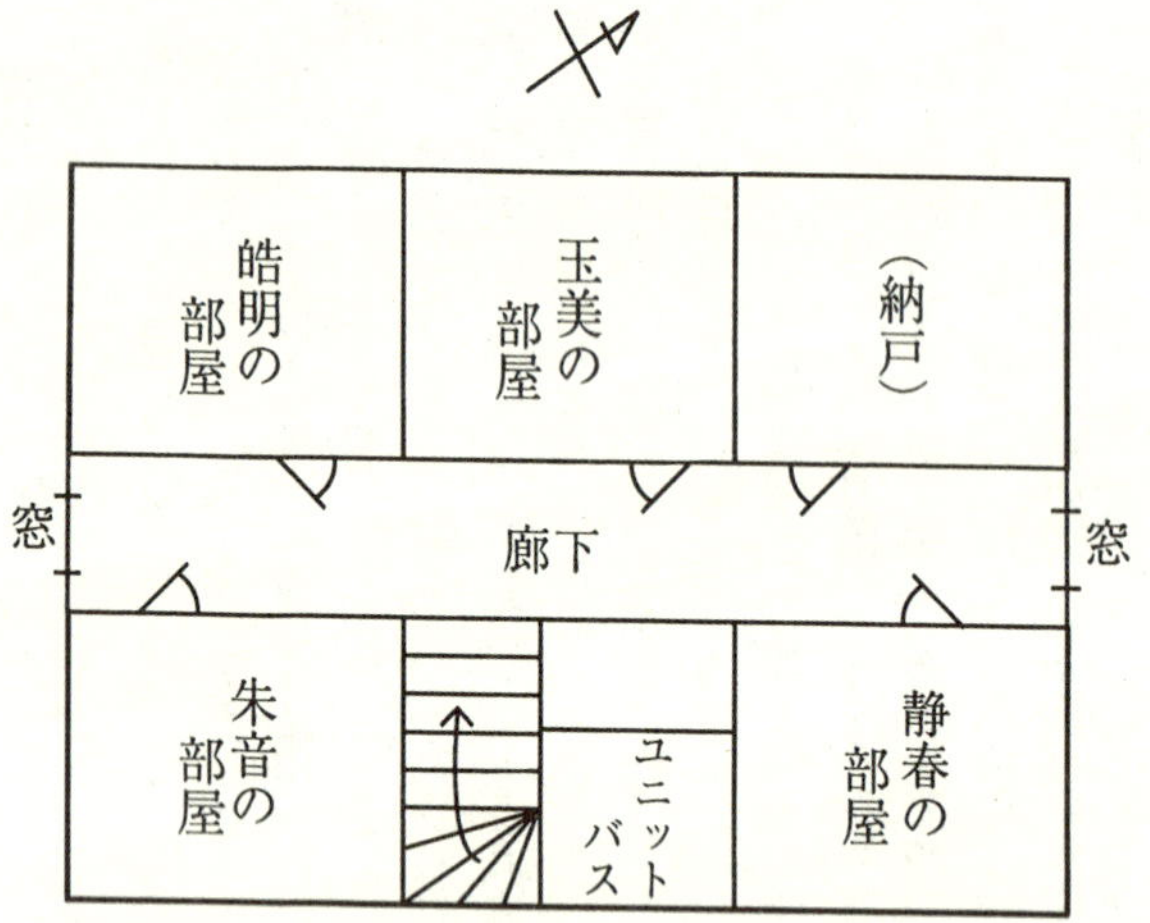

「あ、ああ。もちろん、そうだ」皓明はその図を覗きこんで頷いた。「最初から、お前の部屋はここだ、と父に指定されていた……。当時、僕はまだ四歳にならなかったが、西日のきつく当たるあの部屋は、幼心にも余り気が進まなかった。それに、後に朱音に割り当てられた南向きの部屋は、居心地が良さそうなままで、まだ空いていた。それとなく何度か父に部屋替えをねだってみたが、頑として受け入れてはくれなかった——。もっとも、自分の要求がそんなに簡単に通るとは、幼い僕でも本心から思ってはいなかったがね……」

「……そんなところでしょうね」崇は静かに笑いながら、見取り図を指差した。「どうですか、見て下さい。ここで東の位置にいる静春さんは『青』、南の位置の朱音さんは

『赤』、西の部屋の皓明さんに『白』を当てはめれば、東西南と対応して行くじゃないですか。ただ北の部分の空室は――」

「あっ！」と声を上げたのは里子だった。「その部屋には最初、墨田さんが入る予定でおりました。ところが当時はまだ墨田さんのお母さまがいらっしゃって、しかも殆ど寝たきりの状態でしたので、それだけはどうしても、と墨田さんが旦那様の前で頭を床にこすり付けてお断りしていたのを覚えております……」

「――やはり、そのような事情があったんですか……。北に墨田さんを置く、という当初の目的は達成されませんでしたけれど、つまり大陸氏は、自分の邸を四神相応にしたんです……。自宅の周囲の地形を利用したり、柳や桐や梅の木などを流水や沢畔や大道の代わりとしたり、黄土や赤土や黒土を盛ったりするという話は珍しくはないですが、大陸氏の場合はそれを、自分の息子や娘たちで以て行なったんです」

――何という……。

奈々の驚きを無視して、崇は続ける。

「ところがここで、大陸氏夫人の和美さんが病死するという、不測の事態が起こった。この結界は、自分の妻の病死という不幸から、この家を護ってはくれなかったんです。そこで大陸氏は、もっと強力な結界が必要だという妄執に取り憑かれたのです。そして氏は、無理矢理その願望を遂げた――。今度はきちんと、墨田さん、そして矢野さんまで加えた五人でもって、以前よりも数倍大規模な結界を張ったんです」

——？

「堂本さん。皓明さんたちのマンションの位置を印した地図はありますか？」

崇は堂本を向く。

堂本はまたあわてて、上着のポケットを探った。

やはり何枚か紙を引っ張りだした後、今度は少し大きめの地図のコピーを取り出した。崇はそれをテーブルの上に広げ、そして全員が覗き込む。

そこには東京から半径二十キロの円周上に、岩築の印した五つの赤い丸があった。

崇は自分の胸ポケットからペンを取り出して、無言のまま、その地図の上に五本の線を引いた。奈々たちは、息を呑んでその仕草を見守る。

地図上の五つの点から、向かい合わせの他の二点にのべ二本ずつ真直ぐに線は伸び、

そこに現れた図形は——、

「星形だぜ、こいつは！」岩築は叫ぶ。

いつの間にか地図上には、真榊邸を中心に置いて二十キロの円に内接するように大きな星形が描かれていた。

「五芒星です」

崇は言った。

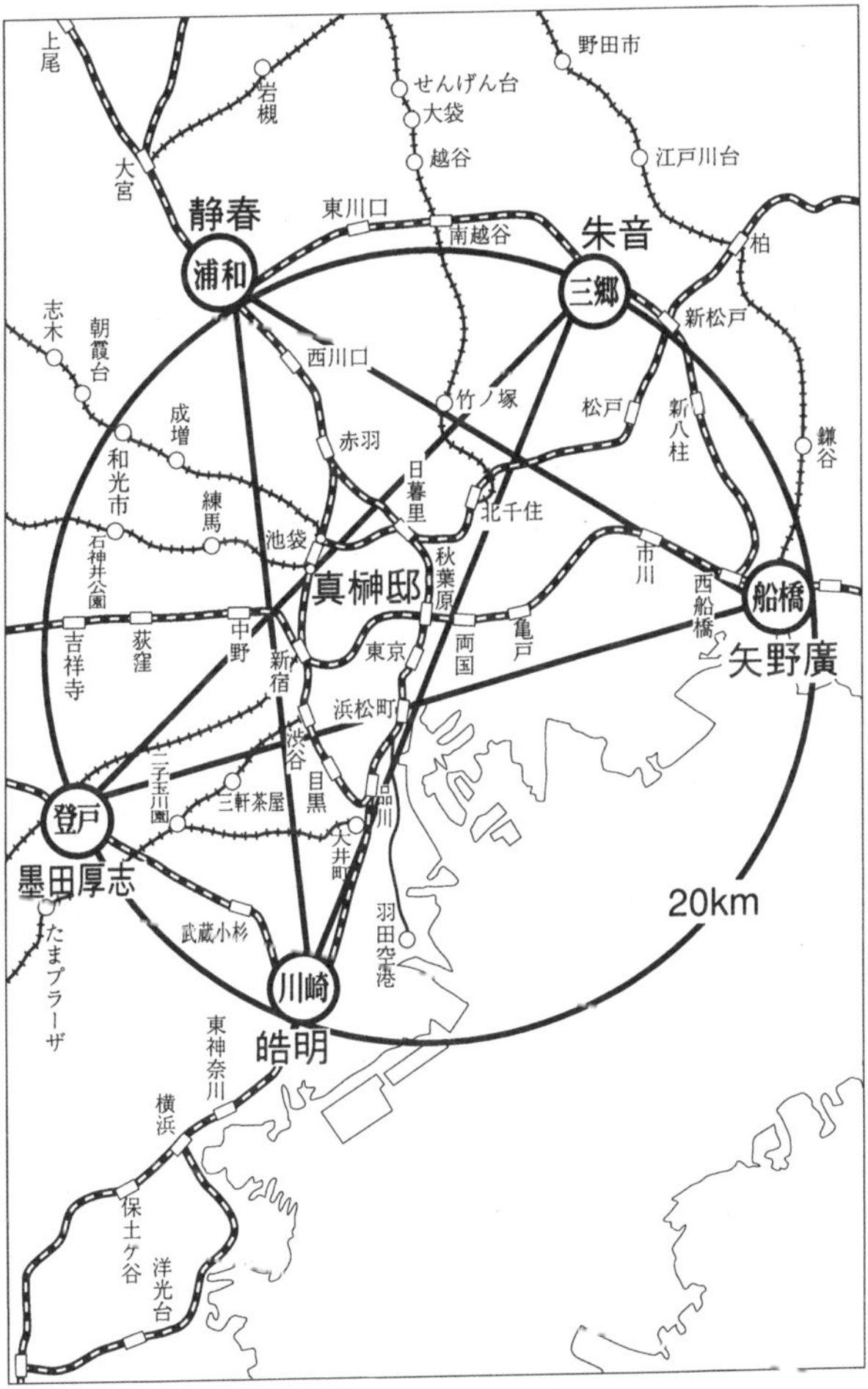
上尾
岩槻
せんげん台
大袋
越谷
野田市
江戸川台
大宮
静春
浦和
東川口
南越谷
朱音
三郷
柏
新松戸
志木
朝霞台
西川口
竹ノ塚
松戸
新八柱
鎌谷
成増
赤羽
和光市
日暮里
北千住
練馬
石神井公園
池袋
秋葉原
真榊邸
市川
西船橋
船橋
吉祥寺
荻窪
中野
新宿
東京
両国
亀戸
矢野廣
浜松町
渋谷
二子玉川園
三軒茶屋
目黒
品川
大井町
登戸
墨田厚志
武蔵小杉
羽田空港
20km
たまプラーザ
川崎
東神奈川
皓明
横浜
保土ケ谷
洋光台

「これは正しくは、晴明桔梗印、またはセーマン符とも呼ばれている呪術図形です。修験道では、バン・ウン・タラク・キリク・アク、の金剛界五如来の梵字を唱えて指で描きますが、陰陽道では五行説、つまり木・火・土・金・水、を表しているんです」

——晴明……桔梗印！

奈々は息を呑んでその図形を見つめた。

「じゃあ、大陸は、その図形に合うようにわざわざ家族を住まわせたってのか！」

叫ぶ岩築に、崇は冷静に言う。

「確認してみましょう」

呆気に取られている全員の前で崇はノートを一枚破ると、地図の隣に広げて大きく五芒星を画いた。

「この場合、頂点は必ず『木』になります。そして時計回りに『火』『土』『金』『水』と続きます。色で言うと、十二時が『青』そして『赤』『黄』『白』『黒』の順番です」

崇は全員の顔を見ながら言う。

「つまり浦和は、青で——」

「静春だ！」岩築が叫んだ。

「そして三郷、赤は——」

「朱音だな！」堂本が唸った。

「次に船橋、黄は——」

「矢野だ！　廣だ！」小松崎が吠えた。

「次の川崎、白は勿論——」

「私です……」皓明が呟いた。

「そして最後、登戸、黒は——」

「墨田さんです！」奈々は——ただ驚いた。

「そうです」崇は頷く。「そしてこの結界の中心に『玉』つまり『命』を抱いて、大陸氏が住んでいたというわけです。何故こんなにも大がかりな仕掛けを施したのか、それはもうお分かりでしょう、皓明さん」

「いや……」

「理由は簡単です。それは、大陸氏の——怨霊への恐怖からです」

「——怨霊！」

「桓武天皇が平安京に託した思いと同じです。怨霊から逃れたい一心だったんです」

「桓武天皇が、ですか？」

　尋ねる奈々を見て、崇は言う。

「そうだ……。桓武の周りでは、延暦七年（七八八）の夫人・旅子の死に端を発し、高野皇太后、乙牟漏皇后と相次いで鬼籍に入った。一方、都では疫病が蔓延し、災害が相次ぎ、群盗が闊歩するという惨憺たる状態が続いた。桓武は、これらは全てかつて自分が死に追いやった早良親王の怨霊の為せる業だと確信して怯えた。そこで急ぎ、早良親王の陵を改造させて、塚守りを置くと共に、官人に陵の守護を命じ、諸陵頭を派遣して怨霊鎮撫を祈念させたんだ。しかし、それだけでは桓武の心は安らがずに、ついに古都を棄てて、新京に遷都することとなった。これが四神相応の、その名も平安京だ……。桓武天皇が早良親王の怨霊を怖れていたように、大陸氏も過去の女性――皓明さんの母親――や、死んで行った友人たちの怨霊を、非常に怖れていたのでしょう」

「そんな――！」額に皺を寄せて叫んだのは、皓明だった。「僕は、そんなことは、今まで一言も聞いてはいない！」

「でも、これは明白です。十五年前に、夫人の和美さんが亡くなった。しかも病気で」

「肺結核です……」

「そうですか――。肺結核は疫病。疫病は――大陸氏にとっては――怨霊の祟りなんです。先程も言った通り、せっかく発案した、家族全員による四神相応の邸が和美さんの病死に対して何の効力も発揮しなかったという現実を痛感した大陸氏は、邸を改築しました。そして皓明さんたちを買い与えたマンションに住まわせることで、再び大がかりな結界を張ったんです……。しかもここで、皓明さんや朱音さんや矢野さんには、特別な意味がありました」

「僕たちに、特別な意味？」

「そうです。それはあなたがたが、大陸氏に恨みを抱いて亡くなっていったであろう人々の子孫であるということです」

「え！」

「それこそ、供養です。あなたの子孫を私はきちんと護っています、という怨霊たちに対する陳謝と贖罪(しょくざい)です。そして同時に、自ら手にしている鬼の子孫――つまり、あなたがた――をもって、自分の玉、命を護ろうと考えたんです」

「――！」

「それほどまでに大陸氏は、あなたがたの父親や母親の怨念を心底怖れていたという証拠に他なりません……。皓明さん。あなたがわざわざ策を弄(ろう)しなくとも、大陸氏は日々怯えていたんです。おそらくは何十年となく、一日たりとも心休まる日々もなく、毎晩のように襲いかかって来る怨霊たちと戦っていたことでしょう」

「――！」

ガタリ、とイスを蹴って立ち上がった皓明は、それ以上開かないだろうと思われるほどに両眼を大きく開いて絶句した。

そして両手をテーブルの上につき、自分の体を支えて俯いた。

肩が震えている。

——？

泣いているのか？

いや違う。

皓明は、笑っていた。

最初は、くっくっく……と。

そしてその声は、徐々に大きくなる。

やがてもう、こらえきれぬというように、両手で自分のお腹を抱えこんで笑い出した。

皆は唖然としたまま、一人高笑いを響かせる皓明を見つめる。

「いや、まいった、まいった」皓明はまだ笑いが治まらない様子で、肩を小刻みに震わせながら言った。「それほどまでに父が、僕の母たちの怨念を怖れていたとはね！　今までちっとも知らなかった。くっくっく……。それならば僕は君の言う通り——」

皓明は一瞬笑いを止めて、崇をじろりと見る。

「何もわざわざ父に内緒で薬を飲ませたり、壺で殴ったりしなくてもよかったんだな。その上、愛する玉美まで殺してしまったとは！　何という——何ということだ！　自分の間抜けさに呆れ返ってしまう。わっはっはっは……」

皓明の笑い声は、しんとした広い食堂内に響き渡った。

岩築は堂本に目で合図を送り、堂本はイスを蹴って立ち上がる。

そして皓明の後ろに回ると、まあ落ち着いて、続きは署で話してもらいます、と両肩に手を置いた。

それが合図のように皓明は、ガックリと、まるで壊れた壺のようにイスに崩れ落ちた。

そして、堰(せき)を切ったように泣き出した里子の声だけが、食堂の中に虚(うつ)ろに木霊(こだま)した。

なあ、と小松崎が崇の耳元に囁いた。

「タタル。一体、お前はどこからこんなことを思いついたんだ？」

「どんなこと？」

冷めた目付きで問い返す崇に、小松崎は言う。

「どんな——って、今までの話、全部だよ！　何もかもひっくるめて、全部だ」

「ああ……百人一首からだ」

「百人一首？」

「定家もやはり怨霊を非常に怖れていた。そういう人間が、日常を平穏に暮らそうと思ったら、まず何をするか——」

「魔除け……か」

　そうだ、と崇は頷く。

「だから百人一首も、ある種の魔除けの札で、それを障子に貼り巡らすことによって、定家は自分の周りに結界を作り出そうとしていたんじゃないか、という結論に達した時に、ふと思い当たったんだ。もしかしたなら大陸氏も、定家と全く同じようなことを考えたんじゃないか、とね……。そして息子や娘、そして秘書二人の名前を見て、五芒星の結界を張ったんだと確信した……」

「なるほど……」

　そう言えば、と崇は、

「陰陽五行説で『金』つまり『白』は、喜怒哀楽のうち、『悲』を司るといわれていたな……」

　ポツリと呟いた。


　その後の収拾は岩築たちに任せて、崇と奈々は真榊家を出た。

　小松崎は、例によって岩築や堂本ともめた。

　お前は帰れ、いや叔父さん、ここまで来てそいつはねえだろう、駄目だ、そう言わず――。

などと一悶着あった後、結局小松崎の粘り勝ちになった。もう少し、邸に残るという。

タタル、お前はどうする？　という小松崎の言葉に崇は、無言のまま首を横に振った。

奈々ちゃんは、という問いかけに奈々は――崇が帰るというものを、自分が残っているというのも何か変だ――やはり首を横に振って、断った。

ここから先は、警視庁の領域だ。素人がいても、ただ邪魔になるだけだろう。

それに、もう長居もしたくはなかった……。


既に陽は西に傾き、風も冷たく頬を打った。

奈々は、コートの衿を立てる。

今頃は少し遅れてやって来た静春や矢野たちを前に、岩築が事件の全てを説明していることだろう。


崇は無言のまま、少し俯き加減で歩いて行く。

奈々は例によって半歩遅れてその後ろを、やはり何も口をきかずにただ歩いた。

もう冬が近い。

足元で茶色い落葉が、カサリと舞った。

――いづくも同じ秋の夕暮れ……か。

奈々はマフラーをかき上げる。

そう言えば——。

奈々は急ぎ足で崇の隣に走り寄った。

「あの……タタルさん」

「何だ？」

崇は相変わらず無愛想な顔のまま、足も止めずに答えた。

「あの——大陸さんが邸に百人一首を飾っていたのも、何か意味がある、とおっしゃっていませんでしたか？」

「——ああ」崇は前を向いたまま、奈々を見もせずに言う。「おそらく大陸氏も、百人一首には何らかの形で魔除けの仕掛けが施されているという話をどこかで耳に挟んだんだろう。ただ、俺たちが試みたように、曼陀羅になっているとは知らなかったようだけれどもね……。だからさっき言った通りに、五芒星の結界を張り、その中心に尚且つ百人一首に囲まれて暮らすという方法を取ったんだろう」

「…………」

やがて白山通りに出た。

余り人通りの多くない夕暮れの歩道を、二人は並んで歩く。

「夫人に先立たれてから」崇は、ポツリと言う。「おそらく大陸氏には怨霊封じの結界しか頼るものはなかったに違いない……。その証拠に、大陸氏の寝室に掛かっていた自筆の額を見ただろう。あれに書いてあった」

「え？」

奈々は寝室の入り口上の、あの漢詩のような文を思い出す。

『足下観
不退転
信我有
仏道心』

「足下観、はおかしい。それを言うならば『観脚下（かんきゃっか）』だ。自らの足元を見ろ、という意味でね……。あの漢詩とも言えない下手くそな詩は、大陸氏の創作した言葉遊びだ」

「言葉遊び？」

「そうだ。一番上の文字を左から読むんだよ。仏信不足——仏、信ずるに足らず、とね。大陸氏は実はなかなかユーモアのある人物だったようだね」

「——！」

「これで全て」崇は奈々に言う。「証明終わり（Q.E.D.）」

やがて二人は、地下鉄の入り口に着いた。

行楽帰りの人々が行き交う中を、長い階段を降りて切符売場に着くと、崇は奈々を振り向いた。

そして、思い出したように言う。

「例の百人一首曼陀羅だけれど、もう少しきちんと完成したら、君の家か薬局にでも送ろう。暇があったら目を通してみてくれないか」

奈々は、楽しみにしています、と頷いて、二人は別々の方向に別れた。

地下鉄に乗ると奈々は、明るい車内に背を向けるようにドアの前に立った。

そして、暗い窓に映る自分の姿だけを、いつまでもじっと見つめていた。

《終　章》

数日後――。

一日の仕事を終えた奈々が、閉店業務にとりかかろうと調剤室に入った時、店のドアが開いて、

「すみませーん」

と声がした。

はい、と答えて奈々が振り返ると、医薬品配達の若い男性が立っていた。

「あら、どうしたんですか、こんな時間に？」

奈々は訝しんで店に出る。薬の配達ならば既に午前中に済んでいた。

「あの……これを頼まれまして」

と言って彼は、大きめの茶封筒を奈々に差し出す。

「誰から？」

「萬治漢方さんの方からです」

「——！」

崇だ！

奈々は、

「すみません。お使いしていただいちゃって」

丁寧にお礼を述べる。しかし彼は、

「いえいえ。いつも、ここらへんを走ってますから」

と、恐縮したように頭を下げて帰って行った。

一瞬で少し汗ばんでしまった手に持って、封筒を眺める。

表には躍るような文字で、

『ホワイト薬局御中　棚旗奈々様』

と書かれていた。そして裏を返すと、そこには見慣れた筆跡で、

『桑原　崇』

とあった。

「どうした？　奈々くん」

急いで封筒を白衣のポケットに仕舞おうとしていた奈々の背後から、外嶋の声がした。

——私用で問屋さんを使ったなんて解ったら、まずい！

奈々はあわてて、

「いえ、ちょっと……」

と誤魔化そうとしたけれど、いかんせん封筒がかさばりすぎた。

「崇？　……桑原からか？」

ハッとして片手で押さえたポケットに目を落とすと、封筒の尻が、きれいにはみ出していた。しかも裏返しにして頭から突っ込んだものだから、逆さまになった『崇』という文字が丁度ポケットの外に覗いていた。

「あ……はい。い、今、問屋さんが届けてくれたんです。な、何でしょうね、全くもう」

「おお！　ついにラブレターか」

「ち、違いますッ！」

「開きもしないでなぜ解る？」

「そ、それは——」

何故赤くならなければならないのかは解らなかったけれど、奈々は耳まで赤くして反論を試みる。

しかし外嶋は、静かに首を横に振った。

「駄目だな。奈々くんは、嘘をつけない……。しのぶれど色に出でにけりわが恋は——というところだな」

「――！」奈々は目を丸くする。「い、意外ですね！　……外嶋さんは、百人一首も詳しいんですか？」

一首、しかも上の句だけを諳じたところで、詳しいもなにもないけれど、この窮地を脱すべく、奈々はしどろもどろに問いかけた。

「外嶋さんは、てっきり理系の権化のような人だとばかり――」

「何だい、その権化というのは？」

外嶋は人差し指で眼鏡をぐいと押し上げて、イスに腰を下ろした。そして両手を白衣のポケットに突っ込むと、ぐるりとイスを回して奈々を見つめる。

――しまった！

例の〝私は、これより以降の業務は放棄します〟という暗黙の主張の姿勢に入ってしまった……。

「花見は三月に行なわれる。何故か？　それは桜が咲くのが春だからだ」外嶋は言う。「スキー大会は冬に行なわれる。何故か？　それは他の季節では山に雪がないからだ。これは余りにも当然のことだな――」

また今日の閉店業務も、奈々一人の仕事になってしまうようだ。奈々は諦めて黙々と薬歴簿の記入を開始した。

「――ではここで、奈々くんに一つ質問だ。何故、百人一首カルタ取りは年に一回、正月にしか行なわれないんだ？　カルタは一年中あるぞ」

――え？

奈々はペンを持つ手を止めて、外嶋の顔をうかがった。

――そう言われれば……。

「何故――なんでしょうか？」

「うん」

外嶋は足を組んで、イスにぐっと寄り掛かる。

今日もまた、外嶋の勝ちだ。

「僕は、百人一首カルタ取りというのは、一種の神事だったのではないかと思っているんだよ」

「神事――ですか」

「ああ……。僕はあいにくとその方面には詳しくないけれど、それでも毎年正月には日本全国の神社で、百人一首カルタ取りが行なわれているという事実くらいは知っているぞ。それはおそらく、カルタ取りが魔を払うための行事の一つとされているからなんじゃないのかな？」

「…………」

「ただ、どうして百人一首が魔を払う力を持つと考えられるようになったのかは、僕には解らないし、また調べるつもりも毛頭ないけれどもね。第一、僕の趣味ではない。これは、それこそ奇人・桑原の分野だな」

話題が「百人一首」という余り外嶋の範疇に入っていなかったことが幸いしたのだろう。閉店業務後半から、珍しく外嶋の協力も得られて、奈々は予想よりも早く家に帰りつくことができた。

その上、外嶋からは、崇から来た封筒の中身について、それ以上何も詮索をされなかったのも嬉しい。

他人のプライバシーには殆ど関与してこない、というのが外嶋の長所の一つでもある。もっとも本人にしてみれば、ただ単にそんな些末な事柄には、全く興味がないというのが本音だろうけれど……。

家のドアを開け、ただいま、と言うなり奈々は自分の部屋に駆け込んだ。

そして息を切らして、封筒を開く。帰りの電車の中では開けずに、じっと我慢をしてきたのだ。

封筒の中には数枚の手紙と、何回も折り畳まれたコピーが入っていた。

奈々は、まず手紙を開く。
白い便箋(びんせん)の上に書かれた、崇の几帳面(きちょうめん)な文字が目に飛び込んできた。

「前略
　先日の約束のものを同封します」

と、相変わらずのそっけなさで、その手紙は始まっていた。

「胎蔵界曼陀羅で最も重要視されるのは、大日如来(だいにちにょらい)と千手(せんじゅ)観音と金剛蔵王菩薩の作り上げる、三角ピラミッドの宇宙だ。図像的にも、千手観音と金剛蔵王菩薩は、大日如来に次ぐ大きさで描かれている。

先日も言ったように、この千手観音に菅原道真を配し、金剛蔵王菩薩に崇徳院を配しているということ自体が、怨霊を怨霊で封じ込めるという定家の深謀を表していると思う。

ちなみに千手観音は、大悲の権化・呪術王とも呼ばれている。大怨霊・道真にぴったりじゃないか。道真の歌に出てくる『手向山』の手は『千手』の手ではないか、とも思えてくるほどだ。

そして金剛蔵王菩薩は、正確には一百八臂金剛蔵王菩薩、という。この一百八というのは、もちろん人間の煩悩の数だ。つまり、現世に執着する心のことだ。これも、実に崇徳院にぴったり当てはまると思わないか？　彼の人生最期の姿といい、『われても末に逢はむとぞ思ふ』という強い調べといい。

そしてもう一つ付け加えるならば、後鳥羽院の虚空蔵菩薩は、あらゆる智徳を備えた菩薩のことで、その右手もしくは左手に、常に大刀を携えている。奈々くんは、後鳥羽院が力を入れて蒐集していた物を知っているだろうか？　それはとりも直さず『刀剣』だ。自らもその手で『菊一文字』という刀剣を鍛え上げた、という伝説を持っている。

そして、それら全ての人々（仏）の中心に、大日如来である、式子内親王がいる。大日如来を包む大白光円は、宇宙であり、子宮であり、完全なる清浄な世界のことだ。

式子内親王の力によって、これら全ての人々の怨念は浄化されるという意味なんだ——」

奈々は灯りの下で、食い入るように手紙を読む。

一方祟の文字は、相変わらず淡々と続いた。

「金剛界曼陀羅は、やはり君が言っていた通り、百人秀歌にしか載っていない四首が、曼陀羅作成に当たっての鍵となっていた。

一条院皇后宮、権中納言国信、権中納言長方、そして源俊頼らの歌は、金剛界を護らんとする四天王さながらに、見事に図の四隅に配置されている。これはぜひ、自分の眼で確認してくれ。
そして金剛界曼陀羅は、『の』の字を逆から書くように、右下の降三世三昧耶会（ごうさんぜさんまやえ）から左廻りに、全てのものが中心の成身会へと向かって収束して行くという作りになっている。ところがここで、金剛界曼陀羅の中心にいるのは――」

――定家だ！

「藤原定家、その人だ。胎蔵界曼陀羅で怨霊を抑えた定家が、今度は自らを金剛界曼陀羅の中心人物に擬（なぞら）えている。しかもここで、中心人物というのは、取りも直さず大日如来＝式子内親王のことだ。

俺はここに、彼の恐るべき執念と自負心が隠されているのではないか、と感じた。
また構成上から言えば、力強さを表す降三世三昧耶会や降三世会の中心には、僧正遍昭や清少納言らの『雲の通ひ路　吹きとぢよ』や『逢坂の　関はゆるさじ』などの強い調べの歌が配置されている。
そして性の肯定や人間賛美を表している理趣会では、壬生忠見や平兼盛らの、いわゆる恋の歌が置かれている。

また、微細会の中心には俊成・定家の御子左家と対立した六条家・左京大夫（藤原）顕輔の歌が置かれているのも、何やら意味深な気もする……。

ここでこれ以上細かくは記さないけれど、その他の点についても自分で確認してくれ。

では、またの再会を祈って。


草々」


と、あった。

奈々は、同封されているA３判のコピーを、自分の膝の上に、パサリと広げる。

その紙の表には百人一首の胎蔵界曼陀羅が、そして裏を返せば百人秀歌の金剛界曼陀羅が、綺麗な姿で描かれていた。

やはりそれらは、今まで目にしたどんなジグソー・パズルよりも華麗に、そして荘厳に、奈々の心を圧倒した。

まさに「歌織物」である。

しかも、これを考え出し、そして織り上げたのは、あの孤高の天才歌人・藤原定家だ。

この百人一首と百人秀歌は、定家の情念で織られた織物なのだ。

それを思うと奈々は——比喩ではなく——震えた。

しかし、ふと思う。

この「百人一首」という歌織物を織り上げた定家は、果たして単なる隠居歌人だったのだろうか？

というのは——つまり、後鳥羽上皇の倒幕失敗に何も絡んでいなかったのだろうか？ということだ。

この時代は、奈々の既成概念に反して、全く「平安」ではなかったらしい。貴族たちも、ただ優雅な日々を送っていたわけではなかったらしい。案外と、生臭い生活を送っていたようだ。かの、西行でさえもそうだったと聞いた。

とすれば、定家だって例外ではなかっただろう。

崇が言った。

実際に「紅旗征戎」が、自分の身に降りかかってきていたからこそ、「吾が事」ではないと定家は言ったのだ、と……。

つまり、その理論からいけば、承久の変にも、定家が関与していたとも考えられなくもない。歴史の表には全く出てこないけれど、でも、崇の言う通りに、定家が後鳥羽上皇をずっと恨んでいたとすれば——。

そして、怖れていたとすれば——。

奈々は、そんな話は耳にしたこともないし、もちろん「承久の変」自体、崇から聞いた以上の資料は持っていない。

——深読みのしすぎだろうか？

誰かさんと付き合って、性格が悪くなってしまったのか？

こんな話を、妹の沙織にでもしたら、きっとまた笑われてしまうに違いない。

奈々は、一人苦笑いした。


でも——。

膝の上に、祟からの手紙を広げたまま、考えた。

そういった怨念や呪というのは、一つの概念に違いない。

人間の精神と一緒だ。

だから、ないと言われればないのだろうし、あると言われれば、

——本当にあるのだろう。

とすれば、それらの「無形の概念」に対して戦い、そしてそれらから自分の身を護るために最も有効なのは、やはり「無形の概念」しかないのではないか。

呪には、呪で。

怨念には、怨念で。

相手が目に見えない敵である以上、こちらでいくら刀を振り回したところで無駄なのだ。

武器は、それと相対的に比較される力を持ってこそ、武器になる。

呪と刀では、戦いにならないだろう。

では、一体どちらが相手に対して有効な手段なのかと聞かれると――。

奈々は、少し揺らぐ。

今までだったら、悩むこともなかったような問題だ。でも、崇の話を聞いてしまったおかげで、自分の軸が――揺らいでしまった……。

しかし――実際にこうして、奈々が悩んでしまっているように――呪が、自分の脳に向けて発せられた、目に見えない化学物質と考えれば……。

要は、自分の頭の中で、それらとどうやって折り合いをつければいいか、というだけのことなのだろう。結局、個人の脳に還元される。

そう考えると、今まで「遊び」の範疇でしか考えてみたことがなかった、神社のお札や、お守りや、魔除けの儀式などが、急にリアリティを持ち始めた。

あれは単なる「遊び」などではない。

いや――。

むしろ、とても論理的な物なのではないか。

実に、理に適っているのではないか。

奈々は、部屋の窓から空を見上げる。

気が付けば、今夜は満月だった。

――恋しかるべき夜半の月かな……。

覚えたての歌をふと口ずさみ、膝の上に広げられた歌曼陀羅に目を落とす……。

桑原崇。

変わった男だ。

そして外嶋も、小松崎も……。

今回は彼らに随分と振り回されてしまった。

これからもまた、そんな「非日常」が奈々を襲うのだろうか？

それを思うと何か楽しくて、

クスリ、

と笑ってしまった。

《参考文献》

『新古今和歌集』 久松潜一他校注／日本古典文学大系28／岩波書店
『百人一首』 有吉保訳注／講談社学術文庫
『百人一首』 平凡社
『百人一首故事物語』 池田彌三郎／河出書房新社
『田辺聖子の小倉百人一首』 田辺聖子／角川書店
『絢爛たる暗号』 織田正吉／集英社
『百人一首の秘密』 林直道／青木書店
『藤原定家』 安東次男／講談社学術文庫
『冷泉家時雨亭文庫』 朝日新聞社
『図解 密教のすべて』 ＰＨＰ研究所
『天台密教の本』 学習研究社
『両界曼荼羅の智慧』 石田尚豊／東京美術
『国宝大事典』 濱田 隆／講談社
『新訂 官職要解』 和田英松／講談社

この本の執筆にあたり、数々の助言をいただきました、講談社文芸局・宇山日出臣氏。文芸第三出版部・唐木厚氏。未だにお世話になりっ放しの、佐々木健夫氏。文庫化の際のわがままを全て受け入れていただきました、(ご結婚、おめでとうございます)文庫出版部・小塚昌弘氏。

思いもかけぬ素晴らしいお言葉をいただきました、北村薫氏。とてもお忙しい中、快く解説をお引き受け下さいました、西澤保彦氏。その他大勢の関係者各位に、この場を借りて深く感謝致します。

*

なお「幽霊が見えることについての、四つの分類」に関しまして、井上円了の「妖怪の分析」説と酷似しているのではないか、というご指摘をいただきました。

しかしこの作品を著した当時は(恥ずかしながら)、井上円了説を全く目にしたこともなく、それゆえに純粋なる偶然——というよりは、当然の論理的帰結——であり、また論の本質を異にしているであろうという判断により、当初のままとさせていただきました。

百人一首配列とミステリ

北村　薫

　百人一首は、何らかの形に配列し得る。――それを最初にいったのは、本作にも書かれている通り、織田正吉氏です。氏の『絢爛たる暗号』が登場してからというもの、この魅力的な《謎》は、後に続く、多くの挑戦者を生んで来ました。もはや、これは一つのジャンルといっていいでしょう。そして、わたしは、このジャンルの、誕生以来のファンなのです。林直道氏の『百人一首の秘密』もまた、わたしはリアルタイムで読み、そのままで実に美しいミステリだと思いました。その頃から、わたしは、この《百人一首配列もの》の新しいミステリが現れることを、半ば期待しつつ、一方で《林氏の本があれば、もうそれでいいな》とも思って来ました。

　なぜか。

　《百人一首配列》は、それだけで独立性を持った大きな謎です。殺人事件などと取り合わせる必要はありません。そうすることは、むしろ、水と油を混ぜるに等しい。互いの要素が否定しあい、作品としての価値を落とすに違いありません。わたしの夢想した、この手のミステリの最高傑作とは、林氏の作品における解明を、作中の名探偵がなす――というものでした。そういうものが現れればいい。しかし、《ミステリ》を書こうとする人なら、不必要な殺人事件を持ち出さずにはいられないでしょう。それが嫌でした。

それだけに、この作品には虚を衝かれました。なるほど、こういうやり方もあるのかと感心しました。ここでは、水と水、油と油を混ぜるような作業がなされています。独立したミステリとして提出した場合には、この殺人事件の解明は、長編を支え得るものではないでしょう。それが、微妙に――

この程度なら、いっても大丈夫かと思いますが、厳密にいえば種明かしにもなります。心配な方は、本編を読んでから、次に進んで下さい。

――百人一首の札の並び替えと二重写しになっています。そのため、双方の謎が手に手を取り合うという形になっているのです。肝心の（と、いっていいでしょう）、百人一首配列の解答もまた、美しいものです。

ここでは、百人一首配列をミステリにするという困難な仕事が成し遂げられています。何よりも、それを嬉しく思いました。

解説

西澤保彦

しかしなににしろ、タイトルが『QED』である。

例えば一連のフレデリック・フォーサイスの作品群などに代表される「情報小説」は、テクニカルに論ずるなら非常に明快な小説作法に裏打ちされていると言えよう。膨大な蘊蓄(うんちく)やペダントリーを駆使することは、既にそれ自体がエンタテインメントとなり得るからである。もちろんあくまでもフィクションとして作品を読者に提供しようとするなら、文体、題材の昇華力とともに、単なるジャーナリズムとは明確に一線を画す目的意識と技量が実作者に要求される道理は改めて指摘するまでもない。

「情報小説」の範疇(はんちゅう)に入るのかどうかはともかく、ミステリにも「歴史ミステリ」と呼ばれるジャンルがある。史実や過去の事件の再検討作業に現在進行形の犯罪が重なるのがもっとも典型的なフォーマットで、それらの謎の真相は往々にしてお互いが二重写しになる形で解明される。すなわち歴史的知識という情報はアナロジーに変換され、現代を舞台にした物語の伏線、もしくは文学的異化効果として機能する。むろんそうした大雑把な効用的配置だけが「歴史ミステリ」のすべてではないかもしれないが、こうした構成がミステリ小説において非常に有効な手法であることは疑い得ない。

そして、本来手段であったはずのものが目的化してしまうという倒錯が起こりがちなのも世の常である。特に小説の場合、形而上学的作業の要請上、先鋭的・実験的手法を究めようとすれば、よりブッキッシュに、よりビブリオグラフィックになってゆくのは避けられぬ必然と言ってよく、本来アナロジーというフィクションの一手段に留まらなければいけないはずの知識・情報を、目的化して全面でプレゼンテーションしてしまう（極端な場合、フィクションではなくジャーナリズムに堕してしまう）作品がしばしば登場してしまうのもある意味、当然といえば至極当然の現象ではあるだろう。この点に関して評論家の関口苑生は著書『江戸川乱歩賞と日本のミステリー』（マガジンハウス刊行）の中でそのものずばり「『お勉強ミステリー』の流れ」と題して一章を割き、「ノンフィクションでは書けないことも、小説という虚構を鎧にして論旨を展開していくことにより、作者の主張もストレートに伝わっていくメリットもあったのだ」としながらも、暗号解読や歴史上の謎にかまける余り肝心の現在進行中の殺人事件の取り扱いをおざなりにしがちな作品群を指して「こうしたミステリーを書く作者たちのいい加減さ、適当さは一体どこに起因しているのだろう。歴史の謎を描いているからミステリーだと思い込んでいるのだろうか。ならば、そのことだけに執着して、現在で起こる殺人事件など書かなければいいのだ」と手厳しくも、至極まっとうな批判を展開している。

かくいう筆者も、一九九八年に講談社ノベルスより親本が刊行された本書を最初に手に取った際、単に百人一首を題材にしているというただその事実のみを根拠にして同様の懸念を一瞬にしろ抱いてしまったことを、ここで正直に告白しておこう。しかし。

しかしなにしろ、タイトルが『QED』なのである。

誰しも考えるところは同じらしく、本文庫に再録されている親本の推薦文の中で北村薫も「《百人一首配列》は、それだけで独立性を持った大きな謎です。殺人事件などと取り合わせる必要はありません」と、はっきり書いている。その上で北村は本作品を「なるほど、こういうやり方もあるのかと感心しました」と称賛する。「こういうやり方」とは、どういうやり方か。北村は〈百人一首配列の謎に殺人事件を取り合わせることは水と油を混ぜるに等しい、という自身の比喩を受ける形で〉「ここでは、水と水、油と油を混ぜるような作業がなされています」と抽象的な表現に留めているが、「双方の謎が手に手を取り合う形になっているのです」という一節からして〈例えば前掲の関口が批判するような志の低い作品群とはちがって）、バランスのとれた出来栄えになっている——というほどの意味かと想像される。

もしも筆者が北村の真意を取り違えているとしたら素直に謝るしかないが、本解説はこの意見には必ずしも与しない。誤解を招く言い方になるかもしれないが、そもそも本作品の肝は「百人一首配列の謎解き」その一点のみなのである（北村も控えめながら同様の趣旨の発言をしている）。そして「真榊大陸殺害事件」に、敢えてその肝と取り合わせなければいけないほどの有機的必然性があるのかと言えば、そうでもない。よく読んでみれば判るが、双方は根本的に乖離している。単に真榊大陸が百人一首マニアだったというだけでは機能的相関性とは言い難い。かろうじて藤原定家による選歌と真榊大陸による身内の住居分散とのあいだにそれぞれの意図の相似性が窺えるくらいだが、それとて有効なアナロジーとして物語に織り込まれているとは、少なくとも筆者は思わない。

にもかかわらず、だ。本書における現在の殺人事件に（関口が批判するいわゆるお勉強ミステリのような）「付け足し感」はまったくないのである。作者の高田崇史は、いわゆる情報小説的な歴史ミステリが陥りがちな失敗をやっぱりしているにもかかわらず、一本格ミステリ作品として傑出したクオリティの獲得に成功している。これは驚嘆すべき快挙だ。いったいどうやったら、そんな離れ業が可能だったのか。筆者が考えるに、それは高田崇史という作家が、如何にも本格ミステリ的な、ある過剰性を有しているからなのではあるまいか。

なにしろタイトルが『QED』なのだ。
なにしろ、だ。

一般的にも創作法論上も、手段が目的化するという表現はあまり良い意味合いとしては使われない。恋人の素性はどうでもよくてとにかくラブレターを書く行為自体が楽しいみたいな本末転倒こそが、しかし本格ミステリという特殊ジャンルを推進する、極めて大きな原動力になってきたこともたしかだ。誤解を恐れずに言えば、本格が手段を目的化することで発展してきた——もしくは命脈を保ってきた——側面は否定できない。象徴的な例が、いわゆるトリック主義である。

霞流一作『オクトパスキラー8号』（アスペクトノベルス）の巻末解説で日下三蔵は「歪められた人工美～奇天烈本格の系譜」と題して、意外性を追求するあまりほとんど冗談の域にまで達してしまったトリックの作例を幾つか紹介した上で、こう述べている。

本格ミステリマニアという人種は、行き過ぎたトリックは謎解きゲームとしてのリアリティを損なう恐れがあることを理性では解っていても、作者が渾身の気合いを込めて放った奇想天外なトリックに、たまらない愛情と親しみを感じてしまうのも、また事実なのである（現に、ここにトリックを上げた作品の中にも、名作として高い評価を受けているものがいくつかある)。

改めて論ずるまでもなく、トリックとはあくまでも本格ミステリを成立させるための手段に過ぎない。これは我が身を省みて言うのだが、そのトリック自体をしばしば偏愛の対象とするマニアの姿とはまさしく、単なる一手段を目的化して「手法に淫する」倒錯の風景に他ならない。

トリックだけではない。ロジックにしても同様である。ロジックといっても本格ミステリにおけるそれは数学的論理性とは無縁の代物で、謎の対象を抽象化することによりその解明をシステム化する過程そのものを指す。思い切り単純に言い換えれば「詭弁」で、敢えて大きく出るならばこれなしには本格ミステリは成立しないが、ロジックが単なる一手段であることに変わりはない。それがひとたび筆者のように屈折したファンの手にかかると詭弁をこねくり回す作業自体が楽しくてたまらなくなり、肝心の作品そっちのけ。これまた「手法に淫する」倒錯の姿である。本格の場合、いわゆるコード論議にしても、キャラ萌えにしても同じことが言えよう。

いや、これは何も本格ミステリに限られた話ではない。広汎な世界文学に目を向けてみればいい。数々の古典や名作を繙けば、まさしく創作者たちが手段を徹底的に目的化して「手法に淫した」結果、生まれ落ちた名作群は枚挙にいとまがないではないか。たとえそれが異端と看做される方向であっても、徹底的にやってしまえば普遍性を獲得する――この真理は文学史が証明している。

　聖書やギリシャ神話など、共通テキストからのシンボリズムの引用によって読者に行間を読み取らせるのは、英米文学では極めてオーソドックスな手法のひとつである。詩人であり優れた批評家でもあったT・S・エリオットは、この暗示と解釈の機能性を具えたシンボリズムを客観的相関性（オブジェクティヴ・コレラティヴ）と呼ぶことで、いわゆる神話的方法（ミシック・メソッド）を提唱し、自身の多くの詩作において実践しているが、その極めつきが彼の名前を世界的に知らしめた畢生の大作『荒地』である。同作は聖書やダンテ神曲、シェークスピア諸作などの古典から膨大な量のシンボリズムが引用されているのだが、なんとエリオットは作品の末尾に「自註」としてそれぞれの出典を自ら事細かに羅列してしまった（田中康夫が『なんとなく、クリスタル』でやったあれの先駆けみたいなものと言えば判りやすいだろうか）。本来行間によって読者に解釈を促すべきところを、この節はあのテキストのどこそこを参照のことというふうに作者本人がいちいち暴露するなんて、敢えて大上段なものいいをするならば、文学者の良識に照らして本末転倒もいいところであろう。なんでもありの現代文学ならばいざ知らず、まだまだ保守的だった一九二二年当時の英文詩壇にとってこれが如何にひとを喰った「悪のり」だったかは想像に難くない。「あの自註がなければ『荒地』はこれほど有名な作品にはならなかっただろう」というエリオット自身の発言に鑑みれば完全に確信犯だったはずで、文学史上「手法に淫した」倒錯例の最たるものであろうと筆者は思っている。

「手法に淫する」のは、読者やそして何よりも作品自体を置き去りにしてしまいかねない危険性がゆえに、本来批判されるべき趣向であることはたしかだろう。しかし、それを徹底的に実践することによって従来の価値観からは想像もできない異次元へ「突き抜けてしまう」作例が数多くあるのも、また事実なのだ。エリオット然り、そして『ユリシーズ』（暗示的にも『荒地』と同じく発表は一九二二年）で空前絶後（正確に言えば、ヴァージニア・ウルフなど他にも作例がないことはないが）の「意識の流れの完全言語化による二十四時間経過の描写→理論的に言えば読破に二十四時間かかる」という無茶をやってしまったジェームズ・ジョイス然り。さて。

話を高田崇史に戻そう。なにしろ。なにしろタイトルが『QED』なのである。

結論から言おう。高田もまた「手法に淫する」ことで「突き抜けてしまった」実作者のひとりである、というのが筆者の認識だ。高田が本格ミステリを創造するに当たって目的化してしまった手段、それはトリックでもなければロジックでもない。パズルである。意外に思われるかもしれないが、本格ミステリ作品とは（全体的にそのタイプは多岐にわたるものの）主にトリックもしくはロジックに立脚する傾向が双璧で、パズルという要素が顧みられることは極めて稀だ。なぜかと言えば、数学的論理性に裏打ちされたパズルと、詭弁によって成立する本格ミステリの小説作法とは極めて相性が悪いからである。

もちろん本格作品を構成するための一手段としてパズルを採用するのは不可能なわけではないし、ミステリ史上、優れた作例もあるだろう。だが高田崇史ほどそれを徹底的にやってしまった作家は、これまでいなかったのではあるまいか。本書では百人一首を、シリーズ第二作では七福神と六歌仙を、第三作ではシャーロック・ホームズを、第四作では東照宮を、第五作では式神をそれぞれ題材に取り上げる高田は、いずれも美しい図式としての壮大なパズルを描いてみせる。その志向は新シリーズ〈千葉千波の事件日記〉を読めば一層明白になろう。ちなみにその第一作品集『試験に出るパズル』（講談社ノベルス）に寄せられた森博嗣の解説の中に非常に示唆的な箇所があるので、少し長くなるが、引用しておこう。

「こう考えるから、こう行動するはずだ」という思考が現実を予測し言い当てる。まさに推理小説の原則である。だが、その「純粋な思考」こそが身震いするほど恐いと感じる。そのメカニズムは、すなわち、「わからないからではなく、わかるから恐い」というものだ。

こういった詭弁論理問題から、図らずも恐さを演出している部分を取り去って、その本質を抽出したものが、数学である。また、僅かに同部分を残したものがパズルといえる。無駄な部分を多少残すのは、尾頭付き鯛の刺身みたいなもので、エンタテインメント性の確保が目的だ。「推理小説」「本格ミステリィ」と呼ばれるものは、さらに恐さ部分の方に重心が置かれたデザインを強いられ、実際にはむしろ「非パズル」であり、ほとんど「非論理」とならざるをえない。それは、「不気味さの抽出」という方向性として合理的な手法だ。一度はパズル領域に踏み入れた片足を、いかにして綺麗に抜くかが、本格ミステリィ作家の手腕でもある。

ところが、高田作品では、パズルの領域に踏み入れた片足が抜けていない。それどころか、ほとんど全体重をその片足が支えているのだ。この特異なバランスこそが最大の特徴であり、本短編シリーズでもそれが顕著だと思う。これは一見、居直っているのか、と思えるほど潔い。

おそらく、これ以上的確に高田崇史という作家の特徴を言い当てた文章はこれから先も出ないだろうと思わせる慧眼である。森の指摘する通り、高田はある意味「居直っている」のであろう。だからこそ本書は、いわゆる「お勉強ミステリ」とは一線を画すことに成功しているのだ。本書は百人一首配列の謎というパズルこそがすべてであり、他の要素はその図式のために奉仕する。にもかかわらず真榊殺害事件に「付け足し的」な卑小さが少しも感じられないのは、それが中途半端なアナロジーであることを既に潔く止めているからなのである。パズルを成立させるために奉仕する他のすべての要素と等価と化しているからなのである。その「突き抜けた」離れ業こそが、高田が自らの手法に極限まで淫して得た成果なのであり、綾辻行人以降、綺羅星の如く登場した本格系作家たちの中にあってひときわ異彩を放つ、独自の作風と地位を獲得した所以でもあろう。

なにしろタイトルが『QED』である。悪のりついでに付け加えておけば「証明終了」という意味で使われるあまりにも有名なこのフレーズだが、ラストにこれを言いたい、ただそれがためだけに世界のすべてが構築されるという逆転と倒錯もまた、本格ミステリにおいては「あり」なのだ。いま手元に現物が見当たらないため正確な引用ができないのが残念だが、栗本薫作『絃の聖域』（角川文庫）において、伊集院大介が謎解きの締め括りとしてこのフレーズを口にし「一度、そう云ってみたかったのです」と正直に告白したと記憶する。なんとも含蓄に富んだシーンではないか。そしてこれもまた「手段の過剰性」であり「手法に淫する」一形態であると言えるのかもしれない。

そういう意味では、高田崇史という作家の登場とは、特定の手法に過剰に淫することで常に先鋭化の一途を辿ってきた本格ミステリという特殊ジャンルにおいて、ある種の必然であったのかもしれない。

なにしろ、あなた。

なにしろタイトルからして『QED』なんですから。ね。

（文中敬称略）

『鬼神伝　神の巻』
（以上、講談社ミステリーランド、講談社文庫）
『軍神の血脈　楠木正成秘伝』
（講談社単行本、講談社文庫）
『毒草師　白蛇の洗礼』
『QED　憂曇華（うどんげ）の時』
『古事記異聞　京の怨霊、元出雲』
『古事記異聞　鬼統べる国、大和出雲』
『試験に出ないQED異聞　高田崇史短編集』
『QED　源氏の神霊』
（以上、講談社ノベルス）
『毒草師　パンドラの鳥籠』
（朝日新聞出版単行本、新潮文庫）
『七夕の雨闇　毒草師』
（新潮社単行本、新潮文庫）
『鬼門の将軍』
（新潮社単行本）
『鬼門の将軍　平将門』
（新潮文庫）
『卑弥呼の葬祭　天照暗殺』
（新潮社単行本、新潮文庫）
『源平の怨霊　小余綾（こゆるぎ）俊輔の最終講義』
（講談社単行本）

《高田崇史著作リスト》

『QED　百人一首の呪（しゅ）』
『QED　六歌仙の暗号』
『QED　ベイカー街の問題』
『QED　東照宮の怨（えん）』
『QED　式の密室』
『QED　竹取伝説』
『QED　龍馬暗殺』
『QED ～ventus～　鎌倉の闇（くらやみ）』
『QED　鬼の城伝説』
『QED ～ventus～　熊野の残照』
『QED　神器封殺』
『QED ～ventus～　御霊将門』
『QED　河童伝説』
『QED ～flumen～　九段坂の春』
『QED　諏訪の神霊』
『QED　出雲神伝説』
『QED　伊勢の曙光』
『QED ～flumen～　ホームズの真実』
『QED ～flumen～　月夜見（つくよみ）』
『QED ～ortus～　白山の頻闇（しきやみ）』
『毒草師　QED Another Story』
『試験に出るパズル』
『試験に敗けない密室』
『試験に出ないパズル』
『パズル自由自在』
『化けて出る』
『麿の酩酊事件簿　花に舞』
『麿の酩酊事件簿　月に酔』
『クリスマス緊急指令』
『カンナ　飛鳥の光臨』
『カンナ　天草の神兵』
『カンナ　吉野の暗闘』
『カンナ　奥州の覇者』
『カンナ　戸隠の殺皆』
『カンナ　鎌倉の血陣』
『カンナ　天満の葬列』
『カンナ　出雲の顕在』
『カンナ　京都の霊前』
『鬼神伝　龍の巻』
『神の時空　鎌倉の地龍』
『神の時空　倭の水霊』
『神の時空　貴船の沢鬼』
『神の時空　三輪の山祇』
『神の時空　嚴島の烈風』
『神の時空　伏見稲荷の轟雷』
『神の時空　五色不動の猛火』
『神の時空　京の天命』
『神の時空　前紀　女神の功罪』
『古事記異聞　鬼棲む国、出雲』
『古事記異聞　オロチの郷、奥出雲』
（以上、講談社ノベルス、講談社文庫）
『鬼神伝　鬼の巻』

●この作品は、一九九八年十二月に講談社ノベルスとして刊行されたものです。

|著者|高田崇史　昭和33年東京都生まれ。明治薬科大学卒業。『QED　百人一首の呪』で、第9回メフィスト賞を受賞し、デビュー。歴史ミステリを精力的に書きつづけている。近著は『QED　憂曇華（うどんげ）の時』『古事記異聞　鬼統べる国、大和出雲』『QED　源氏の神霊』など。

QED（キューイーディー）　百人一首の呪（ひゃくにんいっしゅのしゅ）

高田崇史（たかだたかふみ）

2002年10月15日第1刷発行
2021年7月28日第31刷発行

発行者――鈴木章一
発行所――株式会社　講談社
東京都文京区音羽2-12-21　〒112-8001
電話　出版（03）5395-3510
販売（03）5395-5817
業務（03）5395-3615

Printed in Japan

講談社文庫
定価はカバーに表示してあります

KODANSHA

デザイン―菊地信義
製版―――豊国印刷株式会社
印刷―――豊国印刷株式会社
製本―――株式会社国宝社

ISBN4-06-273607-1

講談社文庫刊行の辞

二十一世紀の到来を目睫に望みながら、われわれはいま、人類史上かつて例を見ない巨大な転換期をむかえようとしている。

世界も、日本も、激動の予兆に対する期待とおののきを内に蔵して、未知の時代に歩み入ろうとしている。このときにあたり、創業の人野間清治の「ナショナル・エデュケイター」への志を現代に甦らせようと意図して、われわれはここに古今の文芸作品はいうまでもなく、ひろく人文・社会・自然の諸科学から東西の名著を網羅する、新しい綜合文庫の発刊を決意した。

激動の転換期はまた断絶の時代である。われわれは戦後二十五年間の出版文化のありかたへの深い反省をこめて、この断絶の時代にあえて人間的な持続を求めようとする。いたずらに浮薄な商業主義のあだ花を追い求めることなく、長期にわたって良書に生命をあたえようとつとめるところにしか、今後の出版文化の真の繁栄はあり得ないと信じるからである。

同時にわれわれはこの綜合文庫の刊行を通じて、人文・社会・自然の諸科学が、結局人間の学にほかならないことを立証しようと願っている。かつて知識とは、「汝自身を知る」ことにつきていた。現代社会の瑣末な情報の氾濫のなかから、力強い知識の源泉を掘り起し、技術文明のただなかに、生きた人間の姿を復活させること。それこそわれわれの切なる希求である。

われわれは権威に盲従せず、俗流に媚びることなく、渾然一体となって日本の「草の根」をかたちづくる若く新しい世代の人々に、心をこめてこの新しい綜合文庫をおくり届けたい。それは知識の泉であるとともに感受性のふるさとであり、もっとも有機的に組織され、社会に開かれた万人のための大学をめざしている。大方の支援と協力を衷心より切望してやまない。

一九七一年七月

野間省一

講談社文庫　目録

田中芳樹　巴里・妖都変〈薬師寺涼子の怪奇事件簿〉
田中芳樹　クレオパトラの葬送〈薬師寺涼子の怪奇事件簿〉
田中芳樹　黒蜘蛛島〈薬師寺涼子の怪奇事件簿〉
田中芳樹　夜光曲〈薬師寺涼子の怪奇事件簿〉
田中芳樹　魔境の女王陛下〈薬師寺涼子の怪奇事件簿〉
田中芳樹　タイタニア1〈疾風篇〉
田中芳樹　タイタニア2〈暴風篇〉
田中芳樹　タイタニア3〈旋風篇〉
田中芳樹　タイタニア4〈烈風篇〉
田中芳樹　タイタニア5〈凄風篇〉
田中芳樹　ラインの虜囚
田中芳樹　新・水滸後伝(上)(下)
田中芳樹／幸田露伴原作　運命〈二人の皇帝〉
田中芳樹／土屋守　「イギリス病」のすすめ
田中芳樹ほか文／皇名月画・文　中国帝王図
田中芳樹／赤城毅　中欧怪奇紀行
田中芳樹編訳　岳飛伝(一)〈青雲篇〉
田中芳樹編訳　岳飛伝(二)〈烽火篇〉
田中芳樹編訳　岳飛伝(三)〈風塵篇〉
田中芳樹編訳　岳飛伝(四)〈悲曲篇〉
田中芳樹編訳　岳飛伝(五)〈凱歌篇〉
高田文夫　TOKYO芸能帖〈1981年のビートたけし〉
髙村薫　李歐
髙村薫　マークスの山(上)(下)
髙村薫　照柿(上)(下)
多和田葉子　犬婿入り
多和田葉子　尼僧とキューピッドの弓
多和田葉子　献灯使
高田崇史　QED〈百人一首の呪〉
高田崇史　QED〈六歌仙の暗号〉
高田崇史　QED〈ベイカー街の問題〉
高田崇史　QED〈東照宮の怨〉
高田崇史　QED〈式の密室〉
高田崇史　QED〈竹取伝説〉
高田崇史　QED〈龍馬暗殺〉
高田崇史　QED ～ventus～〈鎌倉の闇〉
高田崇史　QED〈鬼の城伝説〉
高田崇史　QED ～ventus～〈熊野の残照〉
高田崇史　QED〈神器封殺〉
高田崇史　QED ～ventus～〈御霊将門〉
高田崇史　QED ～flumen～〈九段坂の春〉
高田崇史　QED〈諏訪の神霊〉
高田崇史　QED〈出雲神伝説〉
高田崇史　QED〈伊勢の曙光〉
高田崇史　QED ～flumen～〈ホームズの真実〉
高田崇史　毒草師〈QED Another Story〉
高田崇史　QED ～flumen～〈月夜見〉
高田崇史　QED ～ortus～〈白山の頻闇〉
高田崇史　試験に出るパズル〈千葉千波の事件日記〉
高田崇史　試験に敗けない密室〈千葉千波の事件日記〉
高田崇史　試験に出ないパズル〈千葉千波の事件日記〉
高田崇史　パズル自由自在〈千葉千波の事件日記〉
高田崇史　化けて出る〈千葉千波の怪奇日記〉
高田崇史　麿の酩酊事件簿〈花に舞〉
高田崇史　麿の酩酊事件簿〈月に酔〉
高田崇史　クリスマス緊急指令〈～きよしこの夜、事件は起こる！～〉
高田崇史　カンナ　飛鳥の光臨

講談社文庫　目録

高田崇史　カンナ　天草の神兵
高田崇史　カンナ　吉野の暗闘
高田崇史　カンナ　奥州の覇者
高田崇史　カンナ　戸隠の殺皆
高田崇史　カンナ　鎌倉の血陣
高田崇史　カンナ　天満の葬列
高田崇史　カンナ　出雲の顕在
高田崇史　カンナ　京都の霊前
高田崇史　軍神の血脈〈楠木正成秘伝〉
高田崇史　神の時空　鎌倉の地龍
高田崇史　神の時空　倭の水霊
高田崇史　神の時空　貴船の沢鬼
高田崇史　神の時空　三輪の山祇
高田崇史　神の時空　嚴島の烈風
高田崇史　神の時空　伏見稲荷の轟雷
高田崇史　神の時空　五色不動の猛火
高田崇史　神の時空　京の天命
高田崇史　神の時空　前紀〈女神の功罪〉
高田崇史　鬼棲む国、出雲〈古事記異聞〉

団　鬼六　悦楽王〈鬼プロ繁盛記〉
高野和明　13階段
高野和明　グレイヴディッガー
高野和明　K・Nの悲劇
高野和明　6時間後に君は死ぬ
大道珠貴　ショッキングピンク
高木　徹　ドキュメント　戦争広告代理店〈情報操作とボスニア紛争〉
田中啓文　件〈もの言う牛〉
高嶋哲夫　メルトダウン
高嶋哲夫　命の遺伝子
高嶋哲夫　首都感染
高野秀行　西南シルクロードは密林に消える
高野秀行　怪獣記
高野秀行　アジア未知動物紀行　ベトナム・奄美・アフガニスタン
高野秀行　イスラム飲酒紀行
高野秀行　移民の宴〈日本に移り住んだ外国人の不思議な食生活〉
高野秀行・角幡唯介　地図のない場所で眠りたい
田牧大和　花合せ〈濱次お役者双六〉
田牧大和　質草破り〈濱次お役者双六　二ます目〉

田牧大和　翔ぶ梅〈濱次お役者双六　三ます目〉
田牧大和　半可心中〈濱次お役者双六〉
田牧大和　長屋狂言〈濱次お役者双六〉
田牧大和　錠前破り、銀太
田牧大和　錠前破り、銀太　紅蜆
田牧大和　錠前破り、銀太　首魁
田牧大和　大福三つ巴〈宝来堂うまいもん番付〉
高殿　円　メサイア〈警備局特別公安五係〉
高野史緒　カラマーゾフの妹
高野史緒　翼竜館の宝石商人
瀧本哲史　僕は君たちに武器を配りたい〈エッセンシャル版〉
竹吉優輔　襲名犯
高田大介　図書館の魔女　第一巻　第二巻
高田大介　図書館の魔女　第三巻　第四巻
高田大介　図書館の魔女　烏の伝言（上）（下）
大門剛明　反撃のスイッチ
大門剛明　完全無罪
大門剛明　死刑評決〈「完全無罪」シリーズ〉
橘　もも　OVER DRIVE

講談社文庫 目録

鳥羽 亮　提灯斬り〈鶴亀横丁の風来坊〉
鳥羽 亮　お京危うし〈鶴亀横丁の風来坊〉
鳥羽 亮　狙われた横丁〈鶴亀横丁の風来坊〉
東郷 隆／上田 信 絵　【絵解き】雑兵足軽たちの戦い〈歴史・時代小説ファン必携〉
堂場瞬一　八月からの手紙
堂場瞬一　壊れる心〈警視庁犯罪被害者支援課〉
堂場瞬一　邪心〈警視庁犯罪被害者支援課2〉
堂場瞬一　二度泣いた少女〈警視庁犯罪被害者支援課3〉
堂場瞬一　身代わりの空(上)(下)〈警視庁犯罪被害者支援課4〉
堂場瞬一　影の守護者〈警視庁犯罪被害者支援課5〉
堂場瞬一　不信の鎖〈警視庁犯罪被害者支援課6〉
堂場瞬一　空白の家族〈警視庁犯罪被害者支援課7〉
堂場瞬一　傷
堂場瞬一　埋れた牙
堂場瞬一　Killers(上)(下)
堂場瞬一　虹のふもと
堂場瞬一　ネタ元
土橋章宏　超高速！参勤交代
土橋章宏　超高速！参勤交代 リターンズ

戸谷洋志　Jポップで考える哲学〈自分を問い直すための15曲〉
富樫倫太郎　信長の二十四時間
富樫倫太郎　風の如く 吉田松陰篇
富樫倫太郎　風の如く 久坂玄瑞篇
富樫倫太郎　風の如く 高杉晋作篇
富樫倫太郎　スカーフェイス〈警視庁特別捜査第三係・淵神律子〉
富樫倫太郎　スカーフェイスII デッドリミット〈警視庁特別捜査第三係・淵神律子〉
富樫倫太郎　スカーフェイスIII ブラッドライン〈警視庁特別捜査第三係・淵神律子〉
豊田 巧　警視庁鉄道捜査班〈鉄血の警視〉
豊田 巧　警視庁鉄道捜査班〈鉄路の牢獄〉
夏樹静子　新装版 二人の夫をもつ女
中井英夫　新装版 虚無への供物(上)(下)
中島らも　僕にはわからない
中島らも　今夜、すべてのバーで〈新装版〉
鳴海 章　フェイスブレイカー
鳴海 章　謀略航路
鳴海 章　全能兵器AiCO
中嶋博行　ホカベン ボクたちの正義
中嶋博行　新装版 検察捜査

中嶋博行　新検察捜査
中村天風　運命を拓く〈天風瞑想録〉
中山康樹　ジョン・レノンから始まるロック名盤
梨屋アリエ　でりばりぃAge
梨屋アリエ　ピアニッシシモ
中島京子　妻が椎茸だったころ
中島京子ほか　黒い結婚 白い結婚
奈須きのこ　空の境界(上)(中)(下)
中村彰彦　乱世の名将 治世の名臣
長野まゆみ　簞笥のなか
長野まゆみ　レモンタルト
長野まゆみ　チマチマ記
長野まゆみ　冥途あり
長野まゆみ　45°〈ここだけの話〉
長嶋 有　夕子ちゃんの近道
長嶋 有　佐渡の三人
永嶋恵美　擬態
永井 均／内田かずひろ 絵　子どものための哲学対話
なかにし礼　戦場のニーナ

2021年3月12日現在